北京大学网络文学研究丛书—————邵燕君　主编

罗曼蒂克2.0：

"女性向"网络文化中的亲密关系

高寒凝　著

中国文联出版社

图书在版编目（ＣＩＰ）数据

　　罗曼蒂克 2.0："女性向"网络文化中的亲密关系 /
高寒凝著. -- 北京：中国文联出版社, 2022.8（2025.6 重印）
（北京大学网络文学研究丛书 / 邵燕君主编）
　　ISBN 978-7-5190-4830-3

　　Ⅰ. ①罗… Ⅱ. ①高… Ⅲ. ①网络文学－妇女文学－
文学研究－中国 Ⅳ. ①I207.999

　　中国版本图书馆 CIP 数据核字(2022)第 109952 号

著　　　者　高寒凝
特约编辑　冯　巍
责任编辑　徐国华
责任校对　叶栩乔
封面设计　亓　氿

出版发行　中国文联出版社有限公司
社　　址　北京市朝阳区农展馆南里 10 号　　　邮编　100125
电　　话　010-85923025（发行部）　　010-85923091（总编室）
经　　销　全国新华书店等
印　　刷　廊坊佰利得印刷有限公司

开　　本　710 毫米×1000 毫米　　　1/16
印　　张　15.25
字　　数　215 千字
版　　次　2022 年 8 月第 1 版第 1 次印刷　　2025 年 6 月第 3 次印刷
定　　价　56.00 元

国家社科基金重点项目"全球媒介革命视野下的中国网络文学发生、发展及国际传播研究"（项目批准号：18WAZ025）阶段性成果

2019年度教育部重大攻关项目"中国网络文学创作、阅读、传播与资料库建设研究"（项目批准号：19JZD038）阶段性成果

总 序

那些偷偷读网文的孩子，
他们长大了

邵燕君

我是北京大学中文系古典文献方向的大四学生。但我毫不讳言，是网络文学启蒙了我；我更不后悔，让网络文学陪伴我的整个青少年时期。在任何时候任何地方，现在的我都会毫不犹豫地站出来，赞美那些曾经抚慰我、感动我、激励我的网络文学作品，无论有多少前辈、多少权威告诉我，它们是毫无价值的垃圾……

我们是偷偷读网文长大的孩子，我们要为属于自己的网络文学发声，我们的新文学和新生活也只能由我们亲手打造。神仙和皇帝不一定有，但救世主一定从来没有。

——吉云飞
《北京大学网络文学论坛报》创刊词之一

这套丛书收入的都是北京大学中文系研究网络文学的博士学位论文，作者大都是我所开设的网络文学研究系列选修课程的学生。这个课至今已经连续开设了十年，这些学生基本上是连续选课的。2015 年，我们成立了北京大学网络文学研究论坛，形成了一个学术共同体，他们是最核心的成员。

十年前，我凭着"一腔孤勇"闯入网络文学研究领域，当时，一共就读了一部半网文[①]。感谢什么都能包容的北大，让我在这种情况下敢开网络文学研究的选修课；更感谢那些选课的同学们，带着他们多年隐秘的"最爱"，共同搭建起了这个课堂。最初选课时，他们大都是大二、大三的本科生，后来陆续读硕士、博士，拿教职，成为青年学者。我最高兴的，就是听见他们之中有人说，我本来没打算读博士的啊！这些当年偷偷读网文的孩子，他们长大了，写出了博士学位论文，于是，有了这套丛书。

我上大学的时候，听钱理群老师讲鲁迅，一直强调"历史中间物"的概念——"自己背着因袭的重担，肩住了黑暗的闸门，放他们到宽阔光明的地方去；此后幸福的度日，合理的做人"（《我们现在怎样做父亲》）。我的理解是，鲁迅先生认为，自己是"旧文化"养育长大的，虽然"反戈一击"，但骨子里难免是旧的。新文化应该由新人缔造，自己的任务是"清结旧账"，"开辟新路"，甚至不惜与旧文化同归于尽。

我们自然没有鲁迅先生那样的壮怀激烈和牺牲精神，但也应该有同样的自觉意识。今天，学术体制内拥有一定话语权的人，都是印刷文明哺育长大的。即使再锐意更新自己的知识结构，我们的情感结构、伦理结构、价值结构也是旧的，连我们的感官比率和感知模式都是旧的。[②] 所以，研究网络文学，终究是网络一代的事。师长辈的任务，就是好好利用自己手上的资源，搭好平台，把学生们送过去。

[①] 半部是我吃西红柿的《星辰变》，只读了当时出版的纸质书 4 本；一部是猫腻的《间客》。

[②] 麦克卢汉认为，媒介对人最根本的影响不是发生在意识和观念层面上，"而是要坚定不移、不可抗拒地改变人的感官比率和感知模式"。参见［加］马歇尔·麦克卢汉：《理解媒介：论人的延伸》，何道宽译，译林出版社，2011 年，第 30 页。

我"蛊惑"过学生,"要为自己立法"。但也深知,最早的一批"立法者"要接受非常严峻的挑战:既要对全新的网络生命经验有深切的体悟能力和把握能力,又要在前无古人的情况下具有理论的原创能力和整合能力,同时还要有把生命经验、理论阐释落实进文学史梳理和文本分析的能力。我不敢说这套丛书的作者都过关了,但至少可以肯定,他们的写作是真诚的,都是奔着自己的核心问题去的。因此,他们各开一片天地,后来的写作者应该绕不过去。

丛书的第一辑共计七本书,按论文答辩的时间顺序,依次是崔宰溶《中国网络文学研究的困境与突破——网络文学的土著理论与网络性》(2011,书名改为《网络文学研究的土著理论》)、薛静《脂粉帝国——网络言情小说与女性话语政治》(2018)、高寒凝《罗曼蒂克2.0:"女性向"网文与"女性向"网络亚文化中的爱情》(2018)、王玉玊《编码新世界——游戏化向度的网络文学》(2019)、肖映萱《"她的国"——中国网络文学"女性向"空间的兴起和建构》(2020)、李强《中国网络文学的发生》(2021)、吉云飞《中国网络文学生产机制的生成》(2021)。①

崔宰溶博士是韩国留学生,现为韩国明知大学中文系副教授。需要说明的是,崔宰溶的博士学位论文不能算是我们团队的研究成果,而是我们研究的理论前导。2011年春季学期,他论文答辩的时候,我第一次开设网络文学研究选修课。当时特别有幸成为论文的答辩评委,读来有石破天惊之感。崔宰溶以韩国研究学者的视角沉潜入中国网络文学世界,对当时中国网络研究界存在的精英化、抽象化和过度理论化的困境,提出了直言不讳的批评(其中也包括对我文章的点名批评),并且建设性地提出了"土著理论"和"网络性"的概念作为突破的途径。这部论文的真知灼见,使我们团队的研究从起步阶段就有了一个较高的起点。此后在很多方向的拓展,也都受其影响。我认为,对于这位韩国学者,中国网络文学研究界应该说声"谢谢",我本人及北大研究团队是受益最深的。这次,非常荣幸邀请到崔教授加入丛书。经过十年的思考,他将对

---

① 正式出版时书名有可能变动。其中,李强和吉云飞的论文预计于2021年6月答辩。

论文做出进一步的完善和增补，十分值得期待。

薛静和高寒凝是我们团队最早毕业的两位博士。她们的论文主题都是爱情，探讨这一古老的感情模式在网络时代的转世重生。薛静写的是传统言情小说模式在网文中的转型；高寒凝写的是罗曼蒂克情感模式在虚拟空间的"系统升级"。薛静的论文以文本分析见长，尤其对"渣贱文"模式的分析，深透见底，使那样一种耻于言表的"症候性欲望"显形，这样的文学批评在任何时代都能单独成立。高寒凝的论文以理论见长，她的整部论文压在一个核心概念上——虚拟性性征（virtual sexuality），而这个概念是她自创的。寒凝答辩时，我真是为她捏一把汗，因为在场的评委大都是我的师长辈。没想到，评委老师们对她原创核心理论概念的勇气和能力大为赞赏，虽然"不大看得懂"。这篇论文在当天的答辩中被评为"优秀论文"，老一辈学者的包容和善意极大地鼓舞了后边要做论文的同学，大家都觉得这条路打通了！

此后，肖映萱也把"她的国"建立在自定义的概念"女性向"上。"女性向"是一个基础性概念，肖映萱和高寒凝都是中国最早使用"女性向"概念的研究者，在我们团队撰写的《破壁书：网络文化关键词》（生活·读书·新知三联书店，2018年）一书中，肖映萱即负责"女性向"词条的撰写工作。在博士学位论文中，她进一步完善了这一概念，这是她对网络文学研究的一大贡献。该论文对于网络文学研究的另一重要贡献是，对于"女性向"网络文学发展史进行了系统梳理，将"她的国"的建构过程落实在网络"女性向"空间的兴起、代表性网站的兴替、生产机制的变迁等几条脉络的史实梳上。

李强和吉云飞的论文也建立在一手史料的挖掘和梳理上。李强致力于研究中国网络文学的发生环境和发生的动态过程，处理网络文学与传统文学及其背后制度环境的关系；吉云飞深入中国网络文学生产机制的内在机理，尤其对中国原创的、堪称中国网络文学高速发展的核心动力机制——VIP付费阅读机制——进行了全面研究，从而揭示其生成原因和底层运行逻辑。近几年来，我们团队一直在进行网络文学史料方面的挖掘和整理，肖映萱、李强和吉云飞是这个研究项目的领头人（leader）。

他们的论文是建立在史料的基础上，也是下一步即将合写的《中国网络文学发展史》的基础。

王玉王的论文也具有很强的理论原创性。她从电子游戏的角度切入，问题意识的真正指向却既不是电子游戏，也不是网络文学，而是"栖居"于"基于数码的人工环境"的"网络原住民"的生存体验，并且提出"二次元存在主义"这样宏大的命题。我们团队的成员虽然大都是"90后"，但也开始分出了"前浪"和"后浪"。基本上，1995年以前出生的属于"前浪"，1995年以后出生的属于"后浪"。玉王虽然是1992年出生的，却是"后浪"的领头人。"后浪"同学的论文更多的偏向电子游戏、二次元方向，更呈现出理论建构的欲望，也用到了数字人文的研究方法。如果他们能做出优秀的论文，将收入丛书的第二辑。

另外，需要特别表扬王玉王同学的是，作为本团队唯一的"拖延症免疫者"，她虽然不是最早答辩的，却是最早完成书稿的。由于是本丛书的"首发"作者，她受大家委托完成了与责编沟通版式、封面设计等各项工作。

在这个"用户生产内容"的课堂上，我一直是一个很弱势的老师。我的课堂长期由次第"继位"的"掌门"师兄、师姐们把持，我甚至在他们的怂恿下开了两次更外行的游戏课①。在课上，我一般都很慈祥，只是热衷看他们"撕"。从论文到成书，有一个漫长且痛苦的修改过程，有的简直是脱胎换骨。看着他们的心血之作被撕得体无完肤，也确实感到内疚。我得承认，我有个大大的私心。在我幻想的未来的"豪宅"里，会有一个大大的书架，其中最好的位置是留给这套书的。我煽情地对他们说："我要收集的不仅是你们的博士学位论文，不仅是你们的第一部专著，还有我们共同度过的美好时光、你们各自的成长隐秘和无法重来的青春。"

---

① 傅善超：《我怂恿中文系的老师开了一门游戏课》，"触乐"微信公众号，2017年2月10日。

这些年来我们在一起做了很多事，共同主编了不少书①。我们以"粉丝型学者"的身份做过网文史导读（《典文集》），也以"学者型粉丝"的身份卖过网文"安利"（《好文集》）；我们曾遍访网文江湖，与创始者大佬们谈笑风生（《创始者说》），"为我们热爱的事物树碑立传"（薛静）；也曾辛辛苦苦地扒史料，整理录音，"我们的目标是历史！"（李强）；我们一起办了公众号"媒后台"，"为属于自己的网络文学发声"（吉云飞）；一起编了一本网络文化的"黑话词典"（《破壁书》），里面有"女性向·耽美"单元，"'女性向'是不死的！"（肖映萱），"全世界的姑娘们，你们都没有错！"（高寒凝）……很多个周末，我们是一起度过的。我偷了他们的花样年华，他们似乎也很欢乐。"因为，创造了这一切的，是爱啊！"（王玉王）②

2021 年元旦于北京大学

人文学苑平九·燕春园

---

① 我们一起编的书主要有《网络文学经典解读》（邵燕君主编，北京大学出版社，2016年）、《破壁书——网络文化关键词》（邵燕君主编，王玉王副主编，生活·读书·新知三联书店，2018 年）、《网络文学二十年·典文集》（邵燕君、薛静主编，漓江出版社，2019 年）、《网络文学二十年·好文集》（邵燕君、高寒凝主编，漓江出版社，2019 年）、《中国网络文学双年选2018—2019（男频卷）》（邵燕君、吉云飞主编，漓江出版社，2020 年）、《中国网络文学双年选2018—2019（女频卷）》（邵燕君、肖映萱主编，漓江出版社，2020 年）、《创始者说：网络文学网站创始人访谈录》（邵燕君、肖映萱主编，北京大学出版社，2020 年）、《新中国文学史料与研究·网络文学卷》（邵燕君、李强主编，南京师范大学出版社，预计 2024 年出版）。

② 我和学生们一起编书时，一般是我写序言，他们写后记。以上薛静的话来自《典文集》后记；王玉王的话来自《破壁书》后记；肖映萱的话来自其博士学位论文结语；吉云飞和高寒凝的话分别来自他们为《北京大学网络文学论坛周报·男频周报》和《北京大学网络文学论坛周报·女频周报》写的创刊词，发表于《名作欣赏》2015 年第 19 期、第 25 期；李强的话来自他创建的史料工作微信群名。

目　录

引　言 　　　　　　　　　　　　　　　　　　　　　001

　　一、研究缘起与研究对象 　　　　　　　　　　　001

　　二、研究立场与研究方法 　　　　　　　　　　　004

　　三、篇章结构与概念界定 　　　　　　　　　　　011

第一章　情为何物：从"romance"到"coupling" 　　　020

　　一、"罗曼蒂克1.0"发展简史 　　　　　　　　　021

　　二、"罗曼蒂克2.0"的边界与前置动作 　　　　　030

　　三、"亲密关系实验场"与浪漫爱情的"版本更新日志" 　042

第二章　何处问情：媒介变革时代的"数字劳动"与
　　　　　"女性向"文化消费 　　　　　　　　　　　059

　　一、中国互联网文化的三个发展阶段 　　　　　　060

　　二、"粉丝产消者"的"数据劳动"和"参与式劳动" 　069

　　三、"罗曼蒂克2.0"中的性别维度 　　　　　　　084

第三章　"女性向"网络文学：成为虚拟化身　103

一、女频言情小说　104

二、女频耽美小说　129

三、"女性向"网络同人小说　148

第四章　"女性向"网络亚文化：人机协同演化　154

一、偶像粉丝文化　155

二、二次元文化与电子游戏　179

三、由"虚拟性性征"引发的圈层互渗　193

结　语　玩 VR 游戏的堂吉诃德与赛博代糖三角贸易　214

参考文献　219

引 言

一、研究缘起与研究对象

你搭上末班公交。

半开的车窗上，映出站台一侧，那部热播网剧的灯箱广告。你随手拍下海报正中央男女主角拥吻的甜蜜画面，发给已经三分钟没有联络过的闺蜜："快看快看！你爱豆的新剧！"

"嘿嘿～我都连看八集了，你要看么？我借你账号？诶我跟你说，这剧的原著小说也好看，可惜刚到关键剧情就发现入 V① 了……o(╥﹏╥)o"

---

① 入 V："进入 VIP 付费阅读阶段"的简称。在实行 VIP 付费阅读制的商业文学网站中，一篇签约作品会被划分成"免费试阅阶段"和"VIP 付费阅读阶段"两个部分，在免费试阅章节结束后，读者需要付费购买"入 V"章节才能继续阅读。参见邵燕君主编《破壁书：网络文化关键词》，第 229—231 页，"入 V"词条，该词条编撰者为李强。

你笑着把高贵的全订阅账号分享给她，有一搭没一搭地聊了会儿天，又抽空去 LOFTER① 看了几眼自己关注的 tag。忽然，手机弹出来电提醒的界面。那是一段长长的、奇怪的号码，你本打算挂断，却灵光一闪，想起今天早上刷到的某手机游戏的更新公告。

一阵短暂的白噪音过后，蓝牙耳机里细细密密地传出了那个令你魂牵梦萦而又无比熟稔的声音。

幸好连着耳机，你暗自庆幸。

而声音的主人，早已不管不顾地从叮嘱你天寒加衣，到问你累不累、饿不饿……末了，又说他刚好不加班，可以顺路过来接你，一起做点消夜吃。

你的眼中噙满笑意，却自始至终一言不发。

直到车内广播的电子人声与通话结束的忙音交叠缠绕。你到站了。

月色莹白，路灯昏黄。小径的那一头，并没有人在等你。你的指尖划过那个已经许久未曾点开的 App②。

那要不，今晚再氪③ 上一单吧！

当我们想象这样一个平平无奇、随处可见的场景，会发觉它发生在"现实世界"的部分是那么简单、贫乏，以至于概述成"一名女性在乘坐公交车的时候刷了一会儿手机"便已绰绰有余。与现实形成鲜明对比的，则是这一场景中女主人公借助作为移动智能终端的手机进入"虚拟世界"之后所体验到的丰裕与快乐：与朋友讨论电视剧、偶像明星和网络小说，浏览同人文，还意外地参与了某恋爱题材手机游戏的粉丝回馈活动。

本书所要关注的正是这样一种怪异的、"被互联网媒介和信息技术割裂成两半"的生命经验。其中处在"虚拟世界"的部分，如前文所

---

① LOFTER：网易公司于 2012 年 3 月推出的一款"轻博客"产品。由于该平台的标签系统（tag）设计得非常实用，便于同人爱好者开展线上交流，因此逐渐成为中国大陆地区最具影响力的同人作品发布平台。

② App: application 的缩写，通常指安装在智能手机上的应用程序。

③ 氪：源自"氪金"一词，指付费购买手机游戏中的虚拟道具或增值服务的行为。

述，主要由各式各样的网络文化产品和文化现象构成：从利用实时通信（instant messaging）软件（微信、QQ 等）结成的"趣缘社交"网络，到与 Web2.0 ① 相得益彰的同人粉丝文化 ②；从各色网络小说、网络电视剧、偶像粉丝文化，到近年来刚刚兴起的女性向 ③ 恋爱题材手机游戏……

过去的二十多年间，中国的文化娱乐产业已逐步完成了媒介维度上的代际更迭。人们用所剩无几的手机电量拯救每一段百无聊赖的碎片时间，又付出真金白银与真情实感以寻求来自虚拟空间的慰藉与陪伴。然而，值得注意的是，尽管前面提到的一系列网络文化产品或文化现象，都是当下的"女性向"文化娱乐市场中最受欢迎、影响力也最为广泛的品类，但它们彼此之间却存在着相当大的差异。有的是互联网文化创意产业的核心组成部分，有的是相对边缘、暧昧的网络亚文化粉丝社群；有的被冠以"原创"之名，有的则是基于既有作品的二次创作；有的可以明确落实到具体的文本，有的却主要是粉丝行为、粉丝活动的集合。它们看上去似乎南辕北辙、大相径庭，但在这些以女性为目标受众的恋爱题材网络小说／网络剧、同人文化、偶像（流量明星）粉丝文化，以及二次元 ④ 风格的女性向恋爱游戏之中，实则隐含着两条一以贯之的脉络：其一，是亲密关系 ⑤ 的虚拟化；其二，则是亲密关系的商品化。

---

① Web2.0：基于 Web2.0 模式的网站，其最大的特征就是允许用户自行编辑、上传内容。这一理念通常被概括为"User Generated Content"，即"用户生产内容"，简称 UGC。与之相反，Web1.0 网站则只允许拥有管理权限的少数人更改站内的信息。

② 同人粉丝文化：同人，在中文语境之中，一般指借用流行文化文本中的人物形象、人物关系、基本故事情节和世界观设定所展开的二次创作。同人粉丝文化，则是基于同人粉丝活动和同人创作所形成的一种亚文化。参见邵燕君主编《破壁书：网络文化关键词》，生活·读书·新知三联书店，2018 年，第 74—79 页，"同人"词条，该词条编撰者为郑熙青。

③ 女性向：可以暂时理解为"面向女性受众的"，更为详细、准确的讨论可参见本书第一章第二部分。

④ 二次元：日语中的"二维平面"的意思，本书特指源起于日本的，以日本动画、漫画、游戏的生产与消费为基础发展而成的亚文化。此类文化消费品因在视觉上多以二维平面的形式呈现而得名。参见邵燕君主编《破壁书：网络文化关键词》，第 12—18 页，"二次元"词条，该词条编撰者为林品。

⑤ 亲密关系：指包含了解、关心、信赖、互动、信任和承诺这六种要素中的至少一种的人际关系模式。它可能存在于恋人、夫妻、朋友和亲子之间，本书的主要研究对象"罗曼蒂克 2.0"，正是恋人之间所拥有的亲密关系形态——"浪漫爱情"的一种变体。参见［美］莎伦·布鲁姆、罗兰·米勒、丹尼尔·珀尔曼、苏珊·坎贝尔《亲密关系》，郭辉、肖斌、刘煜译，人民邮电出版社，2005 年，第 4—5 页。

在接下来的讨论中，这种以"女性向"网络文化为载体的"虚拟化、商品化的亲密关系"，将作为本书的核心研究对象，被命名为"罗曼蒂克2.0"，即"浪漫爱情"（romantic love）这一重要的亲密关系形态在网络时代的"升级版本"，并围绕其生成机制、发展脉络等问题，予以详细的阐释。

二、研究立场与研究方法

一个无法回避也无从改变的事实是，早在本书进入构思、写作阶段，并确定上述研究对象和问题意识之前，笔者就已经具备网络文学、类型文学读者以及若干个网络亚文化社群粉丝的多重身份。从 20 世纪 90 年代初期开始接触任天堂旗下的家用游戏机 Family Computer（俗称"红白机"），到 1998 年拥有第一台个人电脑（Intel 486 处理器、14 寸 CRT 显示器、DOS/Windows 95 双系统）；从只会浏览几家大型门户网站，到懵懵懂懂地摸进金庸客栈、黄金书屋和清韵论坛[1]，再到如今的各大文学网站、视频网站 VIP 会员……二十多年来，我宅腐兼备[2]、索任双修[3]，追过新番[4]，也粉过爱豆（idol），还出过同人合志[5]。

正因如此，当本书的主要观察对象被大致确定为"作为'罗曼蒂克2.0'载体的、以女性为目标受众的恋爱题材网络小说 / 网络剧、同人文

---

[1] 金庸客栈、黄金书屋和清韵论坛是网络文学发展早期（1996—2005）相对活跃的三个发表、讨论原创文学作品或提供免费电子书阅读服务的站点。

[2] 宅腐兼备：宅，指御宅族；腐，指腐女。具体释义见第四章第二部分、第三章第二部分。

[3] 索任双修：索，指索尼公司；任，指任天堂公司。索任双修，指的是同时拥有这两家公司旗下的多部主机 / 掌机游戏设备。笔者目前持有和曾经持有过的设备包括 PS2、PS4、PSP、PSV、NDS、3DS、2DS 和 Nintendo Switch 等。

[4] 新番：日语"アニメ新番组"的简称，译成中文就是"动画新节目"的意思。日本的电视台通常会在每年的 1 月、4 月、7 月和 10 月开始播放最新出品的动画节目。追新番，指的就是根据日本电视台的排播日程，在新动画播出的周期内同步（或根据字幕组的译制进度稍稍延后一些时间）收看的行为。

[5] 同人合志：同人志是一种由同人粉丝文化爱好者制作的、在同好之间小范围传播的印刷品。同人合志指的则是由多名作者联合创作的合集形式的同人志。参见邵燕君主编《破壁书：网络文化关键词》，第 106—111 页，"同人志"词条，该词条编撰者为肖映萱。

化、偶像粉丝文化和二次元风格的女性向恋爱游戏"之后，我过往的阅读史以及亚文化社群的活动经历，似乎恰好构成了某种不以问题意识为主导的、"网络民族志"（netnography）①观察的"预演"。这种兼有研究者/粉丝双重身份的研究立场，始于亨利·詹金斯（Henry Jenkins）在其专著《文本盗猎者：电视粉丝与参与式文化》（1992）一书中所做的开拓性尝试。詹金斯认为，自己研究粉丝文化的立足点，"既是一个学术界人士（了解一定流行文化理论、一定批评和民族志文献），同时又是一个粉丝（了解粉丝圈这个社群的知识和传统）"。而面对其潜在的弊端，例如"与研究对象距离过近"等，詹金斯并不讳言，但却坚持认为，以粉丝的身份书写粉丝文化，"提供了其他（研究）立场不可能实现的理解和观察形式"。②

自《文本盗猎者》问世以来的数十年间，这一研究立场（即"粉丝学者"，aca-fan）与研究方法（即"民族志"，ethnography）的深度结合，也在后来者不断地挖掘与实践之下，变得越发成熟。然而，尽管本书选择研究对象、确立问题意识的过程，很大程度上得益于笔者的粉丝身份以及基于这一身份所开展的"民族志"观察，但随着研究工作的推进，意想不到的困难接踵而至。以主要涉及偶像粉丝文化的几个章节为例。考虑到当前"泛娱乐"产业链③在互联网文化创意领域的绝对统治力，本书选择了与之密切相关的"流量明星"及其粉丝社群作为观察对象。具体的观察内容，则又细分为两个部分。其中，针对流量明星粉丝的"数字劳动"（digital labour），即"打榜""做数据"等行为的观察，④一直进

---

① 网络民族志：民族志，也称人种志，指通过田野调查（具体的方法包括调研、访谈及问卷等）来记述某一国家和地区的政治、经济、文化等方面的情况，它既是一种人类学研究方法，也指这种研究的过程及结果。网络民族志，指的则是以线上社区、网络平台作为观察对象的民族志研究。

② ［美］亨利·詹金斯：《文本盗猎者：电视粉丝与参与式文化》，郑熙青译，北京大学出版社，2016年，第4—5页。

③ "泛娱乐"产业链：2013—2015年以来，由中国的几家大型互联网公司（腾讯、阿里巴巴等）所打造的，贯通互联网文化娱乐行业上下游（从网络文学到影视、动画、电子游戏制作和艺人经纪等）的产业链。

④ 有关"数字劳动"的讨论，见本书第二章第二部分；"打榜""做数据"的具体含义，见本书第四章第二部分。

展得较为顺利；但一些相对私密的，尤其是与"虚拟化、商品化的亲密关系"相关的话题，却很难在不违背研究伦理的前提之下，以恰当的研究方法予以处理。

2015 年第 12 期的《GQ 智族》杂志上，刊发了一篇名为《每个帝国都有它的秘密——鹿晗的粉丝帝国》的报道。在导语部分，文章这样写道，"记者对'鹿饭'（指鹿晗粉丝）们进行长期跟访，尝试还原他们聚集发展的来龙去脉"。这一表述极其清晰地凸显出该报道的民族志研究属性，也就是说，我们完全可以将文章中所记录的记者与鹿晗粉丝之间的对话，解读为民族志访谈的材料。例如下面的这一段：

> （记者描述某鹿晗粉丝贴吧的吧主在追星过程中付出大量真金白银，例如购买鹿晗的周边商品、为鹿晗筹集生日礼物的行为）这看起来像是一种不断付出却鲜有反馈的单恋。"你为鹿晗付出了这么多，可是他可能完全不知道你为他做了什么。你会不会觉得自己的付出得不到回报？"我问她。
>
> "不会。我觉得如果你要回报的话，就不要选择当一个粉丝，因为当粉丝注定是没有回报的事情。"她觉得这是一种比"崇拜""欣赏""爱慕"更深刻更高级的感情，寻求回报的念头会破坏它的纯洁性："你没进过饭圈你不懂。如果你的偶像有件特别厉害的事情，那事情就是挂在你自己身上的一个光环，你会觉得你在和他一起成长。"

对此，作者分析道：

> 这并不是单纯的崇拜、追随，还伴随着"偶像即我"的心理投射。在粉丝们心中，爱上偶像的那一刻起，他就成了自己的一个化身。偶像一步步走向成功，也包含着自己的一份荣耀。

柯乃尔·桑德沃斯（Cornel Sandvoss）在《粉丝：消费之镜》（*Fans:*

The Mirror of Consumption）一书中也曾提出过类似的观点，认为粉丝与
"粉丝圈中心文本"（objects of fandom）之间的关系主要建立在粉丝的自
我投射及由此而生成的某种自恋式的愉悦之上。① 例如，体育迷就往往会
使用"we"这个人称代词来指代自己所喜爱的俱乐部，并将"母队"取
得的胜利等同于自己的胜利。

　　然而，在 2016 年的下半年，当我为博士学位论文开题四处搜集资
料，并因此读到这篇报道的时候，我针对流量明星粉丝社群日常活动的
参与和观察已经持续了大约两年②。站在"学者粉丝"的立场上，再结合
个人的切身体会，我对"当粉丝注定是没有回报的事情""与偶像分享成
功、共同成长"这类出自粉丝圈"外交人士"（考虑到受访者是一名颇有
话语权的粉丝领袖）之口，又被主流媒体不假思索地予以采信的"话术"
（discursive mantra）③，不免抱有一定的怀疑。也正是在这一时期，我开
始尝试从某些粉丝社群内部广为流传的"关键词"（例如 fan service，即
"粉丝福利"）入手，通过阐述偶像（流量明星）工业的运作机制，来反
推流量明星与粉丝之间普遍存在的"想象性的亲密关系"④。由此，我逐渐
意识到，要想深入地剖析"流量明星粉丝"的心理状态，仅仅强调那些
适宜公开宣扬的理由，例如"与偶像分享成功"等，而忽视其中"不足
为外人道"的部分，显然是不够的。

　　最初，我曾经设想过，如果采访那位鹿晗粉丝贴吧吧主的人是我，
那么，围绕上述话题所展开的讨论，是否还有进一步向下挖掘的可能？
我会尝试引入"粉丝福利"等相关话题，来反驳她的说辞（"当粉丝注定
是没有回报的事情"）么？这一设想令我陷入两难之境。一方面，我着实
无法认同对方的论调；但另一方面，在民族志研究的框架之内，要判断

① Sandvoss, Cornel. *Fans: The Mirror of Consumption*. Polity Press, 2005, pp. 95—122.
② 这当然是一种"冠冕堂皇"的说法，实际的状况是，我追了两年星。
③ 话术：粉丝文化学者马特·希尔斯认为，通常情况下，粉丝社群之中流传甚广的某些
话语叙事，只不过是小众社群的防御性表达，并不能体现粉丝内心最为真实的想法。他将这
种"防御性的表达"称为"discursive mantra"，本书译成"话术"。参见 Hills, Matt. *Fan Culture*.
London and New York: Routledge, 2002。
④ 高寒凝、王玉玊、肖映萱、韩思琪、林品、邵燕君：《大家都知道这是场游戏，但难道
你就不玩了吗？——有关爱豆（IDOL）文化的讨论》，《花城》2017 年第 6 期，第 190—197 页。

某些特定的观点（例如"偶像与粉丝之间存在想象性的亲密关系"）究竟是知识还是偏见，仍然存在一定的困难。而我作为"学者粉丝"的特殊身份，也为访谈工作的推进带来了许多颇具干扰性、诱导性的不稳定因素，例如容易先入为主等。此外，考虑到"亲密关系"等私密话题的引入，获取受访者的信任也变得越发困难……种种迹象都表明，由于缺乏人类学的学科背景，这类带有介入性质的民族志访谈，似乎并不是我所能驾驭的研究方法。

2017 年 10 月 8 日中午 12 时整，鹿晗通过自己的新浪微博账号公开了与女星关晓彤的恋情。随后的一个半小时内，这个日活跃用户超过 1 亿的大型社交网站彻底陷入瘫痪。像是引爆了一颗"流量核弹"，裹挟着愤怒、疑惑与流言的冲击波，在互联网舆论场的正中央掀起一连串有关"偶像为什么不能谈恋爱"的大讨论。① 而在某些"鹿晗粉丝团体/前鹿晗粉丝团体"内部，各种真真假假的"脱粉"（脱除"鹿晗粉丝"的身份）宣言，虚虚实实的党同伐异，更是纷繁复杂、难以尽述。

这或多或少印证了我此前的观点：粉丝会因为偶像恋爱而感到伤心痛苦，甚至"脱粉"，至少表明他们追随偶像并不仅仅是为了从偶像身上获得代偿性的成功。偶像始终保持单身状态，以满足粉丝的亲密关系想象，也是至关重要的因素之一。此外，由于事发突然，颇有一些鹿晗粉丝（或前鹿晗粉丝）因备受打击而选择撰写文章来纾解痛苦，一时间，竟产出了大量广为流传的网络热帖。由于并不涉及研究者对人类对象的介入和互动，这些帖子引用起来相对便利，② 笔者原本打算遴选几条作为民族志研究的材料，但仔细浏览过后，却被渗透在字里行间血淋淋的创伤性体验所触动。

这也迫使我开始重新审视过往的一年多时间里为撰写博士学位论文而搜集到的所有民族志资料。我不得不承认，正是研究对象（虚拟化、

---

① 围绕这场论辩双方的分歧主要在于，对不太熟悉偶像工业运作规律的普通网友而言，粉丝干涉偶像的私生活，显然是对偶像人身自由的肆意践踏；但真正有过粉丝社群活动经历的人，却多少能够体会鹿晗粉丝的愤怒与无助。

② ［美］罗伯特·V.库兹奈特：《如何研究网络人群和社区：网络民族志方法实践指导》，叶韦明译，重庆大学出版社，2016 年，第 176—187 页。

商品化的亲密关系）的特殊性，导致其中的绝大多数材料都面临着研究伦理方面的风险。

就在我为此事感到焦虑的时候，网络文学与网络亚文化社群中的无穷无尽的"黑话""术语"和"关键词"，又令我陷入了名词解释的深渊。以一个看似十分简单的句子为例，"清穿文是女频穿越小说最重要的子类型之一，主要采用魂穿设定"，这短短的 27 个字里，需要详加解释的概念就多达 4 个，分别为"清穿文""女频""穿越小说"和"魂穿"。这意味着，本书每一个章节的开头，都需要经过一段漫长的"前奏"，方能进入正题，推进效率可以说是极低。然而，要真正地触及本书的核心问题意识，准确、全面地把握上述概念，名词解释本就是不可或缺的重要前提之一。更何况，这些概念也确有其独特的内涵，很难找到可供替换的同义词或近义词。

这促使笔者开始思考另一种可能性：既然本书的问题意识不经由冗长的名词解释便无法言说，那么，对这些概念予以详细阐述的过程本身，是否已经导向了问题的最终解决？换句话说，倘若精心挑选出若干个网络文学、网络亚文化领域的"关键词"和"关键概念"，先不必急于"廓清定义、转入主题"，而是在必要的情况下，尽可能地从"历史语义学"（historical semantics）、"概念史"（Begriffsgeschichte）或"关键词研究"（keywords）的视角出发，对其进行溯源、阐释及辨析，再以恰当的顺序连缀在一起，如此，是否已足够达成本书的研究目的？

所谓"历史语义学"，指的是一种"聚焦于话语和文字、图像和音像、礼仪和习惯的表述形式的差异性"，"探索以往不同社会中各种语义之生成条件、媒介和手段，深究各种文化用以自我表述的知识、情感和观念之语义网络的先决条件"的研究。[①]"概念史"和"关键词研究"则是"历史语义学"的分支与变体。其中，"概念史"一词译自德语 Begriffsgeschichte，是一种起源于德国学术界的研究方法。其词根 Begriff，由动词 begreifen 演化而来，指对于那些不容易弄懂的事物的"理

① 方维规:《历史的概念向量》，生活·读书·新知三联书店，2021 年，第 17 页。

解"，也是一种经过思考而获得的理解。总体而言，"概念史"所研究的，其实就是"理解的历史"，它通常关注某些重要概念在历史中的形成、运用与嬗变，以及社会变迁在这些概念中留下的语义烙印。①"关键词研究"则由文化研究的重要奠基者、英国学者雷蒙·威廉斯（Raymond Williams）开创，"竭力梳理和叙写词汇发展及其意义，揭示词语背后的历史蕴含和隐含动机"。既属于历史语义学的范畴，也是文化研究的重要方法。②

总而言之，出于研究伦理、研究方法的可操作性等多重因素的考量，即使站在"学者粉丝"立场的"网络民族志"观察始终是本书最重要的研究基础，但包括民族志访谈、民族志材料分析在内的一系列研究方法，则或是被尽数舍弃，或是被放置在较为次要的位置上。取而代之的，便是围绕网络文学、网络亚文化内部的重要概念或"关键词"所做的带有"历史语义学"意味的考察，即厘清它们的能指与所指，分析它们在具体文本、具体语境之下的含义及其（跨文化、跨学科、跨语际）传播、流变的过程，尤其关注它们从主流文化中的一般用语蜕变为亚文化领域专门术语的瞬间，以此揭示沉淀于其中的社群历史（特别是主流文化与亚文化之间的交往与分歧）。

具体来看，后文所涉及的概念大致可以分为以下三类。

第一类，是那些网络文学、网络亚文化领域原生的且最能体现其核心特征的"本土概念"，例如"女性向""CP"或"魂穿"等。对于这类概念，本书将基于前人的研究成果和自身的"网络民族志"观察，尽可能准确地描述它们的起源、发展及流变，并以此为基础，引出本书的核心问题意识。

第二类，是过往学术界用来概括、分析某些文化现象，尤其是亚文化领域的文化现象的概念或术语，例如"萌要素""可塑性性征"等。

---

① 方维规：《概念史研究方法要旨》，载《新史学（第三卷）：文化史研究的再出发》，中华书局，2009 年，第 3—20 页。

② 方维规：《关键词方法的意涵和局限——雷蒙·威廉斯〈关键词：文化与社会的词汇〉重估》，《中国社会科学》2019 年第 10 期，第 116—133 页。

本书除引用相关文献来解读它们的原始内涵之外，还将结合具体的语境，辨析这些概念是否适用于本书的研究对象。在必要的时候，也会稍加演绎，创造出一些适用于新现象、新事物的新概念，例如"罗曼蒂克2.0""亲密关系要素"和"虚拟性性征"等。

第三类，是一些内涵和外延都相对清晰、简单的亚文化"关键词"，例如"女频""人设"和"氪金"等，以及一些内涵足够复杂，但与本书的核心问题意识没有直接关联的概念，例如"同人"等，都只简要地以名词解释的形式予以处理。此外，尽管前文曾经交替地使用过"概念""术语""黑话"和"关键词"等多种称谓，但对于本书所涉及的绝大多数研究对象而言，无论称其为"概念"还是"关键词"，往往都是可行的，无须区分得特别清楚。因此，在接下来的讨论中，将不再刻意强调"概念"和"关键词"之间的层级差异，而是统一称作"概念"。

总体而言，无论是针对不同类型的概念，还是任意一个具体的概念展开分析，本书所用到的研究方法与理论资源都不尽相同，很难在较短的篇幅内尽数囊括，只有留待正文中逐一加以呈现。

最后，还要特别感谢"北京大学网络文学研究论坛"于 2016 年启动的一项编写"网络文化关键词"词条的工作。作为论坛的主要成员之一，我撰写了全部 6 个单元中的近 20 个词条。这项研究的成果，已于 2018 年结集出版为一本带有工具书性质的学术科普类书籍，题名为《破壁书：网络文化关键词》。[①] 该书以词典的体例，为上百个"网络文化关键词"提供了清晰准确、追根溯源且具有一定学术性的释义。本书所涉及的许多概念，都曾被收录其中，主要分布在"二次元·宅文化"单元、"网络文学"单元和"电子游戏"单元等。

三、篇章结构与概念界定

本书共分为四个章节。

---

① 邵燕君主编：《破壁书：网络文化关键词》，生活·读书·新知三联书店，2018 年。

第一章旨在界定"罗曼蒂克 2.0"的具体内涵，也就是回答"什么是罗曼蒂克 2.0"这个问题。对此，本书的"解题思路"是将"罗曼蒂克 2.0"与人们所熟知的"浪漫爱情"——"罗曼蒂克"的 1.0 版本——进行对比，在厘清差异的基础之上对其做出相对准确的定位。除此之外，为了尽可能清晰、全面地描述"罗曼蒂克 2.0"的基本形态与运作机制，本书还引入了一组彼此关联且互有重合的"概念簇"，包括"女性向""角色配对""萌要素"以及"人设"等。

其中，"女性向"源自日语词汇"女性向け"（じょせいむけ，jyosei muke），其字面含义为"面向女性、针对女性的"。在中文网络亚文化的语境中，"女性向"从广义上看，可以用来形容一切满足女性需求的消费品；狭义上，则特指以女性为主要参与者，同时"规避外界窥探"的各类文化生产活动及其粉丝社群生态。① 针对这一概念的详细阐释，将在本书的第一章中再行展开。此刻需要加以辨析的，则是"女性向"和另一个与之颇为相似的概念——"女频"之间的差异。"女频"，即"女生频道"的缩写，最初指商业文学网站"起点中文网"为集中刊载"符合女性读者阅读趣味"的网络文学作品而设立的一个专区②，后来逐渐成为各主流商业文学网站区分不同读者群体及作品类型的重要标签。尽管"女性向"的广义内涵几乎同"女频"完全一致，但相比之下，"女频"毕竟是一个与商业文学网站的内部架构、运营策略高度捆绑的概念，也就是说，在网络文学界，"女频"才是真正意义上被广泛使用的、更为"本土化"的表述方式。因此，后文在涉及网络文学③，尤其是商业文学网站上刊载的长篇类型小说时，将主要使用"女频 / 女频文"这个概念；而在提

---

① 参见邵燕君主编《破壁书：网络文化关键词》，第 166—172 页，"女性向"词条，该词条编撰者为肖映萱。

② 由于起点中文网在建立之初（2005 年前后）连载的小说大多更符合男性读者的口味，那些少量面向女性读者的创作就被汇总到一个单独的页面里，并为了区别于网站整体的创作风格与读者构成，特意命名为"女生频道"。2009 年，该频道拥有了自己的专属域名，正式成为一个独立的网站，并更名为"起点女生网"。

③ 本书并没有对"网络文学"这个概念做出明确的界定，这是因为书中涉及的网络文学作品仅包括商业文学网站上连载的长篇类型小说和一部分发表在网络平台上的"女性向"同人小说，将它们称之为"网络文学"是不存在任何疑问的。

及"女性向"时，则多取其狭义内涵，并标注双引号以示强调。

本书坚持引入"女性向"概念的目的，是为了征用其"规避外界窥探"的衍生义项，并以此为"边界"，对孕育出"罗曼蒂克 2.0"的、主要参与者为女性的网络文学、网络亚文化粉丝社群的大致范围加以限定。而这类"女性向"粉丝社群的诞生及运转，则主要得益于"趣缘社交"和"参与式文化"在互联网时代的兴盛。

所谓"趣缘社交"，指的是发生在"以特定兴趣爱好为集体认同而结成的爱好者群体"内部的一种社交行为。从霍华德·瑞恩高德（Howard Rheingold）通过对旧金山湾区一个合作式网络"WELL"的观察，首次提出"虚拟社区"（virtual community）的概念，① 到雷尼·赖斯洛夫（Rene T. A. Lysloff）以互联网音乐爱好者群体作为研究对象，将这类"虚拟社区"的存在基础归结为共同的兴趣、理念与目标，② 趣缘社交和互联网媒介之间相辅相成的关联已逐步得到了证明。林品在《"有爱"的经济学——御宅族的趣缘社交与社群生产力》一文中指出，由于血缘、地缘认同的日趋淡薄，趣缘社交已几乎成为中国独生子女一代日常生活中最重要的社交渠道。而中国大陆地区互联网信息服务的建设与发展，以及包括网络论坛、QQ 群、百度贴吧、新浪微博在内的各种垂直社区、实时通信软件和社交平台的普及，也为独生子女一代穿越茫茫人海、寻找志同道合的友人，重组人际关系纽带并结成相应的趣缘社群提供了极大的便利。③

"参与式文化"（participatory culture）则是詹金斯在《文本盗猎者：电视粉丝与参与式文化》中提出的一个新概念。詹金斯使用这一概念的

---

① Rheingold, Howard. *The Virtual Community: Homestanding on the Electronic Frontier.* New York: Addison-Wesley, 1993, p. 6.

② Rene T. A. Lysloff. *Musical Community on the Internet: An On-line Ethnography.* Cultural Anthropology, 2003, 18(2), pp.233–263.

③ 林品认为，由于独生子女一代注定没有兄弟姐妹，血缘认同本就十分淡薄。改革开放以来，飞速的城市化进程和人口流动又剥离了中国传统社会中建立在农耕文明和宗法制基础上的亲属关系与地缘认同。长期处于这种"原子化生存"的状态，使得独生子女一代的社交需求很难得到充分的满足。参见林品《"有爱"的经济学——御宅族的趣缘社交与社群生产力》，《中国图书评论》2015 年第 11 期，第 7—12 页。

目的，是为了强调电视媒体粉丝的"参与者"身份，以便将其与传统的"电视观众"区分开来。粉丝文化范畴内的参与式文化，特指在一个平等、互惠，具有社交性和多样性的非正式社群之中，每个社群成员各自贡献出自己的智慧与创造力，从而形成的某种媒介内容和信息的生产、流通与整合。①

在使用"女性向"概念描绘出"罗曼蒂克 2.0"的边界之后，本书将通过分析"角色配对"这个"罗曼蒂克 2.0"的前置动作，对孕育出"罗曼蒂克 2.0"的"女性向"网络文化社群及其粉丝活动的运作机制予以讨论。尽管这一讨论过程难免会利用到一些从网络民族志观察中得来的材料，但核心观点的呈现仍然有赖于"萌要素"和"人设"等概念的引入。

"萌要素"（萌え要素，もえようそ，moe youso）源自日本学者东浩纪在《动物化的后现代》这本专著中提出的"数据库消费"理论，它是对当代日本御宅族②群体消费 ACG ③作品的方式与接受路径做出的某种概括总结。④以上述理论为基础，结合大塚英志在《"御宅族"的精神史：1980 年代论》中所探讨的日本漫画创作体系对女性身体的符号化表达⑤，以及上野千鹤子《厌女：日本的女性嫌恶》中有关"好色男的厌女症"的论述⑥，本书将对另一个重要的概念"人设"（character setting）进行全方位的解读。

在第一章的最后，这种以"女性向"为边界，以"角色配对"为

---

① ［美］亨利·詹金斯：《文本盗猎者：电视粉丝与参与式文化》，郑熙青译，北京大学出版社，2016 年。

② 御宅族：源自日语中的"御宅"（おたく，otaku）一词，指的是日系漫画、动画、电子游戏和轻小说（light novel）的爱好者。参见邵燕君主编《破壁书：网络文化关键词》，第 2—6 页，"宅"词条，该词条编撰者为林品。另外，"二次元爱好者"一词在本书的语境之中，也和"御宅族"同义。

③ ACG：即 Anime（动画）、Comic（漫画）、Game（游戏）的首字母缩写，特指与日本御宅族文化相关的、一系列风格相近的文化消费品。参见邵燕君主编《破壁书：网络文化关键词》，第 7—11 页，"ACGN"词条的副词条"ACG"，该词条编撰者为高寒凝。

④ 東浩紀：『動物化するポストモダン：オタクから見た日本社会』，東京：講談社，2001 年。

⑤ ［日］大塚英治：《"御宅族"的精神史：1980 年代论》，周以量译，北京大学出版社，2015 年。

⑥ ［日］上野千鹤子：《厌女：日本的女性嫌恶》，王兰译，上海三联书店，2015 年。

前置动作的粉丝文化社群及其日常活动，将被概括为"亲密关系的实验场"。同时，对比英国社会学家安东尼·吉登斯（Anthony Giddens）在《亲密关系的变革》中提出的"可塑性性征"（plastic sexuality）①，本书还创造了"虚拟性性征"（virtual sexuality）这个新概念，具体包括两个要点，即"成为虚拟化身或虚拟实在"以及"与另一个虚拟化身或虚拟实在恋爱"，用于描述"罗曼蒂克 2.0"的基本属性。

第二章所尝试解决的命题是"罗曼蒂克 2.0 的诞生背景"。该命题可进一步拆分为两个面向，其中第一个面向主要着眼于互联网媒介环境，第二个面向则重点关注与性别议题相关的社会文化环境。

在简要地根据信息通信技术的迭代、网民人口增幅、大型互联网企业的运营策略（例如"泛娱乐"产业链的建立）等因素，对过去近三十年来中国大陆地区互联网文化的发展状况进行历史分期之后，本章将以"数字劳动"这个数字资本主义（digital capitalism）②研究领域的关键概念作为切入点，对互联网文化行业的运作机制及其核心受众群体的现实处境予以讨论。"数字劳动"的概念诞生于互联网信息技术浪潮的大背景之下，当人类社会被重构为一个巨大的无形工厂，生产与再生产、工作与休闲之间的界限亦随之消融。③各种"无酬"（free）并且"能从中感受到愉悦的自觉自愿的上网行为"④，即"数字劳动"，便因此浮现出来。它包括但不限于"点击、浏览"这类为网站贡献"流量数据"（traffic data）的日常使用行为，以及在网络空间中粉丝社群基于"参与式文化"的理念而开展的文化生产活动等。⑤

---

① ［英］安东尼·吉登斯：《亲密关系的变革——现代社会中的性、爱和爱欲》，陈永国、汪民安等译，社会科学文献出版社，2001 年。

② 数字资本主义：一种以数字信息技术为基础，同时与资本全球化进程紧密勾连的新型资本主义生产方式。参见［美］丹·希勒《数字资本主义》，杨立平译，江西人民出版社，2001 年。

③ Lazzarato, Maurizio. *"Immaterial Labour."* Radical Thought in Italy: A Potential Politics. Eds. Paolo Virno and Michael Hardt. Minneapolis and London: University of Minnesota Press, 1996.

④ Terranova T. *Free Labor: Producing Culture for the Digital Economy.* Social Text, 2000, 18(263), pp.33–58.

⑤ Fisher E. *How Less Alienation Creates More Exploitation? Audience Labour on Social Network Sites.* TripleC (Cognition, Communication, Co-Operation): Open Access Jo. , 2012, 10(2), pp.171–183.

为了能够源源不断地剥削用户的"数字劳动",互联网资本还必须掌握一类关键性的无形资产——"IP"（Intellectual Property，知识产权）。本书将结合上述两个概念,并借助《知识产权法》的相关条目以及由克里斯蒂安·福克斯（Christian Fuchs）提出的新版利润率计算公式 [①],以电影《大圣归来》的宣发过程和商业文学网站晋江文学城的"积分榜单"为例,对这一剥削过程予以呈现。

本章接下来所要关注的,是"以女性为目标受众"的文化消费产品在日本、北美和中国港台地区诞生、发展与流行的经过,并尝试从"媒介和性别的关系"等视角出发,分析中国大陆地区"女性向"网络文化消费市场的现状。除此之外,由计划生育政策所造就的"独生女一代"（她们也是"罗曼蒂克 2.0"的重要受众）的现实困境,以及在困境中萌发的"网络女性主义"思潮,也是解读"罗曼蒂克 2.0"诞生背景的重要切入点。最后,借用"情感劳动"（emotional labour）[②]这个概念,本章还讨论了"女性向"文化产品的受众与亚文化社群的粉丝对这种"虚拟化的亲密关系"产生消费需求的根本原因。

第三章主要以"女性向"网络文学之中的女频言情小说、女频耽美小说和"女性向"同人小说这三个重要的大类作为观察对象,依次分析"罗曼蒂克 2.0"在其中的具体表现。

首先来看女频言情小说。本书所选取的切入点,是在网络文学实现商业化转型的最初几年（2004—2007）便已形成一定创作规模且名作辈出的女频"穿越小说"的子类型——"清穿文"。通过将"清穿文"中的"清"字解读为"清宫剧同人",第一章曾经分析过的一些概念,包括"角色配对""人设"和"萌要素"等,也纷纷在"清穿文"的创作实践中得到了印证。随后,"清穿文"中的"穿"字也被落实为"穿越"设定的变体"魂穿"。作为一个包含有"离魂/附身"动作的设定,"魂穿"实

---

① ［英］克里斯蒂安·福克斯：《数字劳动与卡尔·马克思》,周延云译,人民出版社,2020 年,第 139—141 页。

② ［美］阿莉·拉塞尔·霍克希尔德：《心灵的整饰：人类情感的商品化》,成伯清、淡卫军、王佳鹏译,上海三联书店,2020 年。

际上正是雪莉·特克尔（Sherry Turkle）在《虚拟化身：网路世代的身份认同》一书中所指出的"登录网站/ID、成为虚拟化身"这一网络时代的虚拟化生存经验的隐喻。[①] 由此，在女频网文的创作中，也衍生出一系列将个体意识与自然身体错配重组的尝试，例如"性转文"等。这与《赛博格宣言》中围绕"赛博格"概念的论述，包括"混淆了人类与动物、有机体与机器、身体与非身体之间的界限"，是对"白人男性父权制资本主义"的反叛，也"暗示了一条走出二元论迷宫的途径"等，[②] 是存在相通之处的。

其次是女频耽美小说。这部分的论述主要关注配对符号"×""/"，以及"攻受""幻肢"等概念，同时参考詹金斯对流行于早期北美电视剧粉丝同人创作中的一个亚类型——"初次"故事的研究[③]，以及伊芙·科索夫斯基·赛吉维克（Eve Kosofsky Sedgwick）所提出的分析框架"男性同性社会性欲望"（male homosocial desire）[④]，对蕴含在耽美创作中的性别意识展开讨论。同时，基于福柯有关古希腊人在同性性爱关系中的自我治理技术[⑤] 和凯瑟琳·麦金农（Catherine MacKinnon）围绕"伪装性高潮"（faking orgasm）问题的研究[⑥]，本书认为，耽美创作实际上是迫使文本内部约半数左右的男性角色必然沦为"性欲望的客体"的一种装置。而与这种"性客体化"趋势相呼应的，则是"幻肢"概念的浮现。其中所包裹着的"阉割情结"（castration complex）[⑦]，以及作为某种流动的"菲勒斯"（Phallus）的属性，则使得女性耽美读者获得了一个包含有"幻

①　[美]雪莉·特克尔：《虚拟化身：网路世代的身份认同》，谭天、吴佳真译，远流出版社，1998年。

②　[美]唐娜·哈拉维：《类人猿、赛博格和女人——自然的重塑》，陈静译，河南大学出版社，2016年。

③　[美]亨利·詹金斯：《文本盗猎者：电视粉丝与参与式文化》，郑熙青译，北京大学出版社，2016年，第196—209页。

④　[美]伊芙·科索夫斯基·赛吉维克：《男人之间：英国文学与男性同性社会性欲望》，郭劼译，上海三联书店，2011年。

⑤　[法]米歇尔·福柯：《性经验史》，佘碧平译，上海世纪出版集团，2005年。

⑥　MacKinnon, Catherine. *Feminism Unmodified, Discourses on Life and Law.* Cambridge(Mass.) et Londres：Havard University Press, 1987, p. 58.

⑦　[德]弗洛伊德：《弗洛伊德文集3：性学三论与论潜意识》，车文博主编，长春出版社，2004年。

肢"这一虚拟器官的"虚拟化身"。

再次，相较于女频言情小说、女频耽美小说，"女性向"同人小说的创作则显得较为复杂暧昧，很难找到合适的论述角度。只能暂时将其放置在"女性向"网络文学的脉络之中，略去针对历史沿革、圈层定位等问题的梳理，并从中挑选出"泥塑"和"ABO"这两个相对较为流行的设定，分别予以讨论。其中，"泥塑"这个部分关注的是"泥塑文"中负责"承载读者／作者的自我投射"的特定角色所呈现出的"幻肢态"；而在"ABO"这个部分，则强调了它便于开展具有性别实验意味的配对尝试的固有属性，以及该设定颠覆人类身体构造唯一性的具体表现。

第四章所要讨论的则是包括偶像（流量明星）粉丝文化和二次元、游戏产业在内的各种"女性向"网络亚文化中的"罗曼蒂克2.0"。

结合第二章中有关"泛娱乐"产业链和"数字劳动"的研究，本章试图在"流量明星""粉丝"和"互联网资本"三方博弈的动态关系中把握当前中国大陆地区偶像（流量明星）粉丝文化的基本状况。其中，流量明星与粉丝之间的关系被归纳为：流量明星向粉丝提供"亲密关系劳动"，以此换取粉丝的"数字劳动"（反之亦然），从而在彼此之间结成所谓的"准社会关系"。

不同于主要涉及"看护病人、赡养老人"等照料工作（care work），并且同样以"亲密关系劳动"为常用译名的概念"intimate labour"，本书所提出的"亲密关系劳动"是一种旨在制造"带有浪漫爱情和情欲色彩的亲密关系想象"的劳动。其主要表现形式是作为偶像这门职业的必备技能与日常工作的"粉丝福利"，例如在社交网络上向粉丝们示爱，或线下活动时的飞吻、比爱心手势等。显然，"粉丝福利"，正是阿莉·拉塞尔·霍克希尔德（Arlie Russell Hochschild）在《心灵的整饰：人类情感的商品化》中所提出的"情感劳动"这一概念的重要表现形式。

"准社会关系"（para-social relationship）则是由美国精神分析学家唐纳德·霍顿（Donald Horton）和理查德·沃尔（Richard Wohl）在其合著论文中提出的概念，指媒介接受者与他们所消费的媒介人物（明星、公众人物或电视剧中的角色）之间发展出的单方面的、想象性的人际交往关系。①

　　接下来，本章以流量明星与粉丝之间置换"数字劳动"和"亲密关系劳动"的现实状况为出发点，讨论了在这一背景之下，粉丝、流量明星的身份与属性各自发生了怎样的变化，以及他们之间的"准社会关系"又是如何被解读为"罗曼蒂克2.0"的。再从"御宅族""二次元"这组同义词的概念流变入手，结合东浩纪的"数据库消费"理论，陈述了"二次元"文化与"罗曼蒂克2.0"之间几乎一一对应的关系。此外，还以"女性向"恋爱游戏，特别是国产"女性向"恋爱题材手机游戏中的"氪金"机制为例，对电子游戏中的"罗曼蒂克2.0"展开了讨论。

　　在第四章的最后，本书由分至总，对基于"虚拟性性征"（作为"罗曼蒂克2.0"的基本属性）这一机制的共同作用而呈现出交汇贯通之势的各类网络文化生产活动与粉丝生态予以关注，主要包括"女性向"网络文学与偶像粉丝文化的融合、"女性向"网络文学与电子游戏的融合以及二次元文化与偶像工业之间的融合等。

引
言

---

　　① Donald Horton, R. Richard Wohl. *Mass Communication and Para- Social Interaction*. Psychiatry, 1956, 19(3), pp.215–229.

第一章
情为何物：
从"romance"到"coupling"

　　"罗曼蒂克2.0"，是笔者为了尽可能简洁、准确地表述本书的核心研究对象而新提出的概念，它借鉴了计算机行业通用的产品命名方案，由"名称"和"版本号"（version number）两个部分构成。常见的版本号，多为一串包含有分隔符"."的数字（或字母加数字），用以标记某个软件当前的更新状况。其中，位于第一个分隔符之前的数字为"主版本号"（major version number），只有当软件代码遭遇大规模修改，业已导致全局性的变化时，主版本号才会在原有数值的基础之上＋1。以存储和编辑这部书稿的笔记本电脑所搭载的操作系统mac OS 10.14.7为例，其软件名称为mac OS，版本号为10.14.7，主版本号为10。这意味着，自正式发布以来，它已经历了九次重大的版本更新。

　　以此类推，"罗曼蒂克2.0"这个概念所指涉的，理应是某种与"罗曼蒂克 1.0"——所谓的"浪漫爱情／浪漫之爱"——一脉相承而又大相径庭的事物。它广泛地存在于当下的各种网络流行文化，诸如网络文学、流量明星粉丝圈以及二次元、游戏产业的创作实践及其粉丝社群活动中。但从表面上看，又和前网络时代作为纸质出版物的商业言情小说（commercial romance）所大肆渲染的"浪漫爱情故事"并无太大差异。

由此可见，要阐明"罗曼蒂克 2.0"的内涵，首先必须厘清的，便是它与"罗曼蒂克 1.0"之间的渊源与分歧。考虑到有关"浪漫爱情"概念的讨论实在是过于卷帙浩繁，本章所能起的作用仅仅是提供一份简明扼要的"版本更新日志"[①]，即着重梳理"罗曼蒂克 2.0"这个"浪漫爱情"的"升级版"究竟在旧版本的基础上进行了哪些修订、增补或改动，以期为后续的研究提供一个基本的讨论前提。

一、"罗曼蒂克 1.0"发展简史

1. 西方世界中的"浪漫之爱"

从词源学的角度出发，无论是 romantic 还是 romance，其词根均为"Roman"，意为"罗马风格或罗曼语族的"。此处的罗曼语族（Romance languages），指的是罗马帝国衰落之后，欧洲各国在通俗拉丁语的基础上演化出的各种本土语言及其方言所构成的集合。欧洲中世纪风靡一时的骑士文学（chivalric romance），就是由罗曼语族下属的语言或方言撰写而成的。这类作品大多热衷于描写骑士与已婚贵妇之间的恋情，例如普罗旺斯[②]抒情诗中最知名的文学样式"破晓歌"（aubade），便常常以"骑士同贵妇人彻夜欢爱之后，于黎明时分依依惜别"的场景为题材。法国南部方言中一系列以 Roman 为词根的单词，包括 roman、romans 以及

---

① 版本更新日志：计算机软件在发布更新版本时，由软件开发者撰写的旨在向用户提供说明的文档，主要内容通常为本次更新相对于旧版本进行了哪些修订、增补或改动等信息。

② 普罗旺斯：位于法国东南部，历史上曾经是著名的"骑士之城"，现隶属于法国普罗旺斯－阿尔卑斯大区。

romant 等，也因此衍生出"叙事诗"的义项，特指以法语方言写成的诗体故事。① 久而久之，romance 在欧洲各国语言中的含义，便逐渐被引申为"通俗叙事类文学作品""爱情故事 / 爱情"以及"浪漫的氛围"等。②

骑士文学所着力渲染的这类发生在骑士与贵妇人之间的恋情，通常被称作"宫廷之爱"（Courtly Love，也可译作"优雅的爱"或"典雅的爱"），它的兴起有赖于十字军东征时期欧洲与伊斯兰世界的文化交流。12 世纪末，大量以歌颂爱情、赞美女性为主题的阿拉伯诗歌被远征归来的骑士们四处传唱，又恰好与当时盛行的圣母崇拜或更为隐秘的异教女神崇拜交汇融合。③ 骑士们因此坚信，只要他们如同侍奉圣母一般虔诚地侍奉（在世俗意义上）自己所倾慕的贵妇人，这真挚的爱情及求爱过程中所经受的考验，必将使他们的灵魂得到净化。"宫廷之爱"在基督教婚姻伦理的规范之外，为贵妇人的生活带来了久违的激情与活力，④ 骑士文学也因其露骨的题材，尤其是对奥维德（Ovid）诗歌中有关私通及性自由观念的公然宣扬而被教会视为异端，在此后的数百年间屡遭禁毁，并逐步转入地下 ⑤。

纵观"love"这个概念在西方社会中的语义变迁，"宫廷之爱"无疑是其中最具划时代意义的重大变革。《爱的本质》（The Nature of Love）三部曲的作者欧文·辛格（Irving Singer）就曾指出：直到"宫廷之爱"诞生以后，男女之间的性爱关系在西方世界才被认为是美妙的、值得为之奋斗的理想；它能使爱人的人（骑士）与被爱的人（贵妇人）都变得崇高，是一种伦理与美学上的成就，而不应仅仅归结为生理冲动，也并不必然走向婚姻；此外，性爱的热烈激情所催生的愉悦感，还能在恋人之

---

① Frédéric Godefroy. *Dictionnaire de l'ancienne langue française et de tous ses dialectes du IXe au XVe siècle.* Paris: F.VIEWEG, LIBRAIRE–EDITEUR, 1880, (10), p.8000.

② Schellinger, Paul. *Encyclopedia of the Novel(Volume 2)*, Routledge, 1998, p. 1113.

③ ［美］理安·艾斯勒：《神圣的欢爱：性、神话与女性肉体的政治学》，黄觉、黄棣光译，社会科学文献出版社，2009 年，第 32—33 页。

④ ［美］戴安娜·阿克曼：《爱的自然史》，张敏译，花城出版社，2008 年，第 59—78 页。

⑤ ［美］欧文·辛格：《超越的爱》，沈彬等译，中国社会科学出版社，1992 年，第 378 页。

间达成某种"神圣的合一"（holy oneness）。①辛格据此认为，作为西方世界民主化进程的一部分，"宫廷之爱"拓宽了"爱"所能覆盖的空间与阶层，是"一种在理想的人之间的爱，而非人与上帝或人与善之间的爱"。②这意味着，"宫廷之爱"既有别于柏拉图主义（Platonism）"只有绝对的美或善才是爱的终极目标"③的观念，也背离了中世纪基督教教义所倡导的人对上帝（作为唯一恰当的爱的形式）的爱，是一种"在人与人之间发生亲密关系的机制"④。

恩格斯（Friedrich Engels）则将"宫廷之爱"称为"第一个出现在历史上的性爱形式，亦即作为热恋，作为每个人（至少是统治阶级中的每个人）都能享受到的热恋，作为性的冲动的最高形式"。⑤这里被译为"性爱"的单词，在德文原文中写作 die Geschlechtsliebe，相比其近义词 Sexualität 所强调的"性驱力"，更多了一层"繁殖"的含义。这一观点与辛格的论述可谓殊途同归。

"宫廷之爱"对西方世界的影响，自中世纪后半期一路绵延至文艺复兴时期，后因受到清教运动及启蒙主义思想⑥的压抑而陷入沉寂。直到 18 世纪晚期，这种"以男女恋情取代宗教体验"的爱情观才伴随着浪漫主义运动的蓬勃发展，更进一步地糅合了柏拉图主义与新柏拉图主义（Neo-Platonism）对于"超越肉欲的、纯洁的爱"的追求，以及基督教"人可以通过爱在彼此之间分享神性（divinity）"的观念⑦，最终以"浪漫之爱"（romantic love）这个全新的身份再一次回魂转生。

①　Singer, Irving. *The Nature of Love2: Courtly love and Romantic.* Chicago and London: The University of Chicago Press, 1984, pp. 22–23.

②　［美］欧文·辛格：《超越的爱》，沈彬等译，中国社会科学出版社，1992 年，第 378 页。

③　［美］欧文·辛格：《超越的爱》，沈彬等译，中国社会科学出版社，1992 年，第 75 页。

④　［美］欧文·辛格：《爱情哲学》，冯艺远译，人民邮电出版社，2014 年，第 89—92 页。

⑤　［德］恩格斯：《家庭、私有制和国家的起源》，中共中央马克思恩格斯列宁斯大林著作编译局译，人民出版社，1972 年，第 67—68 页。

⑥　启蒙运动时期的主流爱情观认为，爱是一种理性的经验，它可以被体验到它的人所掌控，爱是生命中一个理性的、有秩序的部分。参见 Saiedi, Nader. *The Birth of Social Theory: Social Thought in the Enlightenment and Romanticism.* Lanham, MD: University Press of America, 1993。

⑦　Irving, Singer. *The Nature of Love2: Courtly love and Romantic.* Chicago and London: The University of Chicago Press, 1984, p. 285.

综上所述，"浪漫之爱"或者说"罗曼蒂克1.0"的基本含义，可以大致明确为：它是发生在两个人类个体（通常为异性）之间的，包含性爱元素的亲密关系。如此表述虽显得过分简略，也遮蔽了隐藏在这个概念之中的、诸多错综复杂的思想脉络，但对于达成本章的写作目的，即"撰写罗曼蒂克2.0的版本更新日志"而言，已经提供了足够充分、准确的信息。其可转译为如下两方面：第一，"罗曼蒂克1.0"的行为主体，是生物学意义上的人类或某些行为模式和情感表达都接近于人类的超自然生物（例如言情小说中的吸血鬼、外星人等）；第二，"罗曼蒂克1.0"的行为主体之间普遍存在着现实维度的、生理学意义上的性爱关系，或至少具备此种可能性。

2. "浪漫爱情"观念在中国的传播

中国人最早接触到浪漫之爱的观念，是在清王朝统治的晚期，即19世纪末至20世纪初。在此之前，借助文学作品、民间传说而不时溢出的情爱叙事与相思缠绵，则大多被儒家礼教指认为"男女私情"，是处于正统伦理秩序之外的"异常状态"。所谓"父子有亲，君臣有义，夫妇有别，长幼有序，朋友有信"（《孟子·滕文公上》），无血缘异性之间的合法关系只存在"夫妇"这一种可能。而"夫妇有别"的"别"字，也并不仅仅指向差别，更是在强调"差序"，即"父为子纲、君为臣纲、夫为妻纲"（《礼纬·含文嘉》）。《礼记·祭统》更是将贵贱、亲疏、远近、上下等抽象概念与君臣、父子、夫妇相提并论，其间隐喻的权力秩序的同构性，自是一目了然。[1] 而"君子之道，造端乎夫妇"（《中庸》），"人伦"作为结构中国社会的基本原则，恰恰是以"两性关系经由夫妇婚制的规范而走向等差化"为起点的。[2]

1876年12月，时任清政府访英使团副使的刘锡鸿在远离故土的"蛮夷之邦"目睹了当地青年男女的婚恋与社交习俗，他怀着惊愕的心情在

---

① 费孝通：《乡土中国》，北京出版社，2005年，第34—35页。

② 孟悦、戴锦华：《浮出历史地表——现代妇女文学研究》，河南人民出版社，1989年，第8—11页。

私人日记中写道："男女婚配皆自择。女有所悦于男，则约男至家相款洽（其俗女荡而男贞，女有所悦辄问其有妻否，无则狎而约之，男不敢先也），常避人密语，相将出游，父母之不禁。"① 1899 年，林纾翻译的《巴黎茶花女遗事》出版，"一时纸贵洛阳"。小说中呈现的巴黎上流社会的衣香鬓影、西欧诸国的"女士优先"礼仪，以及男子对所爱女子的谦卑姿态，也都伴随着阅读中的感动与泪水，成为令人惊异的文化体验。②

与此同时，面对"love"这个意蕴丰富（其中包含着一系列与"浪漫之爱"相关的复杂内涵，如自由平等③、爱情至上等）的外来词，中国知识界也对其译介方案展开了探索。尽管早在 19 世纪 20 年代至 40 年代，已经有来华传教士以汉语"爱"或"恋爱"对译英语"love"，但它所指的却是广义上的喜爱、疼爱、深切的爱或者喜好。至于狭义的男女之爱，则以"情"字译之，并含有贬义，指某种淫荡的感情。④ 19 世纪末，一大批中国学者、学生赴日交流，并因此接触到日语中"love"的译法，即"恋爱"。⑤ 此后，通过他们的创作与翻译工作，"恋爱"一词被正式引入汉语出版物。如 1900 年梁启超发表于《清议报》的《饮冰室自由书》一文中，就出现过这样的句子："人谁不见男女之恋爱，而因以看取人情之大动机者，惟有一瑟士丕亚。"⑥ 此外，有过留日经历的徐卓呆、陈独秀等人，也是这个新词的积极使用者。根据《妇女杂志》主编章锡琛的说法，"在中国的文字上，一向没有相当于英语'love'的意义的字，近来虽然勉强从日本的翻译，用'恋爱'这字来代替，然而一般人仍然没有关于

① 刘锡鸿：《英轺私记》，岳麓书社，1986 年，第 181 页。

② 張競：『近代中国と恋愛の発見——西洋の衝撃と日中文学交流』，東京：岩波書店，1995：82—90。

③ 在浪漫之爱的观念中，人们普遍认为，每个个体都拥有从自身的情感和欲望出发追寻所爱的对象的权力。这个对象既非真理，亦非上帝，更无须考虑阶级、种族甚至性别的差异。这一观念在法国大革命之后，与自由平等的理念交汇融合，逐渐形成了"恋爱自由"的思想。

④ 杨联芬：《"恋爱"之发生与现代文学观念变迁》，《中国社会科学》2014 年第 1 期，第 158—208 页。

⑤ 早在 19 世纪 70 年代，《日本国语大辞典》就以中村正直翻译的《西国立志编》为例，将"love"一词的译法定为"恋爱"（れんあい，ren ai）。1887 年出版的《佛和辞林》（即《法日词典》）同样以"恋爱"对应"amour"这个法语词。参见清地ゆき子《訳語"自由恋愛"の中国語での借用とその意味の変遷》，《日语学习与研究》2012 年第 6 期，第 40—50 页。

⑥ 梁启超：《饮冰室合集》第六册，中华书局，1989 年，第 47 页。瑟士丕亚，即莎士比亚。

这字的概念"。①

到了五四时期，"恋爱"一词的使用已较为普遍，几乎成为"love"的固定译法。"恋爱—love—浪漫之爱"这组概念中蕴含的足以颠覆儒家伦理秩序、反抗封建正统的能量，一如平地惊雷，裹挟着青年们对浪漫爱情发自内心的渴求与向往，浸润着他们旺盛的激情与生命力，在五四新文化运动的战场上炸响。《新青年》杂志 1917 年第 3 卷第 3 号上刊载的文章《女子问题之大解决》，就认为男女恋爱"乃自然天性，非人力足阻"。1918 年，陈独秀、鲁迅和周作人等新文化旗手陆续开始在《新青年》上撰文讨论"自由恋爱""贞操"之类的议题，他们大力宣扬"爱情至上"的观念，试图以此动摇传统家庭婚姻的组织结构，引导青年们反抗旧思想、开辟新生活。②

正如李海燕在《心灵革命：现代中国爱情的谱系》中评述的那样：

> 浪漫之爱一矢双穿：一方面，它展开了求爱与异性社会交往的兴奋刺激；另一方面，它也是对于父母权威的反叛，号召人们鼓起勇气，投身于"社会"与"民族"那一片令人心潮澎湃的领域。在后一种意义上，1920 年代不胜枚举的"自由恋爱"故事，真正指向的其实并非是恋爱或婚姻的自由，而是与家庭、传统和地域性的断裂，它们暗中合力打造着一种民族共同体，要求个体的身份必须凌驾于一切特殊性的束缚关系。③

此后的很长一段时期内，浪漫爱情的观念逐渐与"革命"相耦合，时而并举，时而被遮蔽。20 世纪 70 年代末至 80 年代初，它又被"伤痕文学"与"反思文学"的创作脉络所征用，成为作者们重审历史的重要

---

① 章锡琛：《驳陈百年教授〈一夫多妻的新护符〉》，《莽原》周刊第四期，1925 年 5 月 15 日，第 37 页。

② 张莉、旷新年：《新媒体与现代爱情观念的建构》，《南开学报（哲学社会科学版）》2010 年第 1 期，第 15—22 页。

③ ［美］李海燕：《心灵革命：现代中国爱情的谱系》，修佳明译，北京大学出版社，2018 年，第 101 页。

思想资源。此外，在中国的所谓"通俗文学"领域，也涌现出一大批以
"浪漫爱情"为书写对象的商业言情小说。它们肇始于 20 世纪初期鸳鸯
蝴蝶派的创作，到 80—90 年代，则有风靡大陆的港台言情小说与之遥遥
呼应，于是在世纪初与世纪末的两端分别留下了一道绮丽的胭脂粉痕。

3."浪漫爱情"中的性别秩序

在"浪漫之爱"孕育诞生的过程中，还绵延着一条并不隐秘的脉络，
那便是平权思想的萌芽与妇女地位的提升。

事实上，"宫廷之爱"的确立，正是缘于十字军东征时期一个特殊
的历史背景：当时，欧洲各国的封建领主们常年征战在外，只得由配偶
代行统治权，一大批贵族妇女因此成为领地范围内最有权势的人物，引
得游侠骑士们争相追逐。① 18 世纪以来，许多浪漫主义诗人、文学家也
在"浪漫爱情"这一观念的基础上，对当时的妇女地位等问题展开了探
讨。其中，雪莱（Percy Bysshe Shelley）和司汤达（Stendhal）作为女权
主义的先锋，认为有必要为妇女提供更多的教育和个人发展机会，因为
"浪漫之爱"的成立很大程度上依赖于两性在文化水平上的对等。丁尼生
（Alfred Tennyson）的观点则较为折中，他主张赋予女性相对的平等地位，
即让她们成为恋人工作上的助手或陪伴者。②

美国作家凯特·米利特（Kate Millett）显然对此颇有微词，她揶揄
道："人们普遍认为，典雅爱情③和浪漫爱情观念大大缓解了西方的男权
制。虽然这确实是事实，但是其影响也被大大地过高估计了。"她认为，
骑士行为是男权的一种妥协，它为顺从的女性保全脸面，同时遮掩了整
个西方文化的男权制特征。④

安东尼·吉登斯则为我们提供了另一重视角。在他看来，"浪漫之
爱"的兴起，主要是缘于一系列复杂的历史变革，这些变革包括：家庭

---

① ［美］戴安娜·阿克曼：《爱的自然史》，张敏译，花城出版社，2008 年，第 59—78 页。
② Irving, Singer. *The Nature of Love2: Courtly love and Romantic.* Chicago and London: The
University of Chicago Press, 1984, p. 300.
③ "典雅爱情"是"宫廷之爱"的另外一种译法。
④ ［美］凯特·米利特：《性政治》，宋文伟译，江苏人民出版社，2000 年，第 46—47 页。

的营造；父母与子女关系的变化；所谓"母爱的发明"。吉登斯认为，从19 世纪下半叶开始，家庭环境中的父性权力逐步走向衰落，妇女在养育子女方面的控制力随着家庭的微型化而日益增长，家庭政治的中心开始从"父性权威"向"母性教化"转移。①庶民妇女家庭地位的提升，使得原本局限于贵族阶层的"宫廷之爱"转化为更加普遍的"浪漫之爱"，并蔓延到婚姻框架内部的日常家庭生活之中。

无可否认，从"浪漫之爱"诞生的那个瞬间，即女性获得"爱情"这场游戏的入场券开始，性别问题就已经内在于一切有关"浪漫爱情"的叙述与讨论中了。法国社会学家布尔迪厄（Pierre Bourdieu）在其专著《男性统治》的结尾附有一篇短文《关于统治与爱情的附言》（*Post-scriptum sur la domination et l'amour*），开篇即罗列了一连串的自我设问：爱情难道是不受男性统治的法则支配的一个例外，唯一的例外、无比重要的例外？ 也是对象征暴力的一种悬置，或是这种暴力的最高形式，恰恰因为它是最微妙、最不易察觉的暴力形式？ ②

这里的"象征暴力"（symbolic violence），指的是倾向于再生产并强化一种由社会建构而生成的统治秩序的暴力。它将一种统治作为先验的事物强加给每一个社会行动者，通过被统治者的认同，人们把支配结构看作是自然而然的，从而接受它们。由此反观上一段中那一连串的设问，布尔迪厄首先假定，爱情是不受男性统治法则（作为一种象征暴力）支配的唯一例外。这么说的依据是，爱情作为某种具有魅惑性的情感，它的神秘影响可能会使男人忘记与他们社会尊严相关的义务（参考一系列红颜祸水的传说），从而引起统治关系的颠覆。但事实上，他并不赞同这一假定。因为所谓"颠覆"，显然是"反自然"的，必然会被视作"对既有统治秩序的背叛"而受到谴责，并反过来巩固男性中心的神话。此外，布尔迪厄还剖析了浪漫爱情叙事里十分常见的"命中注定"神话，以及隐藏其中的统治秩序，即妇女们通常会认为，由社会和家族分配给自己

---

① ［英］安东尼·吉登斯：《亲密关系的变革——现代社会中的性、爱和爱欲》，陈永国、汪民安等译，社会科学文献出版社，2001 年，第 56 页。
② ［法］皮埃尔·布尔迪厄：《男性统治》，刘晖译，海天出版社，2002 年，第 149 页。

的丈夫就是"一生的归宿",而这恰恰是对统治的认同。从这个角度出发,布尔迪厄认为,爱情事实上是象征暴力的最高形式。

不过,布尔迪厄仍然相信存在某种完美形态的"纯粹的爱情",人们中止象征暴力并互相认可,通过彻底的反思,超越利己主义和利他主义的取舍甚至主体与客体的区分,达到融合与相通的状态。① 这与阿兰·巴迪欧(Alain Badiou)在《爱的多重奏》中所表达的观点亦十分相似。②

而在布尔迪厄的论述中,他的一系列设问与否定的出发点,即"爱情是否具有颠覆男性统治的力量"这个论题本身,正是"爱情神话"的光晕最为闪耀之处。我们不妨看一看这个世界上所有的言情小说与爱情传奇,回想那些故事里无比暧昧的性别政治,回想女主角们奋不顾身、孤注一掷,以"真挚的爱情"为名,直面死亡、毒药与巫术的传奇叙事,不难发现其中隐隐包含着僭越性别秩序的野心:她们相信终有一日,她们的心上人也会像自己一样,被爱情迷惑而神魂颠倒。从这一刻开始,原本居于统治地位的男性就会变得谦卑、恭顺,甚至愿意为爱情放弃一切——金钱、地位或者江山。言情小说是属于女人的传奇,性别秩序颠倒的瞬间则堪比一城一国的沦陷,越是纯粹的言情小说,越是凭借着某种"僭越男权统治"的可能性或生或灭,就越是有近乎史诗的悲壮。没能从梦中惊醒,那便醒着做梦。

西蒙娜·德·波伏娃(Simone de Beauvoir)在《第二性》中,也曾经从性别研究的视角出发,讨论过浪漫爱情相关的话题。她认为,"爱情这个词对男女两性有完全不同的意义,这是使他们分裂的严重误会的一个根源","爱情在男人的生活中只是一种消遣,而它却是女人的生活本身"。③

在题为《恋爱的女人》的章节中,波伏娃试图描述某种产生于性别不平等状况之下的爱情的基本模式。当男性被视为自由的、有行动力的

---

① [法]皮埃尔·布尔迪厄:《男性统治》,刘晖译,海天出版社,2002年,第153页。
② [法]阿兰·巴迪欧:《爱的多重奏》,邓刚译,华东师范大学出版社,2012年。
③ [法]西蒙娜·德·波伏娃:《第二性Ⅱ》,郑克鲁译,上海译文出版社,2011年,第496页。

主体，女性则封闭在狭小的空间中，明白自己注定将属于某一个男性时，爱情几乎就是她们实现自我价值的唯一通道：只要她能够被某个男性所爱，便能分享他的男性气质。这个通道指向一条人生之路的捷径，它能使人几乎毫不费力地迅速获得一名向导、一个教育者（以及一个生活上的供养者），从而获得生活的全部意义。女人的不幸之处恰恰在于，在她成长的过程中，总会被人诱惑而走上这条便捷而又危险的道路。与此同时，她们的男性同龄人却会被鼓励以更为艰难却更加可靠的方式成长。

也正是因为这一系列缘故，女性在爱情中往往自居为幼儿，从她们的情人身上寻找父亲/导师的身影。她们在亲密关系中过度奉献、患得患失，并有着旺盛的受虐倾向，自尊水平极低。这样的爱情模式，在波伏娃看来，显然是不健康的，因为"真正的爱情应该建立在两个自由的人相互承认的基础上"。她畅想着，有一天"女人或许可以用她的'强'去爱，而不是用她的'弱'去爱，不是逃避自我，而是找到自我，不是自我舍弃，而是自我肯定，那时，爱情对她和对他将一样，将变成生活的源泉，而不是致命的危险"。[①]

二、"罗曼蒂克 2.0"的边界与前置动作

正如"罗曼蒂克 1.0"（浪漫爱情）的踪迹往往存在于骑士文学和言情小说中，"罗曼蒂克 2.0"的载体则主要是互联网平台上的各类文化生产活动与文化现象，例如女频网文、同人创作、偶像（流量明星）粉丝文化、二次元文化和电子游戏等。[②] 这意味着，要理解"罗曼蒂克 2.0"的内涵，对上述"载体"展开研究，未尝不是一个绝佳的切入点。但

---

① ［法］西蒙娜·德·波伏娃：《第二性 II》，郑克鲁译，上海译文出版社，2011 年，第528 页。

② 在北美、日韩等地区，同人文化、偶像粉丝文化和二次元文化均诞生于 20 世纪中后期，其起源和早期发展都与互联网媒介无关。但本书所要讨论的中国大陆地区的同人文化、偶像（流量明星）粉丝文化和二次元文化，却是在互联网进入中国之后，借助网络平台的传播，才逐渐流行开来的，并且与 Web 2.0 "用户生产内容"的精神完美契合。因此，称其为网络文化，是毫无问题的。

在此之前，尚有一组紧密关联且互有重合的"概念簇"，包括"女性向""角色配对""萌要素"以及"人设"等，需要作为论述的基本前提，先行加以阐释。其中最核心的两个概念，分别是"女性向"和"角色配对"。本书认为，前者恰好可以用来描述"罗曼蒂克 2.0"的边界，而后者则是"罗曼蒂克 2.0"的前置动作。

1. "女性向"概念的起源、流变与再阐释

关于"女性向"这个概念，绪论中已做过简要的介绍。它最初来源于日语词汇"女性向け"（じょせいむけ，jyosei muke），字面含义为"面向女性、针对女性的"。"女性向け"做定语时，可以与各种文化产品、服装鞋帽、汽车家电等的名称组合构成词组，表示"适合女性的"或"女式""女款"等。除此之外，并无任何特殊内涵。

仅从这层含义出发，"女性向け"在汉语中早有现成的同义词，实无作为外来词引入的必要。事实上，在中文语境中，最初也只有部分二次元文化消费品，如漫画、动画或游戏等，会将"女性向"用作修饰语，以表明它们的目标受众主要是女性群体（有时候特指成年女性）。二次元文化起源于日本，在跨语际传播的过程中，为凸显某种风格上的舶来感与异质性，其相关专有名词的读音或字形往往会被刻意保留下来。例如英语中的 manga 一词，就取自日语单词"漫画"的罗马拼音，专门用于指称日本漫画。同理，一系列以"女性向け"打头的词组，例如"女性向け漫画"（女性向漫画）、"女性向けアニメ"（女性向动画）和"女性向けゲーム"（女性向游戏）等①，也舍弃了更加本地化的译介方案，将"女性向"这三个汉字直接沿用了下来。20 世纪 90 年代中后期，"女性向"及其相关词组逐渐在华语地区的二次元爱好者中间流传开来，但本书所

---

① 这些词组虽然都以"女性向け"作为前缀，但在日语中的具体含义和使用范围却略有不同。其中，"女性向けゲーム"（女性向游戏）是为了区别于传统意义上主要针对男性用户开发的电子游戏而专门创造出来的新词，自 1994 年之后才得到广泛使用。"女性向けアニメ"（女性向动画）则专指面向少女、青年女性，同时并不适合女性幼童观看的动画作品。"女性向け漫画"（女性向漫画）虽然也常用于指代面向女性读者的漫画作品，但在使用范围上却远不及"少女漫画"等专有名词广泛。

要讨论的显然绝非这类使用义与日文原义保持一致的状况，而是它被借用甚至误用之后所生成的新义项。

先以文学网站"露西弗俱乐部"（简称"露西弗"）对"女性向"概念的使用与阐发为例。作为一个创立于 1999 年 12 月的元老级文学网站，露西弗在其《会员守则》中将网站的定位描述为"大型综合女性向原创文学网站"①。这里的"女性向"，是露西弗自建站以来贯彻至今的核心理念，根据网站创始人 Ducky 的解读，其含义为"女孩子的窝点闲杂免进"②。乍看之下，似乎与日文原义差别不大，但其字里行间流露出的"划清边界、谢绝窥探"的姿态，却显得尤为刺眼。在这一特定的语境之下，"女性向"事实上可以被拆分出两层含义：第一层是其日文原义的复现，即"面向女性的"，它描述并限定了露西弗用户（或类似的亚文化粉丝社群）的性别构成；第二层则是在跨语际传播的过程中衍生出的新义项，即"规避外界窥探的"，它点出了露西弗的运营理念与基本属性，意在划定边界，并利用这条边界围出一个相对封闭的文化空间和活动于其中的粉丝社群。

另一个可供佐证的材料，是动漫主题网站"桑桑学院"（简称"桑桑"）的"唯美地带"③栏目首页上的一则公告：

唯美地带外围

男生的场合——

无论是出于怎样的理由而进入这里，请在这里停一下，并三思。

① 这一定位出自露西弗俱乐部《会员守则》201012 版，参见 https://www.lucifer-club.com/userrule.html。

② 根据 Ducky 本人的说法，露西弗的"女性向原创站"标签大约自 2000 年起就已开始使用，由于年代久远，很难追溯究竟是创始团队中的哪位成员最早提出了这个概念，但可以大致确认这是一个化用自日语的词汇。参见《"女性向"的理想主义——露西弗俱乐部创始人 Ducky 等访谈》，载邵燕君、肖映萱主编《创始者说：网络文学网站创始人访谈录》，北京大学出版社，2020 年，第 65—69 页。

③ 桑桑学院：中国大陆地区最早的日本动漫专题网站/个人主页之一，由站长 sunsun（即桑桑）等动漫爱好者创立于 1998 年 5 月 24 日。"唯美地带"是该网站下属的一个栏目，主要发布描写男性同性恋情的耽美题材同人作品，又名"耽美小岛""唯美主义"等。

之下的场合，是小众、私人的领域。

是女性所书写，只适合女性观看，小众范围内的文字。

无论出于怎样的原因，都并不适合您。

请珍重自己选择的权利，离开这里。

学院中影音、原创、评论，和其他的同人作品，也许更适合您的阅读。【跳转链接】

再次重复，之下是并不适合您的场所。

纵使您是以宽容理解的心态想要了解，

也请注意，这只是小众范围的作品。

……郑重请您离开。【跳转链接】

女生的场合——

之下的场合，是小众、私人的领域。

是诉诸于女孩们"浪漫唯美"的感官追求，与感性透明心思的作品。

在您选择进入前，请仔细阅读之下文字：

首先，唯美并不等于耽美，

从英国流传到日本，所谓唯美的定义，已发生重大的改变，

而在日本，由唯美而演变成日后被以耽美所称的文字，

也是经历了漫长的历史。

所以我们在这里谈论的，已经不是正统意义上的唯美，

与"艺术只为艺术"的唯美主义。

以下作品是更偏重耽美向的，

由女性所书写，只适合女性观看，小众范围内的文字。

而这段解释，也只是私人、小众性质的

无论是属于这部分归类下的作品，

或者这段文字本身，

性质都只是如此而已。

是不适合在公开版面上讨论，

亦希望能不被引用、不被干扰、不被过分重视的

私人性质区间。

在进入之前，请先切实了解这点，

并请在今后，切实遵守。

十分多谢。①

这篇公告看似言辞闪烁、迂回缠绕，实则并非难以理解。其中最容易被辨识的部分，自然是它针对不同性别读者的差异化引导：男性被礼貌地驱逐出境；女性虽获准进入，亦需谨言慎行，切切不可声张。此外，"由女性所书写，只适合女性观看，小众范围内的文字"这段表述，也尤为引人瞩目。它既是"唯美地带"栏目的内容概况，也为该栏目不欢迎男性用户的立场提供了解释。虽未直接使用"女性向"一词，但个中暗含的边界意识却和露西弗所倡导的"女性向"概念如出一辙。②

综合考察上述材料，不难得出如下推论：第一，存在某种以女性为主要参与者且拒绝外界窥探的文化生产活动及其粉丝社群；第二，包括桑桑、露西弗在内的几个元老级文学网站都曾先后体认到这一事物的存在，并尝试为其命名或加以阐释。虽然显得云山雾罩，但只要稍加探究，便也不难发现，桑桑发布上述公告的目的，主要是为了避免不知情的读

---

① 参见桑桑学院"唯美地带"栏目首页公告，http://broadspectra.com:80/gb/cartoon/blindex.Htm，查询时间 2018 年 7 月 17 日。

② 1999 年末，当时仍活跃于桑桑学院的 Ducky 与网站管理层发生矛盾，最终离开桑桑，转而创立露西弗俱乐部。上述两个网站之间渊源颇深，从刊载内容到核心用户都存在一定的重合，因此，尽管桑桑学院"唯美地带"版块的公告中从未出现过"女性向"三个字，但毕竟有关于站内发布内容的说明，与露西弗《会员守则》中出现的"女性向"指涉的其实是相同的事物。参见《"女性向"的理想主义——露西弗俱乐部创始人 Ducky 等访谈》，载邵燕君、肖映萱主编《创始者说：网络文学网站创始人访谈录》，北京大学出版社，2020 年，第 65—69 页。

者，尤其是男性读者窥见站内发布的耽美[①]题材作品；而露西弗启用"女性向"，也只是在为"耽美"寻找一个可以宣之于口的讳称罢了。换句话说，露西弗《会员守则》中那个包含"规避外界窥探"义项的"女性向"概念，其真实的"所指"本就是"耽美"。至于为什么偏偏挑中了"女性向"这个表述，一方面是因为，露西弗的创始团队成员大多对日本二次元文化颇为了解[②]，有足够多的机会接触到这个词汇；另一方面，在中文母语者看来，作为外来词的"女性向"也显得陌生而又新异（对日文母语者而言，就平常到毫不起眼的程度了），既能很好地与"女性写作""女性文学"等常用概念区分开来，又在字面上与它所指涉的事物存在一定的相关性。这虽属无奈之举，倒也不失为一种巧妙的、创造性的误用。

此后的二十多年间，"女性向"一词不时地出现在中国互联网文化领域的宣发文案、行业报告以及网络亚文化社群的日常用语之中。尽管很少有人会逐字逐句地计较某一处用法的具体内涵（使用者本人往往也毫无自觉），但总体来看，完全遵循日文原义的状况仍然是普遍存在的，至于包含衍生义项的用法，也分为特指"耽美"和并不特指"耽美"这两种情况。"女性向"和"耽美"之间存在着深刻的对应关系，这是毋庸置疑的，但若止步于此，则不免浪费了"规避外界窥探"这一新增义项中蕴含的"边界感"。为了尽可能挖掘其中的阐释力，后文在论述的过程中，将不再逐一落实"女性向"在不同语境中的具体对应物，而是着重分析这种"边界感"的来源与成因，以揭示它与"罗曼蒂克2.0"之间的隐秘

---

① 耽美：指通常由女性作者创作、视女性读者为预设接受群体，以女性欲望为导向的、主要发生在男性同性之间的爱情或情色故事。参见邵燕君主编《破壁书：网络文化关键词》，生活·读书·新知三联书店，2018年，第173—181页，"耽美"词条，该词条编撰者为郑熙青。考虑到桑桑学院曾先后将其发布耽美作品的专区命名为"唯美地带"和"唯美主义"（"耽美"的词源便是日语中"唯美主义/aestheticism"的译名），不难看出，"唯美"事实上也是"耽美"的一种讳称。前文引述的那则公告里一系列颠三倒四的表述，例如"唯美并不等于耽美""从英国流传到日本，所谓唯美的定义，已发生重大的改变""我们在这里谈论的，已经不是正统意义上的唯美"等等，都足以显示出，撰写者对于这个被命名为"唯美"的专区发布的却都是"耽美"作品的事实，是了然于胸的。

② 例如露西弗创始团队成员Ducky，就是以撰写日本漫画《灌篮高手》的同人成名的。

关联。与此同时，为了避免语义上的混淆，从现在开始，本书凡提及"女性向"，除非特别注明，则均取其衍生义，并加标双引号以示强调。

2. 作为"罗曼蒂克 2.0"前置动作的"角色配对"

"角色配对"，是笔者为"CP"这个概念所拟的译名，它是英文 coupling（也有一说为 character pairing）[①] 的缩写。在中文语境中，一般直接写作"CP"，或以谐音"西皮"来指代。根据《破壁书：网络文化关键词》中的相关词条，这个概念最早出自日本漫画的同人[②] 粉丝社群，泛指将虚构作品中的角色相互配对的行为。需要特别注意的是，CP 的全称并不是名词 couple，而是动词 coupling，它强调的是观众 / 读者对角色进行配对的这一行为及其过程。被用于配对的角色，最初主要源自日本漫画，后来拓展到小说、电影、电视等其他作品，而历史人物和现实世界中的人物亦逐步被囊括在内。[③] 至于角色之间的具体组合形式及其所呈现出的亲密关系类型，则并无明确限定。[④]

近年来，一系列以女性为核心目标受众的网络文化生产，因受到 IP[⑤] 改编等资本运作的裹挟，已渐由亚文化社区的狭小空间破壁而出，持续

[①] 尽管 coupling 在这里写作英文，但这个概念最初其实起源于日本的同人文化圈，通常以片假名音译写作"カップリング"，简称"カップ"。在英语同人圈中，常见的表述则应当是 shipping。

[②] 同人：一般指借用流行文化文本中的人物形象、人物关系、基本故事情节和世界观设定所展开的二次创作。以"参与式文化"为基础的同人创作活动，大约在 20 世纪 60—70 年代，分别兴起于日本和北美，"同人"这个称谓，正是来源于日语。尽管它最初是一个汉语词汇，但被用于指称这类同人活动和同人社群却是从日语文化圈开始的。而当它再次从日本传回中国，其使用范围也发生了一定的迁移：相对于日语中所强调的"非正式出版、由同人粉丝社团生产"等含义，在中文语境中，"同人"二字则主要是一个区别于"有版权的、原创的作品"的概念。举例来说，如果一个同人粉丝社团创作了一部完全原创的，没有借用任何既有作品的人物、情节的作品，并通过非正式渠道制作成实体出版物，那么，这部作品在日本会被视作"同人"，在中国，则倾向于称之为"原创作品"。参见邵燕君主编《破壁书：网络文化关键词》，第 74—79 页，"同人"词条，该词条编撰者为郑熙青。

[③] 历史人物和现实世界中存在的人物，看似并非"虚构"，但要对他们进行配对，就不免要借助历史文献的记载、新闻报道或回忆录等材料。在这个意义上，这些人物同样是由包含一定虚构成分的文本构成的。

[④] 邵燕君主编：《破壁书：网络文化关键词》，第 194—198 页，"CP"词条，该词条编撰者为郑熙青。

[⑤] IP：即 Intellectual Property 的缩写，知识产权。具体释义见本书第二章第二部分。

向大众流行文化领域输送新鲜的热点，也迅速地带火了"CP"这个概念。仅在 2017—2018 年间，就有"巍澜"（《镇魂》）、"忘羡"（《陈情令》）和"童颜"（《亲爱的热爱的》）等大热 CP①，你方唱罢我登场。这批热播电视剧及其原作小说中的浪漫爱情故事，虽然看似偶像剧、言情小说（romance）在网络时代的老调重弹，但由此引发的一系列粉丝文化活动，却因媒介环境的激变而呈现出崭新的社群生态与生产机制。

以曾经见诸报端的知名"拉郎"②CP"伏黛"③为例，在这组配对之中，"伏"指的是《哈利·波特》中的大反派伏地魔，"黛"指的则是《红楼梦》中的林黛玉。乍看之下，这两个角色之间既无关联，更难言匹配，而他们之所以被强行凑成一对，则要追溯到 2011 年同人写手风舞轻影与朋友们设下的一场赌局。当时的赌约规定，输的一方必须从各类经典或流行文本里的知名角色中间随机抽取两个，组成配对，并为之撰写同人小说。风舞轻影愿赌服输，却不巧分别抽中了伏地魔和林黛玉。伏黛 CP 的开山之作，描写伏地魔穿越成一朵粉红色小花在大观园中与林黛玉相恋的"旷世奇作"《来自远方，为你葬花》（晋江文学城，2011，以下简称《葬花》）便就此诞生了。

最初，这篇戏谑之作只在网络上小范围地流传，直到 2015—2016 年间，一批活跃在弹幕④视频网站哔哩哔哩⑤上的"剪刀手"⑥受《葬花》启

---

① 巍澜 CP 指的是《镇魂》中的沈巍和赵云澜，忘羡 CP 指的是《陈情令》中魏无羡和蓝忘机，童颜 CP 指的是《亲爱的热爱的》中韩商言和佟年。这种命名方式通常各取配对双方名字里的一个字加以组合，有时为了更加朗朗上口，也会以谐音词替代。

② 拉郎：取自"拉郎配"这个俗语，其含义为"将两个表面上看起来毫无关联的角色，乱点鸳鸯谱式地配成一对"。

③ 有关伏黛 CP 的介绍，参见郑熙青《没有拉郎配，就没有同人文？》，《北京青年报》2017 年 4 月 28 日。

④ 弹幕：指在提供即时评论功能的视频网站上，那些横向飘过视频画框或悬停在视频画面之上的文字评论。参见邵燕君主编《破壁书：网络文化关键词》，第 59—66 页，"弹幕"词条，该词条编撰者为高寒凝。

⑤ 哔哩哔哩：全称为哔哩哔哩弹幕视频网，英文名 bilibili，简称 B 站。该网站成立于 2009 年 6 月，最初以运营二次元相关内容起家，具有一定的趣缘社区意味，在各类网络亚文化粉丝社群中具有很高的知名度，也深受同人视频作者的青睐，是国内最早引进弹幕功能的视频网站之一。

⑥ 剪刀手：指同人视频作品的创作者，因主要创作手法为"剪辑"，故名"剪刀手"。

发，陆续剪辑出若干支品质上佳的"伏黛 CP"同人视频，播放量屡屡突破百万，这一"配对组合"①的影响力和知名度才开始急速攀升。2017 年 3 月 7 日，伏黛 CP 的新浪微博专属"超级话题"②正式开通，吸引了上万名粉丝参与讨论，热度最高时曾经位居"超级话题"排行榜动漫类榜单第二名。③

通过梳理伏黛 CP 的发展简史，我们还原了一个同人粉丝社群从起源（配对动作）到兴盛的全过程。从中不难看出：第一，配对动作的发起，并不必然以角色之间具备任何既有的文本层面的关联为前提；第二，配对动作一旦完成，便可据此衍生出形式各异的文化生产活动，如小说、漫画创作或视频剪辑等；第三，一个活跃且颇具规模的热衷于"角色配对"，同时习惯性地生产/消费相关衍生作品的亚文化粉丝社群，则是上述两点得以成立的基本前提。

此外，"角色配对"还包含着一类特殊的变体，那就是某个人物（可以是虚构的，也可以是真实存在的）与"我"（配对者/创作者本人）之间的配对。早在 20 世纪 70 年代科幻电视剧《星际迷航》(*Star Trek*)④的同人创作中，就曾涌现出一大批以原创角色为女主人公，旨在描绘她与剧中若干名男性角色之间的暧昧关系，且文笔幼稚、乏善可陈的拙劣之作。1973 年，同人作者保拉·史密斯将此类烂俗桥段熔为一炉，创作了一篇颇具讽刺意味的同人小说《一个迷航粉的故事》。小说的主人公是一名年仅 15 岁的美丽少女，名叫玛丽·苏(Mary Sue)。作为"全星际舰队最年轻的中尉"，她幸运地被剧中主人公们所在的战舰"进取号"录

---

① 配对组合：译自 couple 这个单词，在中文互联网中，同人文化爱好者们有时也会将 couple 缩写为 CP，这种写法事实上是有误的。本书为避免 couple 与 coupling 所指代的"角色配对"发生混淆，故称之为"配对组合"。

② 超级话题：一个以新浪微博的"标签"与"话题"功能为基础建立起来的、内嵌在新浪微博页面中的垂直兴趣社区。其产品架构和定位类似于百度贴吧，可以通过微博帖子中的标签链接进入，也有专门的页面和 app。在百度贴吧衰落之后，它部分地承担了亚文化粉丝社群聚集地的功能。

③ 上述两段内容参考了新浪微博账号"伏黛 CP 主页君"发布的帖子。该账号为粉丝自发创建，主要发布与这一角色配对相关的资讯、同人作品和社群发展概况的科普等等。

④《星际迷航》：首播于 1960 年代的美国经典科幻影视剧系列，至今共推出了 6 部电视剧、1 部动画片和 13 部电影。

用，入职之后更是左右逢源、人见人爱。在故事的结尾处，玛丽·苏以其"出众的能力"，用发卡撬锁挽救了整艘战舰，却不幸染上病毒，最终在柯克、斯波克、麦考伊和司考提等一众主角的环绕之下死去。①

显然，保拉·史密斯所嘲讽的这类"万人迷"女主角，在绝大多数情况下都是同人作者本人的自我投射。其目的正是为了构建出"某人物 × 我"的配对组合，以略解"相思之苦"。尽管"玛丽苏"式的想象只是"角色配对"的特殊形态，但与之相类似的创作实践却始终层出不穷，且历经数十年长盛不衰。久而久之，"玛丽苏"竟成为这类人物形象及作品的代名词。

值得注意的是，"角色配对"与"同人创作"之间也并不是一一对应的关系。根据粉丝文化学者伊丽莎白·沃莉琪（Elizabeth Woledge）的观点，绝大部分同人小说（slash fiction）②和某些与之相类似的创作，都是以一个名为"亲密关系乌托邦"（Intimatopia）的幻想世界为背景的，因为此类文本的主旨都是对于亲密关系的探索。③ 显然，在她所限定的这类文化生产活动中，必然隐含着一个前置动作，即"角色配对"。而正如沃莉琪所言，"探索亲密关系"（以角色配对为前置动作）只是"一部分"同人小说的必备要素，并且也不仅仅只适用于描述同人小说。④

例如，女频网文。作为连载于女频商业文学网站或专区的、面向女

---

① 邵燕君主编：《破壁书：网络文化关键词》，第287—291页，"玛丽苏"词条，该词条编撰者为郑熙青。

② 这里的"同人小说"，译自英文词组 slash fiction。Slash 文化兴起于20世纪70年代前后欧美的电视媒体粉丝圈，是一种面向女性欲望的、描写男性同性性爱关系的同人文化。它与日本的同人文化十分类似，诞生与流行的时间段也相对接近，但并没有特别显著的证据能表明二者之间存在源流关系。汉语文化圈内的同人文化，主要受日本同人文化的影响，但近年来与 slash 文化之间也常有交汇之处。参见邵燕君主编《破壁书：网络文化关键词》，第173—181页，"耽美"词条，该词条编撰者为郑熙青。

③ Karen Hellekson, Kristina Busse. *Fan Fiction and Fan Communities in the Age of the Internet: New Essays.* McFarland&Company, Inc., Publishers, 2006, p. 99.

④ 角色配对动作和同人创作之间的关系是显而易见的，当前绝大多数的同人社群都直接以配对组合命名（如伏黛圈），配对组合的名称也往往会被标注在同人作品的标题或标签栏中，成为最基本的分类依据。不过，同人的定义本质上还是基于既有文本的二次创作，并不必然以角色配对作为前置动作。例如鲁迅《故事新编》中收录的短篇小说，就可以被视作古代神话传说、经典著作的"同人作品"，但显然并不包含角色配对动作。

性读者的原创类型小说，"角色配对"在女频文的创作、接受过程中向来是非常重要的元素。尽管其标志性的配对动作往往会被掩盖在言情文本的叙事传统之下，却也并非无迹可寻。

其中一个很好的例证，就是由所谓"推文／扫文"账号①发布的"推文帖"。这种兼具推广传播与阅读反馈功能的机制，在以女性为主体的阅读社区中算不得什么新鲜事物②，然而相较于前网络时代地域性同好社群内部的口耳相传，网络推文帖由于面向数以百万计的读者群体③和同样数以百万计的作品库，几乎不可能针对单个读者的阅读需求开展个性化推介。再加上互联网用户日益显著的碎片化阅读趋向，以及某些社交网站对发布内容的字数限制，报纸期刊上的长篇书评文章亦不再具有模仿价值。多重因素的限制与媒介环境的形塑，催生出网络推文帖短小精悍且标准化、程式化的写作体例。随机抽取一则为例：

> 一本带感的古风穿书文，腹黑④＋占有欲强男主×怂萌怂萌小可怜女主⑤。这篇文虐点不少，接受不了的小伙伴一定慎入，剧情就是女主为了活命想逃走，但男主爱上了女主于是想强留这样的。

在这篇不到一百字的推文帖中，作者选择性地呈现了小说的题材、角色配对模式、可能影响阅读体验的因素和剧情梗概这四个信息点。对

---

① 推文账号：这类账号常见于女频文读者聚集的网络平台，如新浪微博等，多由资深读者自发创建，既不代表任何官方立场，也不试图建立某种公共的评价标准。账号发布的内容大多是单篇或多篇小说的内容简介与评述，意在帮助读者快速遴选出符合自身阅读趣味的作品，以降低试错成本。近年来，随着网络文学商业价值的提升，也出现了一些带有"付费推广"性质的推文账号。

② 珍妮斯·拉德威就曾介绍过一名在地方言情小说阅读社群中，坚持为社群成员们开展个性化作品推介的连锁书店店员多萝西·伊文思（Dorothy Evans）。由她撰写的小说推荐专栏《多萝西的言情小说阅读日记》（*Dorothy's Diary of Romance Reading*），对当时的读者乃至于出版业从业人员而言，都是非常重要的参考意见。参见［美］珍妮斯·A.拉德威《阅读浪漫小说——女性、父权制和通俗文学》，胡淑陈译，译林出版社，2020年。

③ 以新浪微博为例，在这个平台上开设的推文账号，粉丝数最高可达百万量级。

④ 腹黑：译自日语词汇"腹黑い"，通用用于形容一个人的性格阴险狡诈、心机深沉。

⑤ 这是提炼与描述角色配对模式的标准用语，即（萌要素）角色A×（萌要素）角色B，本书将在下一部分予以详细阐释。

稍有经验的读者而言，仅凭这些信息点，已足够判断一部长达数十万甚至数百万字的小说是否值得阅读。当然，网络推文帖的写法本无固定之规，也并非所有推文帖都必然包含且仅仅包含上述这些信息点，但"角色配对模式"无疑是其中出现频率较高的。这至少意味着，对相当一部分女频文来说，"角色配对模式"是足以影响读者阅读兴趣的重要因素。

此外，只需稍加回顾过往大热的女频文类型，亦能从中窥见"角色配对"的端倪。相较于男频的修仙文、升级文或都市文等以主人公的行为模式或故事背景命名的网文类型，女频的霸道总裁文、高干文[①]和渣贱文[②]则明显地指向了主人公的角色设定。而在这些角色设定的背后，也都无一例外地隐藏着一种或数种经典的角色配对模式，如"霸道总裁 × 傻白甜"[③]等。

除此之外，在偶像明星的粉丝社群里，也充斥着与"角色配对"相关的生产 / 消费行为，例如针对特定偶像的"玛丽苏"式想象，或将某个偶像与另一个人物（可以是其他偶像，也可以是任何真实或虚拟的人物）进行配对等。至于二次元文化圈，更是不必细说，因为"角色配对"本就起源于日本漫画的同人粉丝社群。

不仅如此，蕴含在角色配对动作中的能量，尤其是这一亚文化粉丝社群的强大购买力和贡献新媒体数据流量的能力，已经被包括好莱坞影视资本在内的诸多文化产业巨鳄察觉并利用。由迪士尼旗下漫威影业出品的《复仇者联盟3：无限战争》（简称《复联三》），无疑是近年来最成功的商业院线电影之一，其全球总票房收官于 20.45 亿美元，暂列全球电影票房历史纪录第五位。[④] 在影片的结尾处，大反派灭霸借"无限原石"之力抹去了全宇宙一半数量的智慧生命。根据设定，这场瞬间完成的屠

---

① 高干文：以"男主人公出身高干家庭"为主要特征的一种言情题材网文类型。

② 渣贱文：两位主人公一个是花心渣男，一个逆来顺受的言情题材网文类型。通常情况下，这类小说的前半段主要是描写渣男的种种劣迹，后半段的固定桥段则是渣男为拼命挽回爱人而遭遇的艰难险阻。

③ 傻白甜：傻乎乎、白痴、天真这三个词的缩写，其中"甜"源自日语"甘い"，因同时包含"甜"和"天真"两个义项，在这里被刻意误译为"甜"。

④ 参见票房统计网站 Box Office Mojo 的相关榜单，https://www.boxofficemojo.com/chart/ww_top_lifetime_gross/?area=XWW&ref_=bo_cso_ac，查询时间 2022 年 2 月 23 日。

杀应当是完全随机的，但事实上，所谓"随机"不过是一种说辞，片中每个主要角色的存活与否显然都经过严谨的考量。尤其耐人寻味的是，凡在女性观众聚集的同人粉丝社群中人气较高的配对组合，都恰好是一生一死、阴阳两隔。例如片尾处死在钢铁侠怀中的，就是大热 CP"虫铁"（也可以写作"钢铁侠 × 蜘蛛侠"）[1]中与之配对的蜘蛛侠。与"虫铁"类似，这批被灭霸拆散的配对组合在"漫威电影宇宙"的官方叙事中，大多并非真正意义上的伴侣，但却经由粉丝的文化生产与社群想象，建构出某种排他性的亲密关系。也就是说，这些配对组合都源自标准意义上的配对动作，而非被给定的、完全未经二次演绎的人物关系。

作为工业化程度极高、市场策略和营销方案亦颇为成熟的好莱坞大片，《复联三》精准地拣选出这些广泛流传于同人社群中，且被粉丝创作的同人作品反复描摹咀嚼、早已积蓄了海量素材与情感体验的配对组合，显然是为了征用它们所蕴含的话题性以及其粉丝的数字劳动。事实上，自 21 世纪初以来，在各种影视剧、综艺节目的宣发方案中，围绕"角色配对"展开的营销已越来越常见，以"角色配对"为卖点的综艺、影视剧等，亦屡屡发酵为现象级的热门作品。

上述例证的范围，横跨同人写作、女频网文、偶像明星粉丝社群和二次元文化圈（本书在第三章、第四章中所要讨论的具体案例，便主要出自这些圈层），更蔓延至大众流行文化领域。这足以证明在当前最热门的女频网络文学和女性亚文化社群活动中，都或多或少存在着一个以"角色配对"为前置动作的子集。

三、"亲密关系实验场"与浪漫爱情的"版本更新日志"

1. 亲密关系的实验场

尽管我们能够从各式各样的网络文艺现象中清晰地辨认出"角色配对"动作的存在，但由此衍生出的粉丝社群活动及其创作实践——例如

---

[1] 虫铁："虫"指蜘蛛侠，取蜘蛛为昆虫之意；"铁"指钢铁侠。

绝大多数同人小说、同人视频剪辑、同人漫画与部分女频网文——从表面上看，却似乎与"浪漫爱情"（即罗曼蒂克1.0）或以此为主题的各类文化消费品（如商业言情小说、少女漫画及偶像剧等）并无二致，无非是不同形式、不同体裁的爱情故事罢了。既然最终的成果高度类似，那么，刻意强调与割裂某个具体的生产环节，是否缺乏足够的必要性？答案显然是否定的。因为角色配对动作的存在与否，恰恰能体现出两种不同的媒介环境之下相应的文化生产机制之间的巨大差异，也是区分"罗曼蒂克1.0"与"罗曼蒂克2.0"的关键所在。

在世界文学史的长河中，爱情作为一个古老而又经典的母题，早已留下无数动人篇章。无论是浪漫爱情概念诞生之前的希腊神话、平安朝物语或唐传奇、元杂剧等，还是孕育了浪漫爱情观的骑士文学……凡此种种，概莫能外。20世纪中叶，得益于轮转印刷、合成胶装订等技术手段的成熟，大规模的图书出版成为可能。基于杂志分销渠道的拓展和图书编辑理念的更新，一个高度类型化的畅销书市场也在北美等地逐渐成形。擅于渲染浪漫爱情故事的言情小说适逢其会，迅速成为最受女性读者欢迎的畅销书品类。[①]20世纪后半叶，发达的日本漫画出版体系，则孕育出少女漫画这一子类型。而上述两种出版物，又分别于20世纪末至21世纪初，成为最常见的偶像剧改编底本。

由此可见，无论体裁形式如何变幻，在"罗曼蒂克1.0"时代诞生的文艺创作，尤其是言情小说、少女漫画和偶像剧等，终究是相对封闭且自给自足的、叙事性的虚构作品。其生产机制中的各个环节，从创作、出版、销售再到阅读反馈，无不围绕着某个拥有较为清晰的边界，同时隶属于特定作者的"作品"而展开。"角色配对"则无疑是动作性的。一旦揭开那层浪漫爱情故事的表象，以配对动作为起点聚合而成的同好社群的组织形态与运作机制，便立刻浮现出来：它实质上，更像是一场由多人参与的，遵循社群内部的基本共识，且致力于"探索亲密关系问题、制造亲密关系体验"的大型思想实验。

---

① 参见［美］珍妮斯·A. 拉德威《阅读浪漫小说——女性、父权制和通俗文学》，胡淑陈译，译林出版社，2020年。

　　这类实验共分两个步骤：步骤一为配对动作，即反复尝试、估算某两个或两个以上的角色是否适宜组成配对；步骤二则发生在部分实验参与者找到自己心仪的配对组合之后。此时，她们会暂缓步骤一，转而深入地阐释与分析该配对组合的合理性、艺术性以及被解读为亲密关系存在证据的各种细节，并以此为主题开展文艺创作与社群交往。而当步骤二因为某些原因暂停或终止后，实验进度便会回到步骤一，开启新一轮的循环。

　　事实上，只要尝试对"角色配对"这个宾语前置的动宾短语进行拆解，便不难意识到，动词"配对"指的正是实验的基本动作，宾语"角色"则是实验对象。值得注意的是，能被用于配对的"角色"，本质上都是由"萌要素"① 拼贴而成的"人物设定"②，它与"文学形象"或"典型人物"等概念所暗含的艺术规范几乎是南辕北辙的。

　　"萌要素"是由日本学者东浩纪创造的概念，主要用于描述御宅族 / 二次元爱好者群体 ③ 在阅读 ACG 作品时的接受模式与路径依赖。东浩纪认为，由于身处后现代语境之中，20 世纪 90 年代中期以后的日本御宅族已经不再热衷于作品背后的宏大叙事，而是更加关心构成这些角色的所谓"萌要素"。此类"萌要素"，包括特定的着装风格（水手服、女仆装等）、发型（双马尾、黑色长直发等）和性格特征（傲娇、天然呆 ④ 等），等等。与这一趋势相呼应，ACG 作品中的角色也逐渐转变为各种萌要素拼贴、集合与再循环的产物，这便是前文所说的"人设"。这批"萌要素"汇总一处，就组成了所谓的"萌要素数据库"，御宅族群体对 ACG

罗曼蒂克 2.0：「女性向」网络文化中的亲密关系

---

　　① 萌要素：萌，在日语中写作"萌え"（moe），是"燃え"（燃烧）这个词的同音词。日本御宅族往往会使用"燃"来形容喜爱一个角色到了胸口仿佛在燃烧的程度，后来又渐渐被其同音词"萌"所代替。而所谓"萌要素"，就是指能为人物增加"萌度"的特定元素。参见邵燕君主编《破壁书：网络文化关键词》，第 23—33 页，"萌"词条，该词条编撰者为林品。

　　② 人物设定：也称"角色设定"，简称"人设"，是流行文化作品中的某个角色的姓名、职业、外貌等基本信息的集合。在以 ACG 行业为代表的文化消费品生产中，"人物设定"往往是最受重视的一个创作环节。

　　③ 有关御宅族 / 二次元文化的介绍，详见本书第四章第二部分。

　　④ 傲娇：即性格别扭、口是心非、明明喜欢却装作不在意甚至很讨厌的样子；天然呆：指性格迷迷糊糊、傻傻的样子。

作品及作品中的角色的消费，本质上其实是针对这个数据库的消费。①

以上便是有关"萌要素"概念的标准解读，但终究太过抽象，要更加清晰直观地揭示出它的核心内涵，则有必要引入另外两位日本学者的研究，即大塚英治对日本漫画创作风格起源的探讨，以及上野千鹤子围绕厌女症（misogyny）的相关论述。

在《"御宅族"的精神史：1980 年代论》中，大塚英治为讨论"色情漫画与真实存在的女性身体之间的关联"这个话题，援引了"日本漫画之父"手塚治虫参与的一场讨论。尽管被视为日系漫画的重要奠基人，手塚所绘制的女性形象却常常被讥讽为"无血无肉，没有娇媚，像人体模型"。漫画的创作技法不同于油画、素描，它更倾向于使用简略的线条勾勒人物或物品的轮廓特征，久而久之，也积累了大量套路化的符号体系（例如眼睛的画法，常见表情、动作的表现方式等）。手塚据此辩解道，他所描绘的女性身体从来都不是对现实世界中的肉体的"写实"，而是在将女性的身体作为符号加以展示。在真正的漫画爱好者们（御宅族）看来，这非但不会减损作品的魅力，反而使得这些女性角色更加性感迷人，并最终"切断了现实生活中的身体及由这个身体所引发的冲动之间的关系"。② 也就是说，日系漫画，尤其是色情漫画的诞生，正是以符号化的女性身体取代现实中的女性身体为起点的。

这显然与上野千鹤子在《厌女：日本的女性嫌恶》中所讨论的"好色男的厌女症"问题一脉相承。上野认为，好色的男性看似对女性充满兴趣，但实际上，他们的欲望并不指向任何一个拥有独立人格的、活生生的女人，而只是在迷恋女性的身体、性器官和某些象征着女性的符号，以至于形成了巴普洛夫式的条件反射。这种欲望模式发展到极致，就是"恋物癖"，即"通过换喻关系置换欲望对象的符号操作"。③

---

① 東浩紀:『動物化するポストモダン：オタクから見た日本社会』，東京：講談社，2001 年。

② ［日］大塚英治:《"御宅族"的精神史：1980 年代论》，周以量译，北京大学出版社，2015 年，第 33—34 页。

③ ［日］上野千鹤子:《厌女：日本的女性嫌恶》，王兰译，上海三联书店，2015 年，第 1—2 页。

再回到东浩纪有关萌要素概念的论述，不难发现，无论"水手服""双马尾"还是"天然呆"，这些经典的"萌要素"其实都是日系ACG作品中用于表现女性身体和女性形象的符号，同时也是一整套软色情意味的、具备性唤起功能的指示物。例如"水手服"，原本只是日本高中女生经常穿着的校服款式，但在日本文化中，由于"女高中生"是一种经常出现在情色想象和色情影像作品中的人物形象，久而久之，"水手服"这种着装风格也不免被赋予了"性暗示""性唤起"的意味。总而言之，这些经由简单的线条和对话而呈现出的着装、发型与性格特征，之所以能唤起御宅族们的欲望，显然并非缘于动物性的本能，而是被各种流行文化产品，尤其是ACG作品反复规训、诱导的结果。对欲望对象的符号进行如此系统性的置换，这完全符合"恋物癖"的心理机制。也就是说，从日系漫画诞生的那一刻，即手塚治虫将女性的身体以漫画符号呈现出来的瞬间，真实存在的女性身体与漫画读者们的性冲动之间的关联就已经被斩断了。

那么，由"女性向"文化社群所主导的角色配对动作，其指向的人物形象也都是从这样一个"萌要素数据库"中诞生的"人设"么？答案是肯定的，也是否定的。东浩纪曾经坦言，自己的研究对象主要是男性御宅族群体，这意味着，像"萌要素数据库"这样主要由"色情化、漫画化的女性身体部件或性格特征"所组成的"数据库"，的确只适合爱好ACG文化的男性来享用。但这并不意味着，类似的文化消费机制不可以被推而广之，事实上，只要是与"萌要素"类似的"虚拟化"的"欲望符号"，都可以利用上述机制被编写成特定的"数据库"。①

例如，契合某些女性用户（特指"女性向"网络文学、网络亚文化的消费者）欲望模式的符号，就可以被归纳为以下两类：一是糅合了权力与亲密关系，或暗示经由亲密关系分享权力的可能，同时与婚恋选择

① 一旦进入到"数据库"中，这些"欲望符号"也将被瞬间转化成某种"抽象的能指"，在被拼贴为"人设"之前，它们仅仅存在于理论和概念中，不会与任何具体的文艺作品发生关联。

密切相关的各种符号，例如某些职业（象征金融资本的总裁、代表国家暴力机关的军人、警察，以及拥有知识与文化资本的律师、教授）或性格（温柔、霸道或花心）等；二是以男性的身体为载体，却更加靠近传统意义上的"女性气质"，甚至挪用男性向"萌要素数据库"的性感符号。总体而言，上述两类"要素"的功能和机制几乎与"萌要素"完全一致，却同"萌"这个概念中所暗含的"男性向"软色情意味并无直接关联。为了在后文针对具体文化现象和作品的讨论中尽量做到严谨准确，本书将启用"亲密关系要素"这个说法，用以指代那些更受女性用户青睐的"虚拟化的欲望符号"。

既然角色配对动作的目标对象理应是由"亲密关系要素"构成的人设，那么前文曾经提到过的"伏黛CP"中的林黛玉，作为从"典型环境"之中生长出来的"典型人物"，似乎就构成了一个现成的反例。然而，从黑格尔的"情境说"[①]，以及恩格斯"要真实地再现典型环境中的典型人物"[②]等经典论述出发，一个合格的、完满的"典型人物"是无法孤立于特定的环境而自给自足地存在的。也就是说，在林黛玉被视作实验对象，从《红楼梦》的文本中单独抽取出来，尝试与别的作品中的角色进行配对的那个瞬间，这一剥离了"典型环境"的人物形象就已经分崩离析，而被迫"人设化"[③]了。

这番处理绝非多此一举，实在是"角色配对"作为某种"思想实验"所不可或缺的前期准备工作。毕竟，唯有从独立于一切作品的"虚拟化的欲望符号的数据库"中抽取要素拼贴而成的"人设"，才有资格成为被自由选取、随意配对的实验对象，而不必受到原作品及其所处环境的桎

---

① ［德］黑格尔：《美学（上）》，朱光潜译，外语教学与研究出版社，2018年，第222—239页。

② ［德］恩格斯：《致玛·哈克奈斯》，载《马克思恩格斯选集》第4卷，人民出版社，1995年，第683页。

③ 人设化：其具体的步骤大致可以表述为，先从原形象中拆解提炼出若干较有辨识度的元素，如多愁善感、病弱等，将其转化为"萌要素"（亲密关系要素），再利用这些要素拼贴出一个表面上与原形象相差无几的"人设"来。

梏。除此之外，构成"人设"的一系列"亲密关系要素"，不仅常常被视作重要的"实验参数"用以描述实验对象，甚至可以说，它们就是实验对象本身。

在此不妨回顾一下前文所引用的推文帖中的"腹黑＋占有欲强男主 × 怂萌怂萌小可怜女主"这段表述。它所套用的公式为：（亲密关系要素）角色 A×（亲密关系要素）角色 B，是用于描述配对组合模式的标准用语。其中，"×"这个符号表示的是前后两个角色之间存在着某种形式的亲密关系，等价于配对动作；而作为实验对象的"角色 A（男主）"和"角色 B（女主）"，则由若干"亲密关系要素"（腹黑、怂萌）加以限定，这些"亲密关系要素"拼贴而成的"人设"即等同于该角色。

显然，上述公式正是这个"探索亲密关系问题、制造亲密关系体验"的思想实验的核心算法，很有助于我们理解其本质。尽管"角色配对"的表层含义是将虚构作品中的角色相互配对，但它几乎很少指向某种发生在两个真实而又立体的人物之间的、幽微莫测的悲欢离合或爱恨情仇。恰恰相反，由于受到多重因素的制约，绝大部分的角色配对动作更像是在反复验算一组"萌要素"的拼贴集合与另一组或若干组"萌要素"的拼贴集合之间究竟具有多高的适配度。在这一过程中，"萌要素数据库"承担了字面意义上的"数据库"功能，并大幅度地提升了实验的可操作性与可重复性。

与此同时，在漫长而又庞杂的实验过程中，一些适配度极高的组合也会逐渐积累出规模可观的作品库及其粉丝社群，甚至最终演化为固定的类型。其中最恰当的例子，自然莫过于"腹黑霸道总裁 × 傻白甜女秘书"这一配对组合，以及由此衍生出的"总裁文"[①]类型了。

此外，"角色配对"这个思想实验的运转及由此衍生出的创作实践，如同人小说、女频网文或同人视频剪辑等，都无法离开它们赖以生存的

---

① 总裁文：指以"霸道总裁"这一人物类型为主角的网络言情小说。这类题材的作品在 20 世纪的台湾言情小说市场中已经十分常见，但它作为类型被固定下来，并形成特有的角色配对模式，则要等到网络文学时代到来之后。参见邵燕君主编《破壁书：网络文化关键词》，第 304—306 页，"霸道总裁"词条，该词条编撰者为高寒凝。

土壤——以具体的配对组合为单位构成,主要参与者为女性,且热衷于讨论相关话题的粉丝社群——而孤立存在。通常情况下,在特定的粉丝社群之中,相应配对组合的角色设定、情感模式,以及交往过程中的种种细节包括关键道具等,都是在浓厚的趣缘社交①和参与式文化②的氛围中融合了社群成员的集体智慧,经过长期的协商、积累、扬弃而最终形成的公共知识与基本共识的集合。

这里不妨以网络小说《全职高手》(简称《全职》)③的同人粉丝社群中因男主人公叶修的人设而引起的一系列争议为例。此处需要引入一个新概念——OOC,即"out of character"的缩写,意为"角色性格走形"④,同人活动的参与者们常常据此质疑某部同人作品的水准。显然,当这个概念被使用的时候,就已经预设了一个标准的、正确的"人物设定"的存在。具体到叶修这个人物身上,在原作的描写中,他是一个热爱电子竞技且游戏水平高超,同时又因为长期熬夜打游戏、缺乏运动而"面色苍白、身形虚胖"的青年男子。通常情况下,一旦《全职》的同人粉丝社群中出现任何一篇暗示叶修游戏水平不足或缺乏职业精神的作品,它一定会被粉丝的怒火所淹没,并冠以"OOC"的罪名。但也正是在同一个粉丝社群内部,为迎合社群成员的主流审美,原作中明确写到的叶修的虚胖体态,却随着时间的推移而被心照不宣地予以摒弃,只以清瘦俊朗的外形示人。这足以证明,同人社群成员们所遵循的所谓人物形象的"标准模板",事实上既不是原作本身,也不是个别粉丝或第三方机构制定的规范,而是经过粉丝社群成员们的反复协商、论争与取舍的结果。

这也就意味着,所有以"角色配对"为前置动作的文化生产活动,无论它的最终结果呈现为何种形式,都必然与其所在社群的公共知识与

第一章 情为何物:从「romance」到「coupling」

---

① 林品:《"有爱"的经济学——御宅族的趣缘社交与社群生产力》,《中国图书评论》2015年第11期,第7—12页。

② [美]亨利·詹金斯等:《参与的胜利:网络时代的参与文化》,高芳芳译,浙江大学出版社,2017年。

③ 《全职高手》:作者蝴蝶蓝,2011—2014年连载于起点中文网,全文535万字,是网文史上商业价值最高、粉丝数量最多的网文或文/电竞文。

④ 参见邵燕君主编《破壁书:网络文化关键词》,第87—89页,"OOC"词条,该词条编撰者为郑熙青。

基本共识形成某种对话关系。而这类文化生产活动本身，以及对其创作成果的阅读与接受，则既是协商对话的环节之一，也是社群内社交活动的有机组成部分。当然，"萌要素（亲密关系要素）数据库"也是这个复杂对话关系中的一方。

罗兰·巴特（Roland Barthes）在区分"作品"（work）和"文本"（text）这两个概念时，认为"作品"是具有确定意义的、自给自足的封闭实体，它通常隶属于特定的作者，且能够在一个确定的过程中被把握；而"文本"则正相反，它是开放的、无法被归类与溯源的、没有固定作者的、无限的"能指游戏"。[①]据此衡量由角色配对动作衍生出的创作实践，同时考虑到上述对话关系的存在，则它们显然无法被视为"作品"，却也并非"无限能指"的"文本"。假设存在一条左右两端分别为"作品"和"文本"的、渐进演化的坐标轴，那么比较准确的描述大约是：相较于以"罗曼蒂克1.0"（浪漫爱情）为主题的印刷出版物或影视作品，由"角色配对"衍生出的文化生产及其粉丝社群活动，将位于坐标轴上更靠近文本的那一端。

基于同样的理由，以"角色配对"为前置动作的文艺创作，即使大多拥有确切署名，也很难被归结为个别作者的独立创造。事实上，在这类粉丝社群中，作者的身份及与之伴生的权利，总会在一定程度上被模糊、被稀释。相对而言，以"作品"为中心的生产机制，更容易加深作者与读者、生产者与消费者之间的阶序差异，但在以角色配对动作为核心的生产机制之中，所有参与者都将首先获得一个平等的身份，即这场思想实验的"实验员"。读者也好，作者也好，都不再是先验的存在，二元对立被打破了，每一位实验参与者从进入这个粉丝社群开始实验活动与社群交往的那一刻起，就已经同时成为天然的读者与潜在的作者。

综上所述，以"角色配对"为前置动作的文化生产活动（"罗曼蒂克2.0"便蕴含在其中），本质上其实是一场由多人参与的、遵循社群内部的基本共识，且致力于"探索亲密关系问题、制造亲密关系体验"的大型

---

① ［法］罗兰·巴特：《从作品到文本》，杨扬译，《文艺理论研究》1988年第5期。

思想实验。它以所谓的"萌要素（亲密关系要素）数据库"为基础，依据特定的算法公式，在一个个具有浓厚"趣缘社交"和"参与式文化"氛围的粉丝社群中，将千千万万次循环往复的实验动作汇聚成了繁芜与秩序并存的"亲密关系实验场"。在这个实验场中发生的一切，均与印刷出版、影视剧制作的生产机制迥然不同，它既不必然以某个叙事性的虚构作品为起点，也并不以创作任何叙事性的虚构作品为目的。至于客观存在的一系列文艺创作成果，则不过是实验进程中的一小部分副产品罢了。同时，构成它们的要素也绝非人物、环境、情节，而是人设、拟环境①与"发糖/插刀"②。

2."女性向"网络空间的边界

值得注意的是，作为"罗曼蒂克2.0"的前置动作，"角色配对"还包含着一个重要的固有属性，即它一旦发动，便难免对各种主流意识形态与价值观构成冒犯。这其中所蕴含的禁忌性，与"女性向"文化生产"规避外界窥探"的边界意识，无疑是存在相通之处的。在上一部分，本书曾经将"角色配对"这个短语拆解成实验动作"配对"和实验对象"角色"两部分，接下来，便不妨分别从这两个角度入手展开讨论。

先来看配对动作。这个不断重复着的实验步骤，由于必然衍生出一系列针对亲密关系问题的深入探索，因而总会或多或少地将参与者们的

---

① 拟环境：人物和环境是一组相对应的概念，而"人设"却绝对无法直接从环境中生长出来。事实上，在以"角色配对"为前置动作的文化生产中，环境描写并不是必备要素，也并不必然承担塑造人物的功能，它既可以完全悬置，也不妨成为人设时栖居的土壤，总而言之，它并不严格与"人设"相呼应。此处暂以"拟环境"这个概念来指代这种暧昧的存在。东浩纪也曾提出过所谓"人工环境"的概念，即某种以流行文化文本为原料构成的非自然环境，但在他的论述中，"萌要素数据库"也是人工环境的一种，与本书提出的"拟环境"概念还是存在一定的差异。

② "发糖"和"插刀"是一对反义词，其中，描写一组CP相对甜蜜顺遂的情感历程的叙事段落，会被读者称为发糖，反之即插刀。这些细碎片段的连缀，并不必然构成通顺且有逻辑的剧情，其主要目的只是"制造亲密关系体验"，以唤起CP粉的情感共鸣。参见邵燕君主编《破壁书：网络文化关键词》，第218—219页，"发糖"词条，该词条编撰者为叶栩乔。

性经验、性欲望及与之相关的各种情色想象置于公开展演的境地。① 而在过往的文学史、艺术史中，对包含性经验、性欲望在内的私人经验的表达与呈现，其实并不鲜见。20 世纪 90 年代的女性文学 / 女性写作热潮中颇受争议的所谓 "个人化写作"（或称 "私人化写作"），便是极好的例证与绝佳的参照物。作为 "女性文学" 的一个重要支脉，"个人化写作" 诞生的社会语境是 20 世纪中叶以来中国社会有关 "集体" 经验的创伤性记忆，是 "一种对于公共生活的不由自主的回避"。而 "个人化写作" 的性别政治意味，就是在 "重建私人领域与公共空间的分界线的前提下，通过将女性经验'私人化'而获取其正当性"。② 这意味着，诸如此类围绕私人经验展开的书写，反倒必须在公共空间（例如主流文学期刊）中予以呈现，才能借由其制造出的冲突与冒犯，重建两个领域之间的边界。

　　而以 "角色配对" 为前置动作的 "女性向" 文化生产活动，则并不天然地指向任何与性别政治有关的诉求。③ 它们多由欲望驱动，视情感体验与性幻想的自我满足为第一要务，于私密性之中更混杂了难以言明的羞耻感。因此，尽管此类文艺创作的激进程度很多时候甚至远不及 "个人化写作"，社群成员却仍习惯于自我隐匿以规避冲突，并时刻警惕着来自主流社会的窥探。与之相呼应的是，在中文网络空间中，由 "角色配对" 衍生出的绝大多数粉丝社群及其创作成果，亦从未真正拥有过稳定、独立、安全且具备广泛影响力的传播交流平台，只能辗转流离于封闭论坛、小众主题论坛以及某些需要借助特定检索方式或标签方能定位的网站中。

　　除此之外，这一思想实验的参与者们，也并不试图对作为实验对象的 "角色" 的遴选范围与组合方式逐一加以限定。因此，包括种族区隔、传统异性恋框架等在内的诸多文化观念，亦并不具备任何约束力：性少

---

　　①　例如席卷全球的知名情色小说《五十度灰》，就是由畅销小说《暮光之城》的同人作品改编而来的。事实上，《五十度灰》所描写的种种情欲场面，就是 "《暮光之城》（全年龄，不包含色情描写）的男女主人公" 这组配对组合之间被压抑的性张力的极致释放。这绝非孤例，大部分角色配对动作的开展，都伴随着与之类似的状况。

　　②　贺桂梅：《女性文学与性别政治的变迁》，北京大学出版社，2014 年，第 165—166 页。

　　③　但是，这并不意味着不能包含性别政治诉求，只是并不以此为最终目的或唯一目的。

数配对组合的出现固然已是常态，跨越种族的爱恋更是不在少数。例如曾经风靡一时的所谓"柯狗"（柯洁 × AlphaGo）[①] CP，就是一种在人类与无机质人工智能体之间建立亲密关系的尝试。而当实验对象来自一些拥有明确版权归属的作品时，围绕这些角色展开的二次创作，便很容易构成侵权。至于以真人为蓝本的"角色配对"，其伦理困境更是显而易见。不仅如此，像"伏黛"这样的经典名著主人公与流行作品大反派之间的跨界"拉郎"，也已引起一部分传统文学读者的反感。归根结底，这种不以任何客观条件或角色自身内在逻辑为转移的配对动作，对每一位实验对象而言，本身就意味着某种被胁迫、被性客体化的困境。考虑到上述一系列"雷区"的无处不在，社群成员们采取各种"自我边缘化"的策略，谨小慎微、规避窥探，实在是合情合理而又饱含无奈的选择了。

综上所述，角色配对动作的某些固有属性及其运作机制，同它内在的禁忌性，实则是一枚硬币的两面，无从拆解，亦无法分割。再加上它缺乏在公共空间中进行自我展示的动机与必要性，因此，"规避外界窥探"便成为社群成员们立身处世的最优选择。

以一场发生在 2002 年的"网络骂战"为例。当时，文学网站露西弗刚刚成立两年多，且长期处于"半开放"状态，注册门槛极高。然而，即便如此，其站内的创作和讨论还是被一个核心成员均为男性的论坛"疯人町"所获知。根据站长 Ducky 的回忆："2002 年，从正月初二打到正月十五，每天就这么来来回回地吵。那边的人一出现，这边就会拉响狂犬警报。疯人町是一群典型的大男子主义者，闲着没事，看见这么多妹子聚在一起成天写那种东西，看不顺眼，认为是变态。露西弗当然不会示弱，你说我们写的东西是变态，却还专门跑到我们这里来看，岂不是更变态。"[②]

显然，这场骂战由一个男性用户聚集而成的网络社群发起，其核心

---

① 柯狗：这里"柯"指围棋国手柯洁，"狗"则是谷歌旗下 DeepMind 公司开发的人工智能 AlphaGo 的谐音。双方于 2017 年 5 月进行的比赛，是这一配对组合成型的契机。

② 参见游戏媒体"机核网"发布于 2019 年 2 月 21 日的采访稿《那么年少》，作者 ID 为 Dagou，https://www.gcores.com/articles/106571。

逻辑是试图对这类源自"女性向"网络亚文化的欲望和想象加以训诫。在过往的二十多年间，类似的冲突并不鲜见（处在"训诫者"位置的，也不仅仅只有疯人町这样的网络社群），本书所着重讨论的女频网文、"女性向"同人文化、偶像文化和二次元文化的粉丝社群以及"女性向"游戏的玩家们，都或多或少被卷入过类似的风波。这意味着，"女性向"粉丝社群的边界，即使最初并不清晰明确，但在经过无数次大大小小的摩擦与龃龉之后，也不免对来自外界的窥探形成应激反应。

事实上，当我们回顾包含着"规避外界窥探"这一衍生义项的"女性向"概念作为"耽美"一词的讳称出现的那个瞬间，便不难发现，其无法宣之于口的"禁忌性"，本就源自它隐含在文本之外的配对动作和用于配对的角色类型。此外，倘若细数这个实验动作所触及的诸多"雷区"——对女性性欲望的压抑、异性恋霸权、表现为版权制度的资本主义私有制……也不难发现，角色配对动作在运转不息的每一个瞬间，都精准地对父权制构成了冒犯。从总体上看，作为一场超大规模的思想实验，"角色配对"几乎是有史以来第一次不是由男性主导，也没有大比例男性成员深度参与，而主要在女性社群内部展开的针对亲密关系问题的自由探索，以及对亲密关系需求和性需求的自我满足与相互慰藉。基于上述理由，本书由此及彼，借用"女性向"概念中蕴含的"边界感"，来描述"以角色配对为前置动作的文化生产活动及其粉丝社群"的边界，理应是十分恰当的。

但值得注意的是，尽管"角色配对"和"女性向"这两个概念与父权制之间存在着天然的矛盾张力，"女性向"网络空间也不失为孕育女权意识的丰饶土壤，但女权主义以及反抗父权制的冲动终究不是它的固有属性。至少在面对这样的矛盾与张力时，不同社群成员的应对方式是千人千面的，自觉或不自觉的反抗者有之，逃避者有之，自我规训乃至自我阉割者亦有之。由此，也形塑了"女性向"网络社群纷繁杂芜、难以一言蔽之的内部生态。

3. "罗曼蒂克 2.0" 的 "版本更新日志"

安东尼·吉登斯曾经在《亲密关系的变革：现代社会中的性、爱和爱欲》中，论及某种由现代避孕技术所引发的性与生育相分离的状态。吉登斯将其称为"可塑性性征"（plastic sexuality）[①]，它帮助女性在性行为的过程中摆脱对生育的恐惧，由此剔除了亲密关系内部的种种性别权力秩序，使得两性之间在性与情感等方面都达到了理想的"纯粹关系"（pure relationship）。在吉登斯看来，这无疑是"浪漫爱情"的终极发展阶段，也或将成为个人生活大规模民主化的重要前提。[②]

尽管吉登斯并未做出过类似的表述，但从某种意义上说，"纯粹关系"其实就是他心目中的"罗曼蒂克 2.0"。它填补了"旧版本"中最为明显的一个漏洞，为人类当前的亲密关系形态指明了确凿的发展方向。不可否认，或许在这个世界的某些角落，正有人在实践着这种两性之间彻底达成了平等的、作为"罗曼蒂克 1.0"完美升级版本的"罗曼蒂克 2.0"。然而，值得怀疑的是，"纯粹关系"一定会成为"浪漫爱情"唯一可能的演化方向么？

考虑到媒介变革等重要的时代背景，同时借鉴吉登斯的思路，本书将主要以"虚拟性性征"这个自创概念来描述"罗曼蒂克 2.0"的基本属性。其具体内涵，则包括以下两个要点：第一，"罗曼蒂克 2.0"的行为主体在达成某种想象性的亲密关系 / 性关系之前，应首先成为"虚拟化身"（即 avatar，例如"玛丽苏"式同人创作的女主人公，就是作者在其虚构作品中的"虚拟化身"）或"虚拟实在"（即 virtual being，例如由"亲密关系要素"拼贴而成的"人设"）。第二，该行为主体的恋爱对象，必然是另一个"虚拟化身"或"虚拟实在"；二者之间的亲密关系也是虚拟形态的，并不存在于自然实在之中。

① 性征：即 sexuality，也可以翻译成"性相"，指的是性行为、发生性行为的状态以及与性有关的属性，包括性取向、性思考、性能力与性别身份等。

② ［英］安东尼·吉登斯：《亲密关系的变革——现代社会中的性、爱和爱欲》，陈永国，汪民安等译，社会科学文献出版社，2001 年，第 242—245 页。

总体而言，"虚拟性性征"所隐喻的，是人类的亲密关系形态与自我认同因数字信息时代的来临而引发的重大变革。不难想象，一个处在"虚拟性性征"状态下的个体，其对于自身性别、种族和外貌的认同，自然不必受限于固有的生理结构，而是可以任意地变化流动。这一个体的爱欲，亦无须投射给任何真实存在的人，各种虚拟化、数据库化的欲望符号已足够满足。如果说，"可塑性性征"隐喻的是性与生殖的分离，那么，"虚拟性性征"隐喻的便是性与自然实在的分离——所谓"分离"并不一定指向彻底的断裂，但却意味着二者之间的绝对对应关系的消亡。笔者据此认为，以"虚拟性性征"为基本属性和运作机制的亲密关系/爱欲关系，早已不再是纯粹的有机体，而是与网络环境、电子媒介、虚拟身体紧密相关的"赛博格（cyborg）状态"。

正如美国学者唐娜·哈拉维（Donna Haraway）在《赛博格宣言》中所勾画的蓝图一样，"虚拟性性征"的赛博格状态，促使它绕过了性别二元对立的陷阱：当一个处在亲密关系之中的身体丧失了固定的性别、种族与生理构造，那么，与"罗曼蒂克1.0"息息相关的性别议题，也就没有那么值得被讨论了。显然，透过吉登斯的想象，"浪漫之爱"的升级与进化，理应以克服性别不平等作为基本前提。而"虚拟性性征"的出现，却提示了某种绕开或回避"性别二元对立"的困局并继续向前的可能。

在厘清一系列前置概念之后，本书所指认的"罗曼蒂克2.0"的具体内涵也逐渐变得清晰起来：它是在以"女性向"为边界、以"角色配对"为前置动作所构筑而成的"亲密关系实验场"中，由"虚拟化身"或"虚拟实在"担任行为主体，以"虚拟性性征"作为基本属性的一种虚拟化、商品化的亲密关系。它的主要载体是当下的各种网络流行文化，例如女频网文、流量明星粉丝圈以及二次元、游戏产业的创作实践及其粉丝社群活动。它主要包含两个层次：第一个层次，是作为"亲密关系实验场"的实验员们发起的角色配对动作；第二个层次，则是在"角色配对"这个前置动作完成之后，发生在被配对的"虚拟实在"或"虚拟化身"之间的性爱关系，即真正意义上的"罗曼蒂克2.0"。

相比"罗曼蒂克1.0"（浪漫爱情），"罗曼蒂克2.0"的"版本更新"

主要体现在：第一，"罗曼蒂克 2.0"的行为主体既不是生物学意义上的人类，也不是以人类为原型的"文学形象"，而是由"亲密关系要素"这种"虚拟化的欲望符号"所构成的"虚拟实在"（virtue being），或者"虚拟化身"（avatar）；第二，其行为主体之间亲密关系 / 性爱关系的确立，并不依赖现实维度或生理学意义上的接触，而主要基于"亲密关系要素"组合的匹配度运算；第三，"角色配对"作为"罗曼蒂克 2.0"的前置动作，大多数情况下由女性成员占据主导地位的粉丝社群推动，男性参与者的存在感是相对较弱的。①

结　语

综上所述，在第一章中，我们以"罗曼蒂克 1.0"（浪漫爱情）作为参照系，描述了"罗曼蒂克 2.0"的含义与覆盖范围。需要特别强调的是，尽管本书所指认的"罗曼蒂克 2.0"有着确切的外延与内涵，但这并不意味着，这样的"罗曼蒂克 2.0"就是"浪漫之爱"唯一的、必然的演化方向。事实上，只要符合"浪漫爱情的更新版本"这个定义，任何形式的亲密关系 / 性爱关系都可以被视作"罗曼蒂克 2.0"。由吉登斯提出的"纯粹关系"，亦未尝不是一种很好的方案。

此外，"版本更新"这个隐喻本身，也暗示着许多可供类比的重要信息：一是计算机软件的新旧版本之间必然存在差异，但也并不能保证升级后的版本一定好于旧版本，"反向优化"的失败案例同样屡见不鲜；二是在大部分情况下，版本更新并不具有强制性，某款软件推出新版本后，用户却选择继续使用旧版本，这是十分常见的现象；三是更新并不意味着另起炉灶、删档重来，而是在继承旧版本主要内容及功能的基础上做出修订或调整。

同理，本书也并不试图捏造或夸大"罗曼蒂克 2.0"的进步性、普遍

---

①　虽然在这类主要由女性成员所主导的粉丝社群中，也存在少量男性参与者，甚至也有主要由男性成员构成的、热衷于角色配对活动的粉丝社群，但相对而言，他们的影响力或是不够广泛，或是不在本书所讨论的范围之内，姑且略去不谈。

性与革命性。它未必比"罗曼蒂克1.0"更优越、更合理。时至今日,它也只在"女性向"网络文学与网络亚文化内部形成了一定的影响力。更为重要的是,它还保留着许多"浪漫爱情"的固有特征及内在矛盾,例如性别问题等。

第二章
何处问情：媒介变革时代的
"数字劳动"与"女性向"文化消费

　　本书第一章旨在阐释"罗曼蒂克 2.0"的内涵，但围绕这个自创的概念，仍有几处关键性的问题尚未彻底厘清，包括这场"角色配对实验"的时代背景、相关文化产业的基本概况及其主要参与者的性别身份等。接下来的第二章，将围绕上述问题展开讨论，尝试把前文提到的各种文化生产活动与文化现象（作为"罗曼蒂克 2.0"的主要载体）逐一还原到它们诞生的具体语境中去。正如本书标题所示，"罗曼蒂克 2.0"是一种源自"女性向"网络文化的新型亲密关系形态。因此，对"何处问情"这个疑问的解答，也需要从"互联网媒介环境"（本章的第一、二部分），以及"与性别议题相关的社会文化背景"（本章的第三部分）这两个截然不同的视角出发，分别予以讨论。

一、中国互联网文化的三个发展阶段

毫无疑问，本书所涉及的绝大多数研究素材——从女频网文、同人创作、偶像（流量明星）粉丝文化到（中国大陆地区的）二次元、游戏产业等——都是以互联网为基本的媒介环境／技术前提，主要流行于网络时代的文艺生产活动及文化现象。尽管笼统地以"媒介变革"来概括其时代背景亦并不为过，但这种断裂性的表述难免会遮蔽整个转型过程中的诸多动态变化，例如网民人口增长、通信技术和相关基础设施建设的逐步完善、行业政策调整，以及本土互联网企业的崛起等。换句话说，在不加辨析的情况下，一个发生在 2000 年的网络文化现象，是无法与另一个发生在 2020 年的网络文化现象相提并论的。然而，因篇幅所限，本书也很难将过去二十多年以来中国网络文艺的发展状况尽数囊括，而只能选取几个重要的转折性节点，通过区分前后不同历史时期互联网文化环境的差异与变化，为接下来针对具体文艺作品和文化现象的讨论提供必要的参照系。

1. 1994：野蛮新生

1994 年 4 月 20 日，中国正式成为世界上第 77 个拥有全功能互联网的国家，自此之后，我们得以"越过长城，走向世界的每一个角落"[①]。然而，由于具备联网功能的硬件设备（如个人电脑等）在当时还不普及 [②]，上网资费也相对较为昂贵，因此，直到 2002 年下半年 [③]，我国的网民总

---

① 这句话出自 1987 年 9 月 14 日从北京市计算机应用技术研究所建成的我国第一个国际互联网电子邮件节点发往德国卡尔斯鲁厄大学的电子邮件，原文为 "Across the Great Wall we can reach every corner in the world"，通常被认为是历史上第一封由我国境内发往国外的电子邮件。

② 截至 2002 年 7 月，全国接入互联网的计算机数量仅为 1613 万台。该数据出自中国互联网络信息中心发布的《中国互联网络发展状况统计报告（2002 年 7 月）》。

③ 从 2000 年开始直到 2002 年，由于互联网泡沫（Dot-com bubble）在股票市场的彻底破裂，大批互联网企业纷纷倒闭，互联网行业也因此陷入短暂的停滞期。

人口数才首次突破 5000 万，而且主要是由居住在城镇地区的 18—35 岁（65.7%）的男性（60.9%）在校学生（26.2%）和专业技术人员（17.5%）构成。值得注意的是，这一时期我国网民的平均周上网时长仅为 8.3 小时，使用互联网的主要目的也并非"休闲娱乐"（18.9%），而是"获取信息"（47.6%）。[①] 由此可见，至少在 1994—2002 年，网络这一新生事物与国人的日常生活，尤其是文化娱乐生活的关联，其实并不紧密。在这样的背景之下，互联网文化消费市场的繁荣与网络粉丝社群的发展壮大，自然也都无从谈起。

具体到网络文学领域，当时的绝大多数"文学网站"（也称"书站"），实际上是以"扫校"（"扫描识别纸质版书籍中的内容并校对"的简称）上传类型小说、流行读物（包括港台言情小说、武侠小说或推理小说等）的电子版来维持内容更新的，例如黄金书屋（1998）[②] 以及早期的晋江文学城（1999）[③] 等。尽管也存在"榕树下"（1997）[④] 这样的"原创文学网站"，但其刊载作品多为散文和中短篇小说，更符合"文艺青年"的阅读趣味，与本书所要讨论的大众流行文化、粉丝文化关联不深。

[①] 本段中的所有数据均出自中国互联网络信息中心发布的《中国互联网络发展状况统计报告（2002 年 7 月）》和《中国互联网络发展状况统计报告（2003 年 1 月）》。括号中的百分比数据表示的是具有这一特征的网民在网民总人口中所占的比例。

[②] 黄金书屋：中国网络文学发展初期规模最大的一家"书站"，成立于 1998 年 5 月，创始人为 youth，以扫校上传武侠、玄幻类小说为主营业务。

[③] 晋江文学城：1999 年由福建晋江电信局创建的文学站点，早期主要依靠扫校港台言情小说维持内容更新。2003 年之后转型为商业文学网站，并另外创建了名为"晋江原创网"的新站，主要刊载由站内注册用户或签约作者原创的小说作品。2010 年 2 月之后，"晋江原创网"又再度更名为"晋江文学城"，并沿用至今。晋江文学城是目前中国大陆地区最具知名度和影响力的"女性向"文学网站，许多热播电视剧的原著小说最初都连载于晋江文学城，如《步步惊心》《甄嬛传》《微微一笑很倾城》等。

[④] 榕树下：1997 年 12 月由美籍华人朱威廉投资创办的文学网站，主要刊载散文、中短篇小说和诗歌等原创作品，是互联网发展初期"文学青年"们的重要线上阵地。许多多元老级网络作者均活跃于此，例如安妮宝贝、宁财神、慕容雪村等。2002 年，榕树下被出版巨头贝塔斯曼收购，影响力持续走低，后几经转手，于 2009 年被盛大文学收购，2015 年随盛大文学并入阅文集团，2017 年因故闭站。参见邵燕君、肖映萱主编《创始者说：网络文学网站创始人访谈录》，北京大学出版社，2020 年，第 1—18 页。

此外，在金庸客栈（1996）①、清韵书院（1998）②及前文提到过的桑桑学院等小型论坛或个人主页上，也陆续有网友发帖分享自己的创作，其中不乏《悟空传》（今何在，金庸客栈，2000）、《此间的少年》（江南，清韵书院，2001）之类的经典名篇。与此同时，这些小型论坛、个人主页以及部分高校BBS③，也是日本ACG文化、同人文化的重要传播阵地。桑桑学院的站长sunsun就曾活跃于水木清华BBS④，后因撰写日本漫画《灌篮高手》（*Slam Dunk*，井上雄彦，1990）的同人小说而成名。偶像粉丝社群的组织与交流，此时并没有出现大规模向网络转移的迹象，仍以线下活动为主。电子游戏则受限于硬件设备的普及率，仅仅只是小众群体的爱好罢了。

总体而言，从1994到2002年，我国互联网文化的发展虽然称得上日新月异，但无论是生产机制建设，还是受众规模以及创作成果的数量与质量，都还处于起步阶段。后面的章节里，也基本上不会对这一时期的网络文艺作品或文化现象予以重点讨论。

2. 2003—2005：网络文学商业生产机制的探索与确立

自2001年起，我国互联网文化产业的发展便进入了一个至关重要的转折期：受股票市场互联网泡沫破裂的影响，许多原本免费提供给个人用户的网络空间逐步收紧、消亡，前文提到过的部分书站、个人主页和

---

① 金庸客栈：成立于1996年，最初为网站"四方利通"下属论坛的一个主题版块，1998年随四方利通并入新浪网。李寻欢、宁财神和今何在等一大批知名网络作家，都曾在金庸客栈上发表过自己创作的小说、杂文等作品。

② 清韵书院：1998年2月成立于澳大利亚，后迁回国内。初期以讨论和发布古典诗词为主，后期成为"大陆新武侠"及"东方奇幻"这两大创作群体的重要阵地，《听雪楼》（沧月，2001）、"九州"系列（2001）等作品最初都曾连载于清韵书院。

③ BBS：Bulletin Board System（电子公告板）的简称，最初的功能比较简单，只能用于发布股票价格等信息，后来几经扩充完善，渐渐发展出网络论坛的架构。通常说到BBS，指的就是网络论坛。早期较为知名的高校BBS包括北京大学的"未名BBS"和清华大学的"水木清华BBS"等。

④ 水木清华BBS：清华大学的官方BBS。成立于1995年8月，曾经是全国最具知名度的网络社区，也是最能代表中国高校网络文化的重要站点之一。从2005年3月起，水木清华BBS不再面向全网公开，只允许校内用户注册登录，访问人数顿时一落千丈，影响力亦逐步衰落。

小型论坛等也被迫开始探索构建可持续性的盈利模式，用于支付服务器租金等日常开销。2003—2005 年间，我国网络用户的总量迅速增长，并于 2005 年 6 月正式突破 1 亿大关①，形成了一波可观的"人口红利"。以此为契机，文学网站起点中文网（简称"起点"）②和晋江文学城（简称"晋江"）也各自沿着不同的路径，较为顺利地完成了商业化转型。

其中，由起点首创并成功付诸实践的"VIP 付费阅读"模式（2003年 10 月开始试运营），无疑是中国网络文学行业最核心、影响也最为深远的商业生产机制。在该模式下，处于连载状态中的作品均被划分为连载初期的免费章节和"入 V"（即进入 VIP 阶段）之后的付费章节。读者需缴纳约 50 元左右的会员费成为网站 VIP 会员，才能以千字两分钱的价格购买、阅读付费章节。③所得收益则通常由网站和作者按照合同规定好的比例进行分成。

为何起点要选择"VIP 付费阅读"作为核心盈利模式，其具体的付费节点、定价方案又是如何拟定的呢？根据起点创始人吴文辉的自述：

> 当时最重要的盈利途径，第一是版权，但代理版权的收入是不可靠、不稳定的——因为你没有办法确定收入的数量级和长远的有效性；第二是广告费，但无论之前的新浪还是其他的网站都说明，对一家网站来说，纯广告费的收益是无法支撑的；第三就是卖电子书，但是卖电子书也是不成功的，当时台湾的电子书在大陆的销售情况并不好，而所有其他尝试过电子书的企业都失败了。

① 有关数据出自中国互联网络信息中心发布的《中国互联网络发展状况统计报告（2005年 7 月）》。此外，2005 年 6 月，我国网民的平均周上网时长已达到 14 小时，因"休闲娱乐"的需求而上网的人群比例也稳步攀升至 37.9%，超过了"获取信息"（37.8%）的需求，成为我国网民最主要的上网目的。

② 起点中文网：成立于 2002 年 5 月的一家商业文学网站，在中国网络文学领域长期居于垄断地位，由其开创的一系列网站架构、功能与生产机制被各大文学网站纷纷效仿，并成为重要的行业标准，奠定了中国网络文学产业的基本形态。2004 年 10 月，起点中文网被盛大网络收购，成为盛大旗下全资子公司，2015 年随盛大文学并入阅文集团。

③ 根据起点中文网的规定，在 50 元会员费中，30 元为获取 VIP 资格的费用，其余 20 元则预存在会员账户中用于购买付费章节。

最后，我觉得应该结合当时的网络文学的特点来选择商业模式。因为当时网上大量的是有趣的、连载的互联网小说，所以我觉得电子书是值得一卖的，但是应该抓住网络小说的特点。第一，要把一月一出改成单章销售，否则盗版就会让你整个的系统死亡，台湾的小说电子书就是一月一出，可盗版第二天就出，所以卖不动。但是对于连载小说来说，只要你现写现卖，保鲜期哪怕只有一天，它仍然是有销售价值的。因为后续可以连续不断地去产生新的东西。第二，就是要把价格降下来，原来的台湾地区电子书是两元钱一本或者一元钱一本，相对于一月一期或者说一月两期来说并不是很贵。但是我认为当时互联网用户的付费制度并不成熟，所以我就说应该把付费标准降到用户的心理门槛的最低极限，就是一角钱。假定说一个章节用户付费的最低心理底线是一角钱，而当时一个章节一般是五千字，这样算下来一千字两分钱。真正的商业模式就是一角钱看一次，一次五千字。

……它把书不再变成书，而是变成了一段一段的文字，变成了一个信息流。①

从这段自述中不难看出，"VIP付费阅读"模式，其实就是在排除了"代理版权"和"广告招商"这两种可能性的前提下，对过往的"电子书"销售方案加以改造后所形成的新版本。不过，吴文辉的分析针对的也只是当时起点面临的商业环境，并非放之四海而皆准的铁律。事实上，晋江就凭借"代理版权"②的运营模式，顺利完成了初步的商业化转型。尽管晋江在接受盛大网络注资后不久，也正式开通了VIP付费阅读

---

① 邵燕君、肖映萱主编：《创始者说：网络文学网站创始人访谈录》，北京大学出版社，2020年，第128—129页。

② 代理版权：指作者在站内免费连载小说，积累一定的人气之后，由网站担任中介向出版社或影视公司售卖版权并抽取提成。

系统（2008 年 1 月）①，但版权销售始终是该网站最重要的盈利渠道之一。总而言之，有了"VIP 付费阅读"制度，网文作者就可以直接通过线上连载获得收益，而无须考虑实体出版；"版权代理"业务则足以吸引新人作者优先在网络平台发表作品。几年间此消彼长，实体出版行业日渐式微，文学网站却逐步发展壮大，迅速地在类型小说生产、线上出版和版权运营等领域占据了一定的优势。

值得一提的是，晋江同时也是网络同人文化的重要传播阵地之一，不仅长期保留着专供发布同人小说的版块②，其下属的晋江文学城论坛，即俗称的"小粉红"③，更一度成为国内最知名的同人创作、交流平台。④除晋江之外，当时较为普及的线上粉丝社群活动基地，还包括百度公司旗下的子品牌百度贴吧（2003）⑤。作为一个大型主题交流社区，百度贴吧直接与百度搜索相关联，并由百度提供网络空间，对运营者（吧主）的技术素养、财力均无过高要求，其垂直分类的架构也便于不同圈层（偶像粉丝文化、二次元文化、电子游戏等）的粉丝以"粉丝圈中心文本"为名创建属于自己的贴吧，例如"李宇春吧""火影忍者吧"或者"魔兽世界吧"等。2005 年以后，百度贴吧更是见证了中国大陆地区的偶像粉

---

① 2003 年 9 月，晋江原创网刚刚成立不久，便以代理版权的形式与出版社建立了合作关系。2007 年 11 月，晋江接受盛大网络注资，出售了 50% 的股权。2008 年 1 月，晋江开始试行 VIP 付费阅读制度。参见邵燕君、肖映萱主编《创始者说：网络文学网站创始人访谈录》，北京大学出版社，2020 年，第 253—254 页。

② 该版块的名称几经变动，最初名为"同人专区"，2014 年的"净网行动"之后，更名为"衍生专区"，后再度更名为"衍生／轻小说"专区，并沿用至今。"净网行动"的全称为"净化网络环境专项行动"，是由全国"扫黄打非"工作小组办公室、国家网络信息办公室、工业和信息化部、公安部领导的，为打击利用互联网传播淫秽色情信息的行为而展开的专项行动。在过去的十年间，该专项行动已经以不同的主题开展过数次。2014 年的"净网行动"中，晋江文学城因旗下签约作者涉嫌非法出版淫秽色情作品被捕而颇受打击，并因此而关闭了站内的一些版块。

③ 小粉红：晋江文学城论坛的背景颜色为粉色，"小粉红"的昵称即由此而来。而由于晋江主站的背景色为绿色，因此也常以"绿晋江"和"粉晋江"来区分主站与论坛。

④ 晋江文学城论坛下属的同人文库版块，就曾聚集过大量同人文化爱好者。2014 年"净网行动"之后，该文库被暂时隐匿，许多同人爱好者因此将阵地转移到了网易旗下的轻博客"LOFTER"或 AO3（The Archive of Our Own）等网站。

⑤ 百度贴吧：一个架构类似于网络论坛的大型垂直主题交流社区，为百度旗下独立品牌，2003 年 12 月正式上线。百度贴吧基于百度主站作为搜索引擎的关键词检索功能，直接以检索词作为贴吧名称（同名贴吧已创建的情况下）或链接至创建新贴吧的在线通道（同名贴吧未创建的情况下），技术门槛极低，对网络新手十分友好。

丝文化从线下向网络空间转移的全过程。

同时期另一个至关重要的转折，实则发生在政策领域。2005 年 4 月 13 日，《国务院关于非公有资本进入文化产业的若干决定》（简称《决定》）正式颁布实施。①《决定》明确表示，要"鼓励和支持非公有资本进入以下领域：文艺表演团体、演出场所、博物馆和展览馆、互联网上网服务营业场所、艺术教育与培训、文化艺术中介、旅游文化服务、文化娱乐、艺术品经营、动漫和网络游戏、广告、电影电视剧制作发行、广播影视技术开发运用、电影院和电影院线、农村电影放映、书报刊分销、音像制品分销、包装装潢印刷品印刷等"。这就为日后某些大型互联网公司掌控文化市场的各个生产环节，打造"泛娱乐"产业链提供了基本的政策支持。

3. 2013—2015："泛娱乐"产业链的成型

2005 年以后，中国信息通讯领域的发展进入"快车道"："村村通"工程和"家电下乡 / 电脑下乡"政策（2008）的推行，使得农村地区的互联网普及程度大幅度提升；②智能手机与 4G 技术（2013—2015）的广泛应用，则宣告了移动互联网时代的来临。2013 年底，我国网络用户的总规模突破 6 亿，成为全球网民人口最多的国家，其中，女性用户约占 44%③，与十年前（39.1%）相比略有增长。与此同时，我国网民的人均周上网时长也较十年前（14 小时）翻了一番，大致稳定在 25—30 小时

罗曼蒂克 2.0："女性向"网络文化中的亲密关系

---

① 这一决定的颁布并非一蹴而就，在此之前，中国政府已经对文化市场各个不同领域的管理政策做过调整，逐步降低了非公有资本的准入门槛。例如 2003 年 6 月，国家广播电影电视总局就首次向 8 家民营电视剧制作机构颁发了电视剧制作许可证（甲种），使得这些企业获得了与国有电视剧制作机构同等的地位。参见杨旦修《规制与发展——中国电视剧产业化进程研究》，南京大学博士学位论文，2011 年。

② 根据中国互联网络信息中心发布的《2009 中国农村互联网发展调查报告》，2005 年底，我国农村地区的网民人口仅为 1931 万，到 2009 年底时，已突破一亿。

③ 根据中国互联网络信息中心发布的《第 47 次中国互联网络发展状况统计报告》，截至 2020 年 12 月，我国女性网民的数量约占网民总人口的 49%，与整体人口的性别比例保持一致。从 2002 年的不足 40% 到如今接近 50%，女性网民的数量和比例一直是不断上升的。

左右。① 人们通过社交网络结识朋友、依靠实时通信软件保持联络、登录视频网站观看影片、在电商平台购物、用金融 app 理财……形形色色的日常生活经验都被纳入某种"数字化生存"（Being Digital）② 的图景之中，互联网用户的"网络身份"（账号 / 账户）亦逐步取代其社会身份，成为经济行为与社交行为的主体。

随着市场环境的日益成熟③，互联网文化创意产业的发展也迎来了前所未有的历史机遇。自 2013 年起，以 BAT ④ 为首的几家大型互联网公司便陆续开始涉足网络文学、影视剧制作、在线视频播放、电子游戏及艺人经纪等领域的业务。以腾讯为例，早在 2012 年 3 月，该公司就已经提出"泛娱乐"的概念，主张打造"以 IP 授权为轴心，以游戏运营和网络平台为基础的跨领域、多平台的商业拓展模式"⑤，但当时腾讯下属的"互动娱乐事业群"，还仅仅只有腾讯游戏和刚刚成立的腾讯动漫（2012）这两项实体业务。2013 年初，原起点中文网创始团队与盛大文学解约，随后陆续加盟腾讯，同年创立腾讯文学；⑥ 2015 年 1 月，又进一步整合盛大文学旗下的多家网站（包括起点中文网、红袖添香等）成立了阅文集团。2015 年 9 月，腾讯影业和企鹅影视相继成立，标志着腾讯正式将经营范围拓展到影视投资、影视剧 / 综艺制作、宣传发行、IP 授权和艺人经纪等领域。至此，一条贯通互联网文化创意产业上下游的"泛娱乐"产业

---

① 以上数据出自中国互联网络信息中心发布的《第 36 次中国互联网络发展状况统计报告》和《第 47 次中国互联网络发展状况统计报告》。其中，人均周上网时长从 2013 年 12 月起正式突破 25 个小时，此后便一直维持在 25 小时以上，2020 年 3 月则一度达到每周 30.8 小时。

② ［美］尼葛洛庞帝：《数字化生存》，胡泳、范海燕译，海南出版社，1997 年。

③ 根据中国互联网络信息中心发布的《中国互联网络发展状况统计报告（2014 年 1 月）》，截至 2013 年 12 月，中国网络游戏产业的用户规模已达 3.38 亿，网络文学读者的数量约为 2.74 亿，网络视频用户的总量更是增长迅速，达到 4.28 亿。

④ BAT：百度（Baidu）、阿里巴巴（Alibaba）和腾讯（Tencent）这三家中国顶尖互联网公司的统称。近年来，由于百度的衰落和字节跳动（ByteDance）的后来居上，BAT 中的 B，也可以用来指代字节跳动。

⑤ 这一构想是时任腾讯集团副总裁程武于 2012 年 3 月 21 日在"UP2012 腾讯游戏年度发布会"上提出的。除腾讯之外，阿里巴巴和百度也在构建或尝试构建类似的"泛娱乐"产业链，例如阿里巴巴就于 2015 年收购了视频网站优酷，并于同年成立阿里影业，百度则于 2013 年收购了爱奇艺和文学网站纵横中文网。

⑥ 受竞业协议所限，包括吴文辉在内的几名起点中文网核心创始团队成员，是在解约期满一年之后，才正式入职腾讯文学的。

链便正式成型了：它以网络文学作为创意来源，通过影视剧（由"流量明星"参演）、游戏、动漫作品的改编实现盈利，不同亚文化社群的粉丝则兼具着消费者与数字劳工（digital labour）的双重身份。①

不难看出，本书的主要研究对象，几乎完整地覆盖了"泛娱乐"产业链的各个环节。而这条产业链的核心运作机制，就是以"IP"为核心、以"流量"为一般等价物，对当下最具商业价值的文化创意类产品加以整合、贯通，再统一纳入由互联网资本所主导的数字资本主义的生产关系之中。

"泛娱乐"产业链的成型，无疑象征着互联网文化市场的发展又迈入了一个全新的阶段。自此之后，传统媒体与网络媒体渐成此消彼长之势，根据国家广播电视总局历年公布的《全国广播电视行业统计公报》，从 2015 年开始，中国电视平台广告的总收入持续下跌，从 1219.69 亿元下降至 900 亿元（2018），电视广告收入在广播电视（含网络）广告总收入中所占的比例也从 87.3%（2014）下降至 52%（2018）。与此同时，网络媒体广告的收入却一路上涨，并于 2017 年突破了 300 亿元。另据阅文集团发布的 2020 年度业绩报告，该公司全年的版权业务营收为 36 亿元（占总营收的 42.2%）；② 腾讯控股发布的 2020 年财报则显示，其网络广告业务共计收入 822.71 亿元（占全公司总收入的 17%），包含腾讯视频等平台播放的自制剧（大多由版权归属阅文集团的网络小说改编）、自制综艺的广告营收。由此回看当年吴文辉有关"网络文学很难通过版权运营和广告招商实现盈利"的判断（这个判断对于当时的起点中文网而言，是十分准确的），整个互联网文化行业的生产能力及消费需求在过往十年间

---

① 到了 2018 年，腾讯副总裁程武又在"UP2018 腾讯新文创生态大会"上表示，泛娱乐战略应当升级为"新文创"。但这仅仅是措辞上的调整，其运营模式并没有发生任何实质性变化，因此后文仍以"泛娱乐"来指称这套商业策略与生产机制。

② 此外，根据中国音像与数字出版协会在第四届"网络文学 +"大会上发布的《2019 年度中国网络文学发展报告》，仅 2019 年，中国网络文学市场的营收规模就达到了 201.7 亿元，线上网络文学作品累计达到 2590.1 万部，文学网站驻站作者达到 1936 万人。另据中国互联网络信息中心于 2020 年 4 月发布的《第 45 次中国互联网络发展状况统计报告》，中国网络文学的用户规模已达到 4.55 亿。

所经历的翻天覆地的变化，也就不言而喻了。

二、"粉丝产消者"的"数据劳动"和"参与式劳动"

1. "数字劳动"视域下的"IP"与"流量"

接下来，本书将引入一个全新的概念"数字劳动"，尝试从技术、商业及政策之外的视角出发，进一步理解整个互联网文化行业，尤其是"泛娱乐"产业链的运作机制，并对其核心受众群体（同时也是"亲密关系实验场"的主要参与者）的现实处境展开分析。

20 世纪 70 年代，传播政治经济学的奠基人达拉斯·斯麦兹（Dallas Smythe）在《传播：西方马克思主义的盲点》一文中指出，广播电视节目的用户之所以能"免费"享用海量的视听资源，是因为他们用于收听 / 观看节目的时间与注意力被作为"受众商品"（audience commodity）出售给了广告商。[1] 这意味着，人们在业余时间消费媒介内容的行为，事实上已成为工厂劳动的延伸[2]，"受众劳动"（audience labour）这个概念也就应运而生了。

到了 21 世纪初，意大利学者泰拉诺瓦（Tiziana Terranova）从自治主义马克思主义的研究视角出发，提出了"数字劳动"的概念，用于描述普遍存在于互联网用户群体中的"与资本主义薪酬体系脱钩（无酬），并且能从中感受到愉悦的、自觉自愿的上网行为"，[3] 包括但不限于创建网站、修改软件包、阅读和参与邮件列表等。尽管泰拉诺瓦并未将其与"受众劳动"联系在一起，但二者之间的相关性几乎是显而易见的。例如英国学者克里斯蒂安·福克斯（Christian Fuchs）针对社交媒体——如脸

---

[1] Smythe D W. *Communications: Blindspot of Western Marxism*. Canadian Journal of Political and Social Theory, 1977, 1(3), pp.1–27.

[2] Jhally S . *The Codes of Advertising: Fetishism and the Political Economy of Meaning in the Consumer Society*. Routledge, 1987.

[3] Terranova T. *Free Labor: Producing Culture for the Digital Economy*. Social Text, 2000, 18(263), pp.33–58.

书（Facebook）、推特（Twitter）等——的研究，就大量引用了"受众商品""受众劳动"等传播政治经济学的相关理论。福克斯指出，在社交媒体时代，平台资本剥削网民"数字劳动"的方式，不仅包括搜集个人用户的数据和行为[1]以量身制作"定向广告"，更源自用户作为内容生产者所自发从事的创作、传播与社区建设等工作。[2]福克斯据此提出了"互联网产消者商品"（internet prosumer commodity）的概念，以强调"数字劳工"作为粉丝"产消者"（prosumer）[3]的特殊属性。

围绕"数字劳动"的讨论颇多，这无疑是数字资本主义研究领域的热点问题，本书很难在较短的篇幅内历数各方观点。但总体而言，"数字劳动"是互联网用户在网络平台上进行的、被互联网资本所剥削的各种劳动形态的统称。它是一种典型的无酬劳动（free labour），并且通常以休闲娱乐（playbour）的形态呈现，"以最少的异化创造了最多的剥削"。[4]

在上一部分里，"泛娱乐"产业链的核心运作机制被描述为"以 IP 为核心，以流量为一般等价物"。其中，"流量"即"流量数据"（traffic data），它是互联网信息技术领域的一个专有名词，指的是某个网站地址在一定时期内的用户访问量。其具体指标包括"独立用户数量"（unique visitors）、"重复用户数量"（repeat visitors）和"页面浏览量"（page views）等。此外，某些特定的用户行为也是流量数据的有机组成部分，例如用户在某页面停留的时间、用户来源网站（即"引导网站"）以及用户所使用的搜索引擎和关键词等。自互联网行业诞生以来，流量数据

---

① 这些数据和行为包括用户的身份信息、浏览了哪些网页以及在各个网页上的停留时长等，根据这些数据资料，网络平台就能估算出用户的个人画像与行为偏好，形成更加精准的广告投放方案。对于广告商而言，相较于传统媒体，网络平台的优越性是显而易见的。

② ［英］克里斯蒂安·福克斯:《数字劳动与卡尔马克思》，周延云译，人民出版社，2020 年。

③ 产消者：最早由阿尔文·托夫勒（Alvin Toffler）于 20 世纪 80 年代提出，主旨在于强调一种新形式的经济民主与政治民主时代的到来。生产者与消费者之间的分界线变得日益模糊，正是其最核心的特征。福克斯使用"产消者"概念的着眼点，是为了批判资本对于产消者无酬劳动的剥削。参见［美］阿尔文·托夫勒《第三次浪潮》，黄明坚译，中信出版社，2006 年。

④ Fisher E. *How Less Alienation Creates More Exploitation? Audience Labour on Social Network Sites*.TripleC (Cognition, Communication, Co-Operation): Open Access Jo, 2012, 10(2), pp.171-183.

始终是衡量一个网站商业价值的核心标准。而随着大数据（big data）①技术的成熟，互联网公司对数据资料的掌控，也进一步细化到社交网站、购物网站等网络平台上留存的用户个人信息、使用行为以及具体的传播内容等。对其进行搜集、整合与分析，再转化为"信息商品"（informational commodity），并以此谋利的行为，早已是互联网行业公开的秘密。②以在线视频网站为例，其站内视频的点击量当然是广告招商的重要依据，但归根结底，通过分析用户观看视频的偏好与趣味，帮助广告商制定精准的个性化投放方案，才是最能体现互联网公司技术优势的业务。③由此可见，粉丝"产消者"对网络文艺作品的点击、浏览、评分或讨论，无疑都是十分典型的"数字劳动"。

另一个值得着重讨论的概念，自然是"IP"，即知识产权。IP 原本是一个法学领域的术语，指人们基于自己的智力活动创造的成果和经营活动中的标记、信誉而依法享有的权利④，可进一步细分为著作权、专利权及商标权。其中，著作权由著作人身权和著作财产权两部分构成，前者主要包括发表权、署名权、修改权和保护作品完整权等权能，既不可转让，也无法剥夺；后者则是以各种形式对作品加以利用并获得报酬的

---

① 大数据：指以数量庞大为特征的信息资产。由于具有极高的传播速率和多样性，因此它的价值转化也就需要特殊的技术和分析方法来支持。2013 年以来，随着大数据技术的全面成熟，互联网资本对"数字劳动"的成果加以捕捉，并将其转化为"信息商品"的效率也大幅度地提升了。参见 De Mauro Andrea, Greco Marco, Grimaldi Michele. *A Formal definition of Big Data based on its essential Features*. Library Review, 2016(65), pp.122–135.

② Fisher E. *How Less Alienation Creates More Exploitation? Audience Labour on Social Network Sites*.TripleC (Cognition, Communication, Co-Operation): Open Access Jo, 2012, 10(2), pp.171–183.

③ 腾讯公司有关"腾讯广告工作原理"的描述如下：在通常的投放流程中，广告主提供广告内容并选定希望触达的目标人群。比如一位手机游戏广告主的目标人群可能是"男性，喜爱玩游戏"这一群体。在选定目标人群时，广告主无法看到或获得任何用户的个人信息，仅能选定他们希望触达的群体类型。腾讯广告系统根据用户画像找到符合广告主需求的目标人群，向目标人群展示广告。用户画像通常包括广告系统对您注册腾讯服务时填写的信息（如注册微信时填写的性别信息）及根据您使用腾讯服务时产生的行为数据（如资讯文章阅读）进行推测得到关于您可能的兴趣爱好等的结果。例如，您在注册微信时填写的性别为"男"，用微信授权登录过手机游戏账号，腾讯广告系统可能判断您属于"喜爱玩游戏的男性用户"这一群体。参见《微信：不会监听用户聊天记录，更不会通过监测聊天推送广告》，澎湃新闻，2020 年 6 月 1 日，https://www.thepaper.cn/newsDetail_forward_7651327。

④ 吴汉东：《知识产权法学》，北京大学出版社，2000 年，第 1 页。

权利①，也是真正推进著作权立法的根本动因之所在②。互联网资本在构建"泛娱乐"产业链的过程中反复提及的IP，指的其实就是"著作财产权"——对各类网络文艺作品和流行文化产品进行改编、翻印及版权转让、交易，并从中获利的权利。

但这并不是隐藏在"IP"两个字母背后的全部秘密。另一个值得关注的问题是，凡具备版权运营价值的流行文化产品，其粉丝群体的规模大多颇为可观。由粉丝自发撰写的评论文章、同人创作或口碑宣传等行为③，最终也都会作为无酬的"数字劳动"被"粉丝圈中心文本"④的版权方所剥削。腾讯副总裁程武在"UP2016腾讯互动娱乐年度发布会"上就"泛娱乐"概念所做的一系列阐释，例如"IP是被市场验证的用户情感载体""每个人都有不可被辜负的天分"以及"IP源于人的想象力与情感"等表述，事实上都默认了该公司对粉丝的情感与创造力进行商品化运营的意图。换句话说，互联网资本在收购IP的时候，除考量一部作品的改编、翻印价值外，其粉丝社群的规模与活跃程度也是不容忽视的重

---

① 吴汉东:《知识产权法学》，北京大学出版社，2000年，第34—39页。

② 法学界普遍认为，著作权是随着印刷术的普及而出现的，最初更接近于"翻印权"（copy-right），保护的主要是出版商翻印图书的权利。15世纪，威尼斯共和国授予印刷商冯·施贝叶为期五年的印刷出版专有权，被认为是西方第一个由统治政权颁发的保护翻印权的特许令。世界上第一部保护创作者知识产权的法案《为鼓励知识创作而授予作者及购买者就其已印刷成册的图书在一定时期内之权利法》，则直到18世纪初才由英国议会通过并颁布实施。该法案禁止不经作者同意就擅自印刷、翻印或出版作者的作品。此后，著作权的保护范围才逐渐由印刷出版权拓宽到创作者的人身所有权。参见吴汉东《知识产权法学》，北京大学出版社，2000年，第31—34页。

③ 约翰·费斯克曾经将粉丝的生产力划分为三种类型，即符号生产力、声明生产力和文本生产力。其中，声明生产力（enunciative productivity）是通过公开声明自己的粉丝身份而获得的，它的一个重要实现手段便是粉丝交谈（fan talk），例如女性肥皂剧粉丝对剧情的讨论等。文本生产力，顾名思义就是同人创作了。也就是说，粉丝所开展的声明生产、文本生产活动，正是他们被剥削的"数字劳动"的重要组成部分。参见陶东风《粉丝文化读本》，北京大学出版社，2009年，第3—20页。

④ 粉丝圈中心文本：以《全职高手》（简称《全职》）的粉丝圈为例，任何一个创作或讨论《全职》同人的粉丝群体，其"中心文本"都是《全职》。只关注某个由《全职》衍生出的配对组合的粉丝圈，例如喜爱叶修和苏沐橙（叶橙）这组配对组合的粉丝群体，它们的"粉丝圈中心文本"除了"叶橙"本身之外，显然还包括《全职》这部小说。当互联网资本掌握了这部作品的IP，即著作财产权时，所有以《全职》作为"粉丝圈中心文本"的粉丝群体的"数据劳动"，便也都归属于版权方了。

要因素。

　　那么，粉丝社群基于"参与式文化"的理念而开展的各种文化交流与创作实践，真的能为版权方、出品方赢得更多利润么？以电影《大圣归来》（2015）上映期间兴起的流行词"自来水"为例。其中，"水"源自网络论坛中的常用术语"灌水"，指大量重复地发布一些无意义、无营养的帖子，这在上网资费还较为昂贵的时代尤其容易引发公愤，是大多数论坛明令禁止的行为。后来，由于互联网平台（例如社交网站、影评网站等）日渐成为影视行业重要的舆论阵地，一些受雇于影视公司的公关人员也会在网上大批量地散布软文（Advertorial）[①]或虚假好评，以吸引观众的注意。久而久之，便发展出"水军"[②]这一衍生概念，暗指上述行为是有偿且有组织的。而"自来水"则试图以"自来"二字，曲折迂回地撇清这种"受雇用/利益相关"的嫌疑，强调粉丝对《大圣归来》的赞美与宣传纯属自发行为。总而言之，无论该电影的"口碑效应"是否包含刻意引导的成分[③]，"自来水"本质上都是一种典型的由粉丝在社交平台上的"数字劳动"所构成的"参与式营销"（participatory marketing）[④]。它为影视公司节省了大笔的宣发费用，早已成为后来者们争相效仿的标杆。[⑤]

　　结合马克思提出的利润率计算公式：$rp=p/(c+v)$ [⑥]，以及福克斯基于"数字劳动"的相关研究成果对该公式进行的扩充：$rp=p/(c+v_1+v_2)$ [⑦]，则

---

　　① 软文：指某种包裹在普通媒体文章的外壳之下，实则暗含商业推广意图的文字，是"硬性广告"（简称"硬广"）的反义词。

　　② 水军：除影视剧的宣传发行之外，某些社会热点事件的当事人及其雇用的公关公司，也会通过大量发帖来混淆视听。这也是"水军"的重要语源之一。

　　③ 关于《大圣归来》及由其引发的"自来水"现象，历来各方的看法都不太一致。有人认为这是出品方有预谋地引导粉丝进行"数字劳动"的结果，也有人认为出品方只是起到了推波助澜的作用，粉丝的自发宣传和同人创作才是这次事件的主潮。但本段所要讨论的重点不是这个问题，而是要讲清楚粉丝的"数字劳动"对影视行业利润率的提升。

　　④ Manzerolle, Vincent R. *Mobilizing the Audience Commodity 2.0: Digital Labour and Always-On Media*. Media and Digital Labour: Western Perspectives, 2018, pp. 1–14.

　　⑤ 例如近年来的许多网剧都会将同人视频的播放量计算在剧集总播放量内，这是一种毫不掩饰的剥削行为，因为对于视频网站或任何一部网剧而言，点击率都是广告招商时最有分量的参考数据。

　　⑥ 其中，rp 为利润率，p 为利润，c 是不变资本/固定成本，v 是可变资本/工资。

　　⑦ ［英］克里斯蒂安·福克斯：《数字劳动与卡尔·马克思》，周延云译，人民出版社，2020年，第139—141页。其中，v_1 是支付给固定员工的工资，v_2 是支付给"数字劳工"的工资。

v_2 显然是一个无限接近于 0 的数字。一旦它开始膨胀，例如《大圣归来》的出品方结清了各粉丝团体应得的宣发酬劳，那么，该电影的利润率也必将大幅下跌。

综上所述，本书所涉及的"数字劳动"，主要包含以下两种形式：第一，为网站制造"流量数据"和"信息商品"的使用行为，例如点击、浏览网页或投票等，可称为"数据劳动"[1]；第二，网络亚文化社群基于"参与式文化"的理念而开展的文艺创作、同好交流等活动，可命名为"参与式劳动"[2]。它们与 IP 这个概念之间的关联如下图所示。其中，数据劳动的主动与被动之分，将在本部分的剩余段落以及第四章的第一部分详细展开。

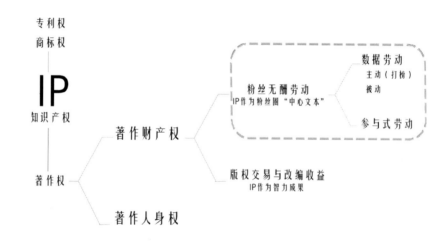

---

① 童祁：《饭圈女孩的流量战争：数据劳动、情感消费与新自由主义》，《广州大学学报（社会科学版）》2020 年第 5 期，第 72—79 页。

② 值得注意的是，"参与式劳动"通常也能制造出大量的"流量数据"，并转化为"信息商品"。但除此之外，它还兼具着"参与式文化"的属性，这是其他常见的"数据劳动"所没有的特征。

2. 以晋江文学城"积分榜单"为例

需要特别说明的是，对网民"数字劳动"的剥削，并不是"泛娱乐"产业链成型之后才开始出现的新现象。恰恰相反，正因为剥削"数字劳动"是互联网文化行业的固有机制，"泛娱乐"产业链才有了存在的基础。版权（IP）运营这一盈利模式亦是同理。接下来的论述，将主要以晋江文学城的"积分榜单"为例，对互联网平台剥削用户"数据劳动"和"参与式劳动"的具体策略展开分析，并尝试厘清这种剥削行为与网站的版权运营策略之间的因果关系。

作为一个 UGC（User Generated Content，用户生产内容）架构的商业文学网站，晋江文学城所刊载的作品都是由用户自行注册账号、自主上传的，近乎零门槛。海量文本泥沙俱下，而最终能顺利售出版权（包括图书出版权、影视改编权等）并为网站和作者带来大笔收益的作品，只是其中极少数的一部分。问题的关键就在于，这些作品究竟是以何种方式脱颖而出的呢？在传统的图书出版机构中，对稿件的甄选评判往往由专职编辑负责。文学网站虽然也设有编辑岗位，但那些动辄百万字且数以百万计的长篇小说，又岂是几十名编辑所能穷尽的，至于择优选优、推荐出版，就更是难上加难了。不过，即使如此，晋江的版权代理业务仍然顺利地运转了近二十年，这便足以证明，在该网站内部，是存在着某种功能上类似于传统图书编辑的装置的。

而这个装置，就是"积分榜单"。依据某种规则将站内符合标准的作品进行排序，并以榜单的形式呈现，是绝大多数商业文学网站的常规功能。例如，起点现有的榜单就多达十余种，包括"月票榜""畅销榜"和"收藏榜"等。其中，"月票榜"是以作品在一个自然月内收到的"月票"（一种付费获得的虚拟道具）数量为排序依据的榜单；"畅销榜"是以当日作品销量为排序依据的榜单；"收藏榜"则是以站内作品（包括已完结的和正在连载的）被读者添加进收藏夹①的累计数量为排序依据的榜单。与

---

① 收藏夹："收藏"是绝大多数文学网站都会提供的一项常规功能，它允许读者通过点击作品页面上的收藏按钮，将这部作品添加进自己账号下的"收藏夹"，以便查找管理。收藏榜一般按照作品当前现存的收藏人数由高到低排列。

起点有所不同的是，晋江的站内榜单，虽然也包含"总分排行榜""半年榜""月榜"和"新晋作者榜"①等多个名目，但作为排序依据的"作品积分"却是由统一的"积分计算公式"生成的。以该网站使用时间最长（2005—2016）的一版积分计算公式为例：

$$作品积分 = 全文点击数 / 章节数 \times Ln（全文字数）\times 平均打$$
$$分 +（Ln（书评字数）\times 书评打分）之和 + 精华书评特别加分②$$

不难看出，上述公式所涉及的数值主要包括以下三类：第一类是作品本身的客观数据，如全文字数等；第二类是对读者浏览、评价作品的行为进行的量化与赋值，如全文点击数、书评字数和平均打分等；第三类则源自网站编辑的奖励措施，如精华评论特别加分③。套用这个公式计算出的最终数值，即一部小说的"作品积分"，是晋江在排列各色榜单时的基本参考依据。有幸登上榜单页面甚至首页，显然是一部作品优越性与受欢迎程度的最佳证明，其版权开发的价值也便不言而喻了。以下表所示的晋江"言情小说"区"总分排行榜"为例（查询时间为2021年9月）。其中，表中所列出的位列前20名的作品，绝大多数都出版了实体书，半数以上曾在海外出版，甚至颇有几部售出了影视版权④；而第21—100名的作品，涉及版权运营业务的比例就远不如前20名了。

————————

① "总分排行榜"是对晋江站内所有小说（包括已完结的和正在连载的）的作品积分进行排名的榜单，没有下榜期限。"半年榜"是对最后发文时间在第131天到310天内的作品按积分排行的榜单。"月榜"是对最后发文时间在第11—40天内的作品按积分排行的榜单。"新晋作者榜"是对30天内申请成为作者的账号发表的作品的总积分进行排行的榜单。

② 该积分计算公式由晋江文学城站长 iceheart 于2005年3月2日发布于晋江文学城论坛网友交流区"碧水江汀"版块，原帖标题为《原创网新版积分公式及评论规则，请读者作者都进来看一下》。该公式还曾于2008年前后进行过细微的修订，增加了"收藏数"一项。

③ 早期的晋江文学城，只有网站编辑才有权限为长篇评论添加"精华"奖励，后来由于评论量激增而改为由作者手动添加，此后这项积分系数也就名存实亡了。

④ 影视作品改编所带来的热度，有时也会反过来提升原作在排行榜上的位置。例如 priest 的《有匪》，根据其改编的电视剧播出后（2020年12月上线），原作就从晋江"言情小说"区"总分排行榜"20名开外缓缓提升至第18名。但这并不会改变榜单的整体格局，只是个别作品在原有排名的基础之上略有浮动而已。

表 1 晋江文学城积分排行榜 "总分榜" 前 20 位作品一览表

序号	作者	作品	类型	风格	进度	字数	作品积分	发表时间
1	竹已	偷偷藏不住	原创 - 言情 - 近代现代 - 爱情	轻松	完结	372127	15,072,352,256	2019-01-22 20:19:22
2	竹已	难哄	原创 - 言情 - 近代现代 - 爱情	轻松	完结	389894	14,234,009,600	2020-03-17 20:20:17
3	红刺北	砸锅卖铁去上学	原创 - 言情 - 幻想未来 - 爱情	轻松	完结	1134757	10,590,224,384	2020-09-21 06:00:00
4	君子以泽	她的 4.3 亿年	原创 - 言情 - 近代现代 - 爱情	轻松	完结	879880	10,276,595,712	2020-05-01 00:00:00
5	春刀寒	老婆粉了解一下[娱乐圈]	原创 - 言情 - 近代现代 - 爱情	轻松	完结	569992	9,789,545,472	2018-12-10 20:54:15
6	春刀寒	满级绿茶穿成小可怜	原创 - 言情 - 架空历史 - 爱情	轻松	完结	425527	8,947,737,600	2020-02-27 09:02:00
7	栖见	白日梦我	原创 - 言情 - 近代现代 - 爱情	正剧	完结	427269	8,414,706,176	2018-09-18 09:00:00
8	怀愫	重回九零	原创 - 言情 - 近代现代 - 剧情	轻松	完结	1086428	8,072,112,640	2020-08-13 12:02:00
9	唧唧的猫	她的小梨涡	原创 - 言情 - 近代现代 - 爱情	轻松	完结	257143	7,979,953,152	2017-01-28 13:50:25
10	青浼	你微笑时很美	原创 - 言情 - 近代现代 - 爱情	正剧	完结	749687	7,693,109,248	2016-10-11 13:30:00
11	素光同	天才女友	原创 - 言情 - 近代现代 - 爱情	轻松	完结	929343	7,689,285,632	2020-04-07 07:00:14

第二章　何处问情……媒介变革时代的「数字劳动」与「女性向」文化消费

罗曼蒂克 2.0：「女性向」网络文化中的亲密关系

续表

序号	作者	作品	类型	风格	进度	字数	作品积分	发表时间
12	月下蝶影	我就是这般女子	原创 - 言情 - 架空历史 - 爱情	轻松	完结	685380	7,051,008,000	2016-11-04 20:58:58
13	银发死鱼眼	尖叫女王	衍生 - 言情 - 近代现代 - 其他衍生	爆笑	完结	2481412	6,798,192,640	2018-10-03 20:22:30
14	月下蝶影	勿扰飞升	原创 - 言情 - 架空历史 - 仙侠	轻松	完结	658587	6,770,701,824	2017-12-28 15:58:58
15	图样先森	顶流夫妇有点甜	原创 - 言情 - 近代现代 - 爱情	轻松	完结	477763	6,620,646,400	2021-04-23 00:00:00
16	黍宁	穿成白月光替身后	原创 - 言情 - 架空历史 - 爱情	正剧	完结	1297415	6,558,138,368	2019-06-02 21:00:02
17	凝陇	攻玉	原创 - 言情 - 架空历史 - 奇幻	正剧	完结	1163777	6,411,162,112	2020-06-17 08:30:00
18	priest	有匪	原创 - 言情 - 架空历史 - 武侠	正剧	完结	698356	6,364,843,008	2015-11-15 21:10:07
19	糖中猫	所有人都知道我是好男人 [快穿]	原创 - 言情 - 近代现代 - 爱情	轻松	完结	3737127	6,359,243,776	2019-11-18 21:00:00
20	priest	无污染、无公害	原创 - 言情 - 近代现代 - 爱情	轻松	完结	471753	6,226,533,888	2018-03-25 11:00:00

相比印刷文明时代的编辑审稿制和学院体系内的精英批评话语，文学网站诉诸积分算法看似是将选择、评价一部小说的权力让渡给了读者 ①，但这一让渡行为本身却是不充分的、有所保留的：尽管每位用户（包括读者和作者）的行为（点击、写书评）与好恶（打分）都已通过相对客观、固定的渠道转化为具体的数据，但总积分数值的输出却是基于网站自身利益与倾向的加权计算。也就是说，虽然对小说的点击和评分是由读者决定的，每一章写多少字是由作者决定的，但这些字数、点击和评分的数值最终能在多大程度上影响总积分的大小却是由文学网站决定的。通过调整算法规则，网站的管理者就能将当下的运营理念贯彻到这个庞然大物的每一根毛细血管里。例如，在晋江颁布于 2016 年的新版积分计算公式中，就新增了"作者签约年限"和"版权授权状况"等项目，这显然是在当时 IP 运营热潮的推动下，为鼓励旗下作者与网站签订长期合约并尽可能将版权交给网站代理而做出的修订。

显然，无论哪一个版本的积分计算公式，都意在征用读者的"数字劳动"（点击阅读、撰写书评、打分），并将其转化为"信息商品"（积分排名），为后续的版权运营工作提供便利。在上述流程中，晋江的读者耗费了大量的阅读时间并充分调动自身的审美判断力，对站内数量庞大的小说展开地毯式的"摸底"与"分拣"，完成了原本由个别编辑、评论家承担的工作。其中，读者对小说作品的"点击阅读"，无疑是一种"数据劳动"；"撰写书评"则明显属于"参与式劳动"。那么，"打分"这个动作，究竟是"数据劳动"还是"参与式劳动"呢？

根据晋江文学城的官方规定，所谓"打分"，指的是读者可以对站内任何一部小说的任何一个章节进行评分。分值从正 2 分到负 2 分不等，算上 0 分，一共有 5 个分档。2005 版积分公式中的"平均打分"，指的正是"读者对小说各个章节打出的所有评分的平均值"。这类口碑评价体系，在互联网行业几乎是随处可见。以豆瓣、大众点评和滴滴打车为代表的许多网站或应用中，都包含这项功能。然而，除晋江之外的大多数

---

① 虽然图书出版界的"畅销书排行榜"看似也是根据读者的购买量进行排序，但相比之下，文学网站的榜单明显更具多样性和可操控性，二者是不可同日而语的。

文学网站（尤其是起点），似乎还是更加看重点击、收藏和订阅这些相对客观的数据。允许读者对小说进行打分，并依据其结果排列作品榜单的主流文学网站，事实上只有晋江。

乍看之下，打分毕竟属于主观好恶，容易给榜单的排序带来大量不确定因素，但对于晋江这样一家深耕粉丝文化的"女性向"文学网站而言，却有着独特的意义。作为一种细水长流的日常操作，针对每一章更新进行的打分，显然更容易在读者和作者之间建立起深厚的羁绊关系。不仅如此，该评分系统的特殊之处还在于，它是可以打出负值的。这是一种暗含着攻击性的设置，它意味着晋江的用户完全可以通过打负分，甚至是大量"刷负分"的操作，来降低一部作品的积分和排名。相比之下，起点的用户却不可能通过任何操作来削减某部作品的某项指标，而最多只能"还原"，例如取消之前的订阅或收藏等。不同的规则也塑造出不同网站之间迥异的用户行为模式。在晋江，由于负分的存在，批判性的审美判断、个人情绪的发泄甚至有组织的抵制行为，都具备了付诸实践的可能。例如不同粉丝团体（包括作者粉、作品粉等等）之间的相互攻讦、党同伐异，便往往呈现为有组织的"互刷负分"行为。①

这意味着，尽管积分计算公式的确暗含着网站对用户"数字劳动"的隐性剥削，但这仅仅只是问题的一个侧面。因为用户也完全可以通过解读公式、利用公式来影响某部作品的积分，甚至于影响网站的经营决策。再换个视角来看，网站又何尝不是在利用这一公式对用户的行为加以引导：作者要想迅速提升人气、崭露头角，就不免要对积分规则多加钻研，保持稳定更新②；读者为了支持自己喜欢的作家作品，也会积极地、反复地点击作品页面、打分并撰写评论。透过这行短短的积分计算公式，折射出的是一个小型"文学场"内部盘根错节的关系网络。其中，居于

---

① 例如发于 2020 年 4 月 1 日的一篇名为《我的老攻 ×× 岁》的小说，由于存在拉票、刷分等违规行为，作者"是个削"被卷入复杂的粉圈斗争，因而遭到抵制。具体的抵制策略当然就是"刷负分"。截至 2020 年 4 月 18 日凌晨，该作品的总积分已降至负七亿零五百余万，且仍在持续下降中。

② 在晋江文学城的附属论坛上，就不时能见到作者讨论如何利用积分规则在榜单上获得更高排名的帖子。

核心位置的积分公式，固然是在建构阶序（受欢迎的优秀作品和平庸的、失败的作品），却也为网站和用户、用户和用户之间的博弈确立了规则与玩法。

回到前文提出的问题，不难得出，"打分"这种行为事实上兼具着"数据劳动"和"参与式劳动"的双重属性：它既可以生成流量数据，也促进了粉丝社群的相互交流。至于像"刷负分"那种基于对规则的理解而有意识地操控积分数值的行为，则正是上一部分未及详细说明的"主动式数据劳动"了。

3. "实验场"，还是"社会工厂"？

本书在第一章中曾经指出，以女频网文、同人创作、流量明星粉丝圈和二次元、游戏产业为代表的各种"女性向"网络文化及其粉丝社群生态，都或多或少包含着一个以"角色配对"为前置动作的子集。或者换句话说，它们是"亲密关系实验场"的有机组成部分。而本章的讨论，则翻开了硬币的另一面，揭示出它们身处于数字资本主义的生产关系中、被互联网资本所剥削的事实。

其中，"亲密关系实验场"的建立，主要以"女性向"粉丝社群成员之间免费分享创作成果与情感体验的活动为基础。作为一种典型的"礼物经济"（gift economy），它同时也是劳动力再生产过程中的重要力量。[1] 而"无酬"的"数字劳动"，则是资本主义数字经济体系中创造价值的关键性因素。[2] 这两股力量之间并非全无冲突，却仍在相互撕扯的过程中，共同塑造了这个以"女性向"为边界的网络空间的基本运行规则及其内部生态。

最典型的例子莫过于女频网文。它既是印刷文明时代商业言情小说的创作传统在网络平台上的延续，也是由"亲密关系实验"所衍生出的

---

① 礼物经济：根据大卫·切尔的总结，礼物经济是"一个道德经济内的冗余性交易体系，它使得社会关系的广泛再生产得以可能"。参见 Cheal, David. *The Gift Economy*. Routledge, 2015。

② Terranova T. *Free Labor: Producing Culture for the Digital Economy*. Social Text, 2000, 18 (263), pp.33–58.

粉丝活动（数据劳动）与同人创作（参与式劳动）被商业文学网站征用收编的一个动态过程。

女频网文与同人文化之间交融共生的隐秘脉络，最早可以追溯到作为清宫历史剧同人的"清穿文"（2004—2007）。继"清穿文"之后流行起来的"宫斗文／宅斗文"①，如流潋紫的《甄嬛传》（晋江原创网，2006）②和关心则乱的《知否？知否？应是绿肥红瘦》（晋江文学城，2010）等，则在继承历史剧同人传统的同时，也从《红楼梦》的网络同人创作③以及"网络红学"④的相关研究中汲取了丰富的养分。⑤

2007—2010年前后，女频军旅题材网文的崛起，则与电视剧《士兵突击》的同人创作活动有着密切的联系。例如"军旅文"中的代表作《麒麟》（桔子树，晋江文学城，2008），最初就是《士兵突击》的同人小说，后转为原创作品。晋江文学城论坛的下属版块"同人文库"，即俗称的"36大院"，也是这一时期《士兵突击》同人文最重要的发表平台。

2014年以来，最为流行的女频网文类型则莫过于"娱乐圈文"和"电竞文"。其中，"娱乐圈文"的兴起显然与中国内地娱乐圈走向流量时代、偶像工业蓬勃发展的现实状况有关。新鲜话题的层出不穷、粉丝社

---

① "清穿文""宫斗文"和"宅斗文"的详细介绍，可参见本书第三章第一部分的相关论述。

② 《后宫·甄嬛传》除受到《红楼梦》的深刻影响之外，其实也可以算作电视剧《雍正王朝》的同人小说。尽管它采用了架空设定，但文中所虚构的"大周王朝"的整体样貌，从前朝到后宫，都与雍正时期颇有相似之处。2011年，《后宫·甄嬛传》被改编为电视剧《甄嬛传》，在大体上保留了原著的剧情结构和人物关系的基础上，将故事发生的背景改为雍正年间，这正是两部作品之间存在关联的最好证据。而《红楼梦》对《后宫·甄嬛传》的影响，则渗透于字里行间。例如男主公"玄凌"的形象，就是雍正与贾宝玉糅合折中的产物：骨子里刻薄寡恩、帝王心术，却又对闺中女儿的胭脂粉黛颇为熟稔，时有吟风弄月、当窗画眉之举。

③ 《红楼梦》同人创作的一个重要据点就是晋江文学城，此外，很多"宅斗文"作者也都有过《红楼梦》同人的创作经历。

④ 网络红学：以网络为平台讨论并研究《红楼梦》的一个松散的、没有明确实体的民间研究学派。"宅斗文"的核心设定"嫡庶问题"，就是网络红学的重要研究成果之一。除此之外，对于林如海家产去向的探究，也是网络红学极为关心的问题，并由此催生出大量以黛玉为主角的《红楼梦》同人小说。

⑤ 许苗苗：《从同人小说看〈红楼梦〉的网络接受》，《红楼梦学刊》2017年第3期，第106—121页。

群的异常活跃，同时刺激了"娱乐圈同人文"[①]和"娱乐圈题材原创网文"[②]的创作，二者虽然很容易被区分开来，却也并非泾渭分明。通常情况下，将女频"娱乐圈文"视作围绕娱乐圈这个话题库和素材库而创作的同人作品，是完全合理的。至于"电竞文"的流行，则是电子竞技行业日益明星化、偶像化的必然结果，其内在逻辑与"娱乐圈文"可谓是如出一辙。例如《你微笑时很美》（青浼，晋江文学城，2016）这部小说，就借鉴了多名电竞职业选手（大多出自电竞游戏《英雄联盟》[③]的职业战队）的形象或经历，虽然以原创名义出版，但本质上仍是取材于这项电竞赛事的同人小说。此外，电竞题材网文《全职高手》的同人粉丝活动，也在一定程度上刺激了女频"电竞文"的创作。

上述内容不过是对女频网文、同人文化之间复杂关系的择要梳理，但已经可以清晰地看出，在女频网文发展历程中的每一个阶段，几乎都渗透着同人创作和同人粉丝活动的影响。归根结底，同人小说与原创网文的差异，其实有且只有一处，即是否基于既有文艺作品的设定、故事框架和人物。说得再直白一些，就是创作者是否受制于《著作权法》中的相关条款而无法对自己笔下的作品享有完整的收益权。倘若将观察视角拓展至全球，则不难发现，包括北美、欧洲在内的许多国家和地区，凡发表在网络平台且出自女性粉丝社群的文艺创作成果，大多都集中在同人领域，原创性质的"网络文学"反而极为罕见。为什么这些欧美国家的同人创作活动（或者说亲密关系实验的过程）没能像女频网文那样，将来自亚文化粉丝社群内部的经验大批量地转化为"原创作品"？如此明显的"中外差异"，又是如何形成的呢？

詹金斯曾经在与苏珊·斯科特（Suzanne Scott）的一场对谈中，特意

---

① 娱乐圈同人文：以真实存在的娱乐圈从业者（演员、歌手、偶像等）为主人公撰写的同人小说，并不一定以娱乐圈作为故事背景。通常被细分为"韩娱同人""内娱同人"等。

② 娱乐圈题材原创网文：以娱乐圈为背景和主要题材来源的原创网络文学作品，是"娱乐圈文"的同义词。这里的"原创"并非暗示作品的原创性，而是为了与同人的"二次创作"属性相区别才特意强调的。

③ 英雄联盟：原名 League of Legends，简称 LOL。这是美国游戏公司拳头游戏（Riot Games）开发的一款多人在线战术竞技游戏（Multiplayer Online Battle Arena，简称 MOBA），2009 年 10 月正式发售。由该游戏衍生出的职业竞技联赛，是目前世界上商业价值最高的电竞赛事之一。

强调了参与式文化和 UGC 模式的 Web 2.0 之间的区别。在詹金斯看来，Web 2.0 时代的互联网企业不仅征用粉丝作为免费劳动力，还将原本只在社群内部小范围流通的粉丝创作改造为商品。[①] 这与前文介绍过的围绕"数字劳动"所展开的讨论其实并无本质差异，但关注的重点却主要落在粉丝社群的"参与式劳动"上。以此类推，尽管 Web 2.0 的本质是对"参与式文化"的资本化与商品化，但以盈利为目的，同时采用 UGC 架构的商业文学网站，却是中文互联网的"特色产物"。这意味着，即使欧美地区的同人作者有意将自己的同人创作"转化"为"原创作品"，也很难找到合适的发表平台。[②] 换言之，正是像晋江这样的商业文学网站所提供的丰厚收益与传播渠道，持续吸引着华语地区的创作者们将原本淤积在网络亚文化社群内部、被《著作权法》所束缚的创造力加以改造、挪用，再统一纳入付费阅读、版权运营的轨道中去的。

推而广之，中文互联网中的女性创作史（不局限于女频网文和同人小说的创作），其实无一例外，都可以被解读为"互联网公司转化、吸纳同人创作的力量"，或者说，"互联网资本对'女性向'粉丝社群的'参与式劳动'进行剥削"的一整套流程，只是在剥削的程度上有所不同罢了。

三、"罗曼蒂克 2.0"中的性别维度

1. 作为文化产品消费者的女性

毫无疑问，"罗曼蒂克 2.0"的诞生，是以"女性向"文化消费市场的崛起作为基本前提的。而"女性向"这个概念，如前文所述，正是源自日语中一个用来"细分市场、明确目标消费者"的商品标签。

---

① ［美］亨利·詹金斯：《文本盗猎者：电视粉丝与参与式文化》，郑熙青译，北京大学出版社，2016 年，第 287—288 页。

② 日本、韩国等的情况相对较为复杂，故暂不涉及。

根据性别划分不同消费群体的倾向，最早源自 19 世纪中期至 20 世纪初的欧美各国。当时，空间地理与社会分工的区隔，塑造了两性之间迥异的生活方式：男人工作、打仗；女人育儿、购物。女性，几乎就意味着消费行为本身。当时，美国的社会舆论不断地督促主妇们"走出去买东西"；巴黎的百货商店为了招揽女性顾客，还会贴心地在广告宣传单上详细介绍公共交通系统的线路及乘坐方法。直到 20 世纪 50 年代，大批士兵从战场返回家乡，而与此同时，女性也在战时大后方劳动力匮乏的现实状况中，被迫走向了工作岗位。曾经的分工与区隔被逐步抹平，商业资本才终于开始将男性识别为一个独立的消费群体，久而久之，两性在消费行为与消费偏好上的差异，反倒日益凸显出来。①

在日本，"以女性为目标受众"的文化消费市场的诞生与兴盛，则始于 1914 年的关西地区。当时，企业家小林一三为了实现"将女性塑造为消费者"的宏伟计划，在日本兵库县的宝塚市创立了以"全女班"（团内成员均为未婚女性）为卖点的"宝塚歌剧团"（Takarazuka Revue Company）。该剧团致力于吸引女性群体，尤其是已婚妇女走进剧院，成为戏剧市场的忠实消费者。为此，小林一三特意在宝塚大剧院②周边兴建了迎合女性消费需求的商业街区，向顾客提供纪念品销售、餐饮及休闲娱乐等服务。作为宝塚市连通关西各地区的重要交通工具，阪急列车③上也增设了多种方便女性乘坐的设计。④这一系列举措，迅速地将日本女性推进了商业文化与消费主义的浪潮中，⑤并且创造性地建立起一种"促使女性转变为可见的、成熟的消费者"的父权制框架。在这一框架内，已婚妇女被允许和她的丈夫一同出现在公共场所（作为一个最小的家庭单

---

① ［英］罗伯特·博考克：《消费》，张君玫、黄鹏仁译，巨流图书公司，2006 年，第 146—154 页。

② 宝塚大剧院：指专供宝塚歌剧团表演的剧院，坐落于宝塚市火车站附近，始建于 1924 年。

③ 阪急列车：运行在私有火车线路"阪急线"上的列车。该线路主要于日本关西地区运营，其所有人正是小林一三，宝塚市是阪急线上的一个重要站点。

④ 陶东风：《粉丝文化读本》，北京大学出版社，2009 年，第 311—328 页。

⑤ Silverberg, Miriam. *The Modern Girl as Militant: Movement on the Streets.* In Bernstein, 1991, pp. 239–266.

位），完成一次体面的剧院消费（因为剧团是全女班）。也正是在这一刻，婚姻和消费主义同时构成了日本女性公民身份的喻象①。

1953 年，成长于阪急列车沿线的大阪府，从小便热爱宝冢戏剧的漫画家手塚治虫，创作了一部以"男装少女"为题材的漫画《缎带骑士》（リボンの騎士）。②缘于其独特的叙事风格与角色形象设计，该漫画也被公认为日本漫画最重要的子类型之一"少女漫画"的开山之作。③此后的数十年间，"少女漫画"的创作规模不断发展壮大，不仅在日本国内堪与"Jump 系"少年漫画④分庭抗礼，更走出国门，风靡了整个东亚地区，还衍生出大量由少女漫画改编的动画、偶像剧等作品。20 世纪 70 年代中期，以"美少年恋爱"为题材的耽美漫画，开始陆续在日本的漫画杂志上连载，成为"女性向"漫画的一个重要支流。1994 年，世界上第一款"女性向"游戏《安琪莉可》（Angelique / アンジェリーク）⑤正式发售，这也标志着日本"女性向"⑥文化消费市场的最终成型。

在 20 世纪 30 年代的北美地区，得益于轮转印刷机和无线胶装工艺的普及，快速且大批量地印制廉价图书，已变得不再困难。1940 年前后，美国的墨丘利出版社（Mercury Publications）结合当时早已十分成熟的杂志分销渠道，将图书包装成杂志的样式，一月一期地推送至报摊。为了更准确地预估潜在消费者的体量，同时节约宣传成本，墨丘

---

① 陶东风：《粉丝文化读本》，北京大学出版社，2009 年，第 311—328 页。

② ［日］手塚治虫：《我是漫画家》，晓瑶译，北京联合出版公司，2021 年。

③ 作为公认的少女漫画创始人，手塚治虫当然是一名男性。但 20 世纪 50 年代的日本漫画界，女性漫画家本来就很稀少，直到 60—70 年代"昭和 24 年组"（出生于昭和 24 年的一批女性漫画家）的登场，少女漫画的产量才开始爆发，自此之后，创作少女漫画的作者便几乎都是女性了。

④ Jump 系少年漫画：指刊载于集英社旗下少年漫画杂志《少年 Jump》及该杂志的各种附属子刊上的热血题材少年漫画。代表作包括《龙珠》《海贼王》和《死神》等。

⑤ 《安琪莉可》：由日本游戏公司光荣株式会社旗下开发小组 Ruby Party 制作的一款游戏，详见本书第四章第二节。

⑥ 本部分所提到的"女性向"，大多并不包含"规避外界窥探"的含义，而仅仅指"面向女性的"。后半部分提到中国的"女性向"文化消费，则部分地包含前一衍生义。

利出版社采用类型出版（category publishing）^①和"半计划发行"（semi-programmed issue）^②的方案，集中精力运作推理小说，如"墨丘利推理丛书"（Mercury Mysteries）等。^③由于当时美国的中产阶级妇女大多受过教育，同时具备读书识字的能力和购买图书的财力，也有足够的闲暇时间可以用来阅读^④，很快便成为图书市场最受欢迎的消费群体。各大出版商为了方便女性读者购买新书，甚至将销售点设置在药店、食品超市和连锁百货公司。就这样，大约从 60 年代开始，更受女性读者欢迎的言情小说^⑤便后来居上，在这套畅销书生产机制中坐稳了头把交椅。^⑥ 20 世纪70—80 年代，这些流行于欧美各国的言情小说经由各种合法或非法的渠道进入中国台湾、香港地区的图书市场，引起极大反响。90 年代初，台湾地区的新版著作权相关规定正式颁布实施，明确了一系列保护外文著作版权的条款。受其影响，以模仿欧美言情小说和日本少女漫画起家的台湾地区本土言情小说才得以突破重围，开辟出一片崭新的天地。

以女性为目标受众的文化消费产品在中国大陆地区的传播与发展，最早可以追溯到 20 世纪 80 年代。当时正值中日邦交"蜜月期"，全国各地电视台的少儿时段或多或少都有日本动画排播，其中不乏像《花仙子》（花の子ルンルン，东映动画，1979）这样改编自少女漫画的作品。与此同时，由于日本漫画大多采用黑白印刷，翻印成本较低，题材也更适合

---

① 类型出版：根据多年来搜集到的数据，出版社对于读者们的阅读偏好是有一定了解的，例如喜爱悬疑、犯罪题材的读者大致有多少人，热衷阅读浪漫爱情故事的读者大致有多少人等等。为了节约宣传成本、提前预判印量，出版商往往会将一本小说冠以特定的类型标签，相当于向读者许诺，"它和你之前读到的那本同类型的小说并无太大差别，请放心购买"。"类型"这一概念也就应运而生了。

② 半计划发行：与"预先订购、按需生产"的"完全计划发行"不同，"半计划发行"是先根据出版社旗下的杂志、通讯等刊物搜集到的数据预估读者的阅读趣味，再从现有稿件中选取合适的类型与文本，启动出版发行流程。

③〔美〕珍妮斯·A. 拉德威：《阅读浪漫小说——女性、父权制和通俗文学》，胡淑陈译，译林出版社，2020 年，第 34—38 页。

④ 当时美国绝大多数已婚妇女并不从事全职带薪的工作，因此在家务劳动之余，还拥有一定的闲暇时间。

⑤ 当时比较流行的言情小说子类型，主要包括哥特小说（Gothic novel）、情色历史小说（erotichistoryicals）、狂性浪爱小说（bodice-rippers）等。

⑥〔美〕珍妮斯·A. 拉德威：《阅读浪漫小说——女性、父权制和通俗文学》，胡淑陈译，译林出版社，2020 年，第 42—45 页。

国人口味，因此深受盗版书商青睐。从 20 世纪 80 年代中期到 90 年代中后期，这些盗版漫画大量地涌入街头巷尾的书摊、租书店，以极其低廉的价格招揽顾客（包括中小学生），由此培养出大陆地区最早的一批少女漫画爱好者。同时期在图书市场广受追捧的，还有和欧美言情小说、日本少女漫画颇有渊源的港台地区言情小说。除此之外，自 20 世纪 90 年代初至 21 世纪初，由日本少女漫画①、港台地区言情小说改编的各类电视剧，也屡屡在大陆地区成为现象级的热播剧集。

综上所述，自 20 世纪 80 年代中期到 21 世纪初，在日本少女漫画、港台地区言情小说及其改编电视剧的推动下，中国大陆地区的"女性向"文化消费市场，也从无到有、一步步地走向了繁荣。但直到 2003 年以来，随着晋江、红袖等女频商业文学网站的崛起②，大陆地区自己的"女性向"文化生产才经由网络类型小说、电视剧/网剧及偶像选秀等多个领域的飞速发展而获得了一定的影响力，并逐步超越日本、港台地区，与后起的"韩流"③热潮一起瓜分了中国大陆这个东亚地区规模最大的文化娱乐市场。也就是说，中国大陆地区的"女性向"文化生产，恰好是在互联网文化产业兴起之后才开始"弯道超车"，从主要依赖"进口"到基本实现"自给自足"的。倘若以本书在第一章中曾经分析过的"作为商品标签"的"女性向"和暗含着"拒绝外界窥探"意义的"女性向"概念之间的区隔为前提，重新回顾"女性向"文化消费市场的发展历程，则不难发现，它在不同时期、不同地域所呈现出的形态与特征，事实上存在着相当大的差异。

---

① 由台湾地区的制作团队拍摄的偶像剧《流星花园》(2001)，就改编自日本少女漫画的经典之作《花样男子》(花より男子，神尾叶子，1992)。

② 尽管在 2003 年前后，中国大陆地区的一些文学论坛（如金庸客栈、清韵论坛等）上也出现过像"大陆新武侠"这样延续着"港台新武侠"（金庸、古龙等）的传统，又汲取了大量言情小说类型元素的创作潮流，但其影响力相对有限，也不能算作纯粹的"女性向"作品。因此，对于我国"女性向"文化消费市场中本土原创力量的崛起，本书仍然是以晋江等女频文学网站的建立为节点的。

③ 韩流：韩国流行文化的统称。广义的"韩流"除电视剧、电影和偶像明星之外，还包括饮食文化与服饰等。我国虽然早在 20 世纪 90 年代就陆续引进了一批韩国电视剧，但韩流行文化在中国的大规模传播却主要是以 21 世纪初韩国偶像工业的海外扩张为契机的。

首先，让我们再一次回到宝塚大剧院，回顾它的创始人小林一三所悉心构建的、基于父权制框架的女性消费场景：一名已婚妇女，由其丈夫（作为家庭收入来源）出资购得两张连号戏票，在丈夫的监督与陪伴下走进剧院，以家庭为单位完成一次体面的剧场消费。尽管这样的场景如今已鲜少在宝塚大剧院中出现①，然而，其"曾经存在过"的这一事实本身，即隐喻着前网络时代文化消费市场的女性消费者所面临的重重困境：她们一方面承载着"成为合格消费者"的期待，但另一方面，这种消费行为却始终处在男性目光的笼罩下，不断地被审视、被过滤。

数十年后，"女性向"这个日语词汇漂洋过海来到中国，被主要由女性成员构成的一部分中国网络亚文化粉丝社群赋予了"拒绝外界窥探"的新义项。而蕴含在其中的"反抗、逃离男性目光"的力量，则很大程度上源自媒介变革对这一新兴的文化消费市场所造成的影响。

事实上，媒介与性别议题之间向来存在着千丝万缕的联系。约书亚·梅罗维茨（Joshua Meyrowitz）就曾在《消失的地域：电子媒介对社会行为的影响》一书中，对 20 世纪 60 年代妇女解放运动的兴起与电视媒介之间的关联进行过分析。在梅罗维茨看来，电子媒介，尤其是电视的广泛应用，大大地促进了男性和女性所处的社会场景，或者说"信息系统"的融合。②长久以来，男性被允许进入公共场所，赚钱供养家庭；女性则被隔离在一间间不同的住宅中，操持家务、照顾丈夫、养育子女。因此，直到 20 世纪 60 年代妇女解放运动爆发前夕，欧美各国的主妇们甚至从未曾想过，自己其实也可以和其他女性站在同一条阵线，而非仅仅将丈夫视作自己人生价值的全部寄托。

从一系列与妇女解放运动相关的著作中，梅罗维茨发现了某种有趣的表述方式，即对于"看到"这个动作及其结果的强调。他援引芭芭拉·埃伦赖希（Barbara Ehrenreich）和迪尔德丽·英格里希（Deirdre

---

① 笔者曾经于 2016 年春季在日本宝塚市的宝塚大剧院观看过一场宝塚歌剧团的演出，当时现场的观众明显以女性居多，但偶尔能见到白发苍苍的老夫妇结伴出现。

② ［美］约书亚·梅罗维茨：《消失的地域：电子媒介对社会行为的影响》，肖志军译，清华大学出版社，2002 年，第 177—216 页。

English）在《为了她好：150 年间针对女性的专家建议》（*For Her Own Good: 150 Years of the Experts' Advice to Women*）中的论述："就像她们那一代的男性一样，她们所看到的超越了郊区田园生活的平静，到达了周边的战区——城市贫民窟的起义、第三世界国家的游击战……不可避免地，她们将女性与黑人、女性与所有其他'被镇压的人民'进行对比。"[1]毫无疑问，这些遥远而又广阔的景象，之所以能被深居简出的妇女们所"看见"，显然得益于电视机在美国家庭中的普及。于是，当外部世界的景象，以及许多原本只在男性群体中间被讨论的话题通过电视媒介进入主妇们的视野，两性之间固有的社会空间区隔也不免开始有所动摇了。

此外，梅罗维茨还关注到电视媒介对家庭内部的性别角色教育所造成的影响。他以剧场后台作类比，认为传统的家庭教育相当于父母分别将男孩女孩带到不同的排练室里，并教导他们，男孩应该是怎样，女孩应该是怎样。而电视媒介的普及，则将这种"后台训练"的过程暴露出来，男孩和女孩们因此知晓了对方接受性别角色教育的过程及其未完成状态，所谓"性别气质"的神秘色彩亦随之消解殆尽。

无独有偶，在 1938 年的中国上海，由于除租界以外的广大地区均已沦陷，身处"孤岛"的租界居民也只得在家中安装电话，以同外界保持联络。[2]一时间，透过小小的听筒，深宅大院之外的广阔天地，也逐渐被院墙内的女眷们所感知。短短数十年间，电话订座、电话约车等服务在沪上渐成风气，女性与外界进行沟通交流的频率也骤然提升。与此同时，正是由于电话的普及，电话接线员这一新兴职业，亦成为现代都市女性进入职场、自力更生的重要途径之一。[3]

如果说，电视、电话的出现打破了基于性别的社会区隔，将女性的"认知半径"拓展到家庭生活以外，那么，网络作为一个无边无际的虚拟空间，则帮助"女性向"文化消费市场的创作者与接受者冲破现实世

---

[1] Ehrenreich, B. &D English. *For Her Own Good: 150 Years of the Experts' Advice to Women.* Anchor Books, 1989.

[2] 当时，上海租界区住宅电话的安装总量超过 20139 线，占实装用户号线总数的 44.9%。参见霍慧新《电话与近代上海城市（1882—1949）》，科学出版社，2018 年，第 271 页。

[3] 霍慧新：《电话与近代上海城市（1882—1949）》，科学出版社，2018 年，第 270—276 页。

界的重重阻碍，汇聚在了一起。与此同时，基于互联网"去中心化"的技术特征，原本充斥在传统出版行业、影视工业的生产传播过程中的男性目光，也早已被一条条名为"女性向"的"边境线"拒之门外。由此回顾 2003 年以来的诸多变化，自不难发现，我国"女性向"文化消费市场的强势崛起，其实很大程度上得益于那些蕴含在网络亚文化粉丝社群（同时也是"亲密关系实验场"）内部的创造力。综上所述，"女性被塑造成文化产品的消费者"，固然是"女性向"文化消费市场诞生的先决条件，但对于当前中国大陆地区的"女性向"文化消费市场而言，"女性向"网络空间的成形，才是它得以发展壮大的根本原因，以及有别于 100年前日本"女性向"文化消费市场的关键要素。

2. 媒介变革时代的"花木兰式困境"

从前文的论述中，我们不难得出，"罗曼蒂克 2.0"既是"亲密关系实验"的产物，也是广泛流通于"女性向"文化消费市场的重要商品之一。然而，对于这场"亲密关系实验"的"实验员"，以及"女性向"文化产品的消费者，本书却从未进行过任何具体的分析与描述。如果依据现有的信息反向推论，则该群体的主要特征理应包括：一是多为女性①；二是均为互联网用户；三是受到消费主义思潮和参与式文化的影响。除此之外，从年龄分布来看，她们中的绝大多数人还恰好出生于"独生子女政策"施行期间（1980—2015），幼年或青少年时期又亲历了互联网时代的来临（1994年以后）和中国社会的消费主义转型（90 年代中期以后）②。作为人类历

---

① 这里需再次申明，在"亲密关系实验场"的"实验员"以及"女性向"文化产品的消费者中，都或多或少包含着一定数量的男性成员。本书并不打算否认这一事实，只是并不把这部分男性成员纳入主要研究对象。

② 自 1996 年开始，中国宏观经济总需求不足的问题已十分显著。因此，在"九五"计划（1996—2000）制定与实施期间，我国的财政货币政策便开始向扩张型转变，从此走上了努力扩大内需、刺激消费的道路。据国家统计局发布的《中国统计年鉴 2016》中的相关数据，二十年以来，中国居民消费水平的绝对数已经从 1995 年的人均 2330 元飞速提升至 2015 年的人均19308 元。中国城市居民的消费观念也早已由满足温饱向注重品牌、广告和商品的符号象征意义转变。根据麦肯锡公司发布的《2017 中国奢侈品报告》，2016 年中国消费者对全球奢侈品市场的贡献率已达到惊人的 32%，远超我国 GDP 在全球总量中所占的比例（2015 年为 14.84%）。

史上空前绝后的"独生女一代",她们对于亲密关系的想象也在断裂与激变中呈现出鲜明的异质性。①

20 世纪 70 年代初期,我国开始全面推行以"晚、稀、少"(即晚婚、晚育、少生、拉开间隔生)为执行标准的弹性计划生育政策。② 1980 年 9 月,中共中央颁布《关于控制我国人口增长问题致全体共产党员共青团员的公开信》,第一次明确提出"提倡一对夫妇只生育一个孩子"。1982 年 2 月,中共中央、国务院在《关于进一步做好计划生育工作的指示》中,将"计划生育"定为基本国策,同年修订的《中华人民共和国宪法》也新增了有关"计划生育"的条款。 2011—2021 年,我国逐步从允许"双独"(夫妻双方均为独生子女)家庭生育二胎,到全面开放二胎乃至三胎③,"独生子女政策"的施行范围亦随之缩小,直至彻底废止。

"独生子女政策"对整个中国社会产生的影响是难以估量的,它对于性观念的革新更是起到了关键性的作用。在性学家潘绥铭看来,正是迫于"计划生育"的压力,避孕措施和节育手术才得以突破"多子多福"等传统观念的束缚,成为中国人婚姻生活里的常识与常态。此外,这种节育意识还无意间打破了性生活与繁殖之间的必然联系,以此为契机,人们对待性行为的普遍态度也逐步由"生殖繁衍"转变为"愉悦和情趣"(Sex for pleasure)④。正如安东尼·吉登斯所言,有效的避孕手段可以帮助女性在性行为的过程中摆脱对生育的恐惧,从而获得真正的性快感,唯

---

① 需要补充的是,在这段叙述中,并没有详细区分各个不同时期该群体的人员构成变化。但根据本章第一部分列出的相关统计数据,早期的"女性向"网络文化消费者主要应当是生活在城镇地区并具备一定经济实力的职业女性或女大学生。而随着网络的日益普及,各不同地域、年龄段及收入水平的女性也都陆续加入这个队伍。

② 原新:《我国生育政策演进与人口均衡发展——从独生子女政策到全面二孩政策的思考》,《人口学刊》2016 年第 5 期,第 5—14 页。

③ 2013 年 11 月 19 日,《中共中央关于全面深化改革若干重大问题的决定》正式公布,明确提出开始实施"一方是独生子女的夫妇可生育两个孩子"的政策。2015 年 12 月 27 日通过的《关于修改〈中华人民共和国人口与计划生育法〉的决定》则明确提出,"国家提倡一对夫妻生育两个子女"。这标志着全面二胎政策的正式启动。2021 年 5 月 31 日,中共中央政治局召开会议,审议并通过了《关于优化生育政策促进人口长期均衡发展的决定》,开始实施一对夫妻可以生育三个子女政策及配套支持措施。

④ Pan Suiming. *Transformations in the primary life cycle: the origins and nature of China's sexual revolution.* //Jeffreys E. *Sex and sexuality in China.* Routledge, 2006, pp.21–42.

其如此，亲密关系内部的权力秩序和控制性因素才能被彻底根除，最终建立起某种两性之间在性与情感等方面都处于平等地位的"纯粹关系"。这种"性与生育相分离"的状况，被吉登斯称为"可塑性性征"，它是 20 世纪西方世界频频爆发各种形式的性革命的思想根源之一。①反观中国，与之相类似的性观念的产生，则很大程度上缘于"独生子女政策"。

除性观念之外，"独生子女政策"对当代中国女性性别意识的塑造也起到了至关重要的作用。在复杂暧昧的当代史语境中，中国妇女的形象似乎总是与女英雄花木兰纠缠在一起，互为镜鉴。20 世纪 50—70 年代，她们是"能顶半边天"、巾帼不让须眉的"铁姑娘"，但也总是陷入不"扮演男人"、不遵从男权社会的规范便无法证明自我价值的"花木兰式困境"。②

对于 1980 年以后出生的"独生女一代"而言，她们的困境则主要以《木兰辞》中的那一句"阿爷无大儿，木兰无长兄"为注脚。凯特·米利特曾在《性政治》一书中指出，尽管现代社会向妇女开放了包括高等教育在内的所有教育资源，但总体而言，不同性别的学生所能接触到的课程种类和质量却是不均等的。那些就业前景较好、社会声望和报酬也相对较高的专业，例如工程、科技或商业等，总是由男性把持，女性则大多就读于人文社科及艺术专业。在米利特看来，这与早年间女性为进入婚姻市场而学习各式"才艺"的状况相比，其实并无本质区别。③相对而言，家庭教育中的性别不平等现象就显得更为严峻了。通常情况下，在多子女家庭内部，只有女儿会成为家务劳动的"学徒"与"帮工"，以便更多更好地掌握家政技能，为成为一名合格的妻子做足准备。这种教育资源分配上的性别分化，正是米利特所说的人类社会中由男权统治所主导的"内部殖民化"（interior colonization）的重要表征。

然而，对于一个注定不会拥有男性后代的家庭而言，这种区分性别

① ［英］安东尼·吉登斯：《亲密关系的变革——现代社会中的性、爱和爱欲》，陈永国、汪民安等译，社会科学文献出版社，2001 年，第 37—38 页。
② 戴锦华：《涉渡之舟：新时期中国女性写作与女性文化》，陕西人民教育出版社，2002 年，第 5—11 页。
③ ［美］凯特·米利特：《性政治》，宋文伟译，江苏人民出版社，2000 年，第 50—51 页。

的教育投资策略就显得十分荒谬了。事实上，作为这类家庭唯一的合法继承人，"独生女一代"自降生的那天起，就已经被笼罩在"阿爷无大儿，木兰无长兄"的诅咒之下。为了自己从未出生过的"兄长"和永远也不会出生的"幼弟"，她们被迫担负起顶门立户的责任，挤进原本只有男性才能踏入的赛道，拼尽全力地争抢着为数不多的升学与就业机会。根据世界经济论坛（The World Economic Forum）发布的《全球性别差距报告》（*Global Gender Gap Report*），我国在"（女性）高等教育学段入学率"（enrolment in tertiary education）和"专业技术型人才（性别比）"（professional and technical workers）这两个细部指标上均表现优异，连续多年位列全球第一。与之形成鲜明对比的，则是另一个细部指标"出生人口性别比"（sex ratio at birth）的连年垫底。两项第一与一项倒数第一，虽看似南辕北辙，却恰好从正反两面凸显出"独生子女政策"对整个中国社会造成的深远影响。

21世纪初，随着"独生女一代"陆续达到适婚年龄，本就隐藏在这场"性别解殖"运动中的矛盾也被彻底暴露了出来。事实上，独生女之所以能享有相对平等的受教育权和财产继承权，仅仅是因为其原生家庭"没有男性继承人"。而一旦她们步入婚姻生活，固有的社会性别分工便会卷土重来，肆无忌惮地侵占她们职业晋升、学业深造以及财产继承的机会。纵观中国妇女从饱受奴役到走向解放的历史进程，为之奔走呼号、倾尽家财甚至付出生命者固然层出不穷，但就结果而言，"妇女平等地位问题先是由近现代史上那些对民族历史有所反省的先觉者们提出，后来又被新中国政府制定的法律规定下来"，"从一开始就不是一种自发的以性别觉醒为前提的运动"①。反观"独生女一代"，从"假扮儿子"到成为妻子、母亲，她们真的甘愿脱去"战时袍"、着其"旧时裳"么？或许，强行终止的"解殖"进程终将拖慢她们前行的脚步，但身份处境的落差（或预期落差）却早已顺势转化成一股足以推动性别意识觉醒的巨大张力。

---

① 孟悦、戴锦华：《浮出历史地表——现代妇女文学研究》，河南人民出版社，1989年，第25—26页。

　　总体来看，上述矛盾在短时间内几乎看不到任何缓解的可能。作为"独生子女政策"的诸多重要影响之一，近年来，我国的"人口老龄化"问题日趋严重，育龄妇女人数及总和生育率（totel fertility rate，TFR）[①]的数据并不理想[②]。"全面开放二胎""离婚冷静期"[③]等一系列新政策，正是在这一背景下颁布实施的。这意味着，在未来，由于中国社会的人口结构性危机必将长期存在，"独生女一代"通过"逃避婚育"等手段维护自身权益的意图也就越发难以实现了。

　　自 2010 年以来，在国内的各大网络社交平台上，陆续掀起了一股具有鲜明女权主义倾向的舆论热潮。其具体表现多为挖掘、声讨及抵制日常生活与新闻事件中与婚育等问题相关的性别不平等状况或性别歧视言论等。有研究者将该现象命名为"网络女性主义"[④]，但事实上，目前这一概念在中文学界中的用法是比较混乱的。如果将其视作"cyber feminism"（后文将对此使用"赛博女性主义"的译法，以示区分）的译名[⑤]，那么它所指称的其实是一系列与赛博空间（cyberspace）、互联网和信息技术有关的女性主义理论[⑥]，例如唐娜·哈拉维的女性主义技术科学研究

[①]　总和生育率：指某个国家和地区的妇女在育龄期间每个人平均生育的子女总数。

[②]　中国历次人口普查得出的总和生育率数据往往被认为低于实际水平，但具体的误差范围却尚无定论。本书有关我国人口老龄化问题和总和生育率的描述，主要依据的是民政部部长李纪恒于 2020 年底撰写的《实施积极应对人口老龄化国家战略》这份文件中的相关段落："目前，受多方影响，我国适龄人口生育意愿偏低，总和生育率已跌破警戒线，人口发展进入关键转折期。"

[③]　离婚冷静期：出自 2021 年 1 月 1 日起正式实施的新版《中华人民共和国民法典》。具体规定为：自婚姻登记机关收到离婚登记申请并向当事人发放《离婚登记申请受理回执单》之日起三十日内，任何一方不愿意离婚的，可以持本人有效身份证件和《离婚登记申请受理回执单》（遗失的可不提供，但需书面说明情况），向受理离婚登记申请的婚姻登记机关撤回离婚登记申请，并亲自填写《撤回离婚登记申请书》。经婚姻登记机关核实无误后，发给《撤回离婚登记申请确认单》，并将《离婚登记申请书》《撤回离婚登记申请书》与《撤回离婚登记申请确认单（存根联）》一并存档。自离婚冷静期届满后三十日内，双方未共同到婚姻登记机关申请发给离婚证的，视为撤回离婚登记申请。

[④]　肖映萱、叶栩乔：《"男版白莲花"与"女装花木兰"——"女性向"大历史叙述与"网络女性主义"》，《南方文坛》2016 年第 2 期，第 61—63 页。

[⑤]　Jones, Steve. *Encyclopedia of New Media: An Essential Reference to Communication and Technology.* California: Sage Publications, 2003, pp. 108–109.

[⑥]　赛博女性主义的基本观点认为，赛博空间和信息技术是可以用来消除性别二元对立的工具。参见高艳丽《网络女性主义源流》，《理论界》2011 年第 4 期，第 141—142 页。

（feminist science and technology studies）等。2012 年前后兴起于 Twitter、Facebook 及 Tumblr 等社交网站上的 "联网女权主义"（Networked feminism），则明显与国内的所谓 "网络女性主义" 更为接近。[①] 作为 "第四波女权运动"（The Fourth-wave Feminism）[②] 的重要组成部分，深度利用社交网络在信息传播、行动组织等方面的优势，是它区别于此前三波女权运动的关键所在。[③] 例如，熟练地使用井号标签（hashtag）召集一场包含特定诉求与主题的线上女权集会，即所谓的 "井号标签行动主义"（hashtag activism）[④] 等。其中，2017 年底在好莱坞掀起的 "#me too"（我也是受害者）反性骚扰抗议行动，就是最好的例证。

如果说，"赛博女性主义" 是西方女权主义理论中与媒介研究、科学哲学紧密相关的一个支流，那么，"联网女权主义" 就是传统妇女解放运动（以线下的抗议、集会为主要形式）的某种在线（online）版本。相比之下，本书所指认的 "网络女性主义"，则呈现出极强的草根性与无序性，既缺乏理论探索，也没有相对统一的行动纲领。总体而言，尽管 "网络女性主义" 这股舆论思潮的成因是极为复杂多样的，但无论从主要参与者的身份（生活在城镇地区的青年女性）、所关切的问题（婚恋纠纷、性骚扰、职业晋升机会与受教育权等[⑤]），还是从发声渠道（社交网络）来看，它与 "独生女一代" 进退失据的窘境之间显然存在着深刻的

① 对于 feminism 一词的译法，本书主要依据其具体语境中是否包含争取女性权益的行动，有则翻译成 "女权主义"，没有或不太明显则翻译成 "女性主义"。"网络女性主义" 这个称谓主要沿用肖映萱等人的提法，不再做多余的改动。

② 此前的三波女权运动浪潮分别是：爆发于 19—20 世纪的欧美各国，以争取选举权为主旨的 "妇女参政运动"（第一波）；20 世纪 60 年代以美国为主阵地，以消除职场、家庭、生育等方面的不平等现状为诉求的妇女解放运动（第二波）；20 世纪 90 年代早期兴起的，主要反对家暴、强奸文化和性骚扰，关注有色人种及性少数人群权益的女权运动（第三波）。

③ Cochrane, Kira. *"The Fourth Wave of Feminism: Meet the Rebel Women"*. The Guardian, 10 December 2013.

④ 井号标签：网络上写作 "#"。在社交网站中，如果将 "#" 打在某个特定词组或短句的前方，例如 #me too，那么，连同井号在内的整段字符就会生成一个超链接，点击链接，即可直接跳转至某个单独的页面，页面内容则是该网站中包含这一关键词的所有发言，而且能够显示相关话题的阅读量、发言量等。

⑤ 中国的性别平等问题是十分复杂多样的，并且呈现出极强的城乡差异，绝不仅仅局限在上述范围之内。这恰恰反过来暗示了 "网络女性主义" 的主要参与者们的真实身份。

因果联系。①

同理，"亲密关系实验"、"女性向"网络文化消费和"网络女性主义"（及其背后的"独生女一代"）之间也在一定范围内共享着相似的网络平台和网络空间，其主要参与者亦不免有所重合。换句话说，当我们在讨论"罗曼蒂克2.0"的相关话题时，由"独生子女政策"所缔造的社会文化环境和网络舆论环境，同样是不容忽视的重要时代背景。

3. 作为"刚需品"的"罗曼蒂克2.0"

在引言部分，本书曾经将"罗曼蒂克2.0"描述为"一种虚拟化、商品化的亲密关系"，却尚未充分解释：为什么"浪漫爱情"会经由这种"虚拟化""商品化"的转向，最终迭代、演化成"罗曼蒂克2.0"的形态？其根本动力究竟是从何而来？换句话说，"女性向"文化产品的受众与亚文化社群的粉丝，为什么会对这种虚拟化的亲密关系产生消费需求？

这其中的原因，或许还是要从"罗曼蒂克1.0"时代的"女性向"文化消费开始说起。1992 年 9 月 28 日出版的《纽约客》(*The New Yorker*)杂志"上下求艺"(Onward and Upward with the Arts)专栏，曾刊发过一篇题为《贩卖梦想》(*Selling Dreams*)的文章。文章中引用了一位宝塚观众的自述："日本男人那么无趣，女人当然就会喜欢宝塚。那些丈夫们工作都很辛苦，根本没有时间和他们的妻子在一起，宝塚又是一个不会威胁到丈夫的地方。在宝塚，女人们能表达她们无法对冷漠的丈夫展示的感情。宝塚从不会让她们失望。"②

无独有偶，在珍妮斯·拉德威为《阅读浪漫小说——女性、父权制和通俗文学》一书所做的民族志访谈中，也收录了大量类似于"阅读浪

---

① 当然，本书也无意将"独生女一代"视为一个均质的整体，或暗示所有的独生女都持有相对进步的性别观念，这种推论是毫无依据的，很容易便能找到反例。所谓"网络女性主义"的舆论热潮固然是客观存在的，但这也并不意味着每一位独生女都曾参与其中，或者其参与者都是独生女。

② 陶东风:《粉丝文化读本》，北京大学出版社，2009 年，第 314 页。

漫小说（romance）是一种无害的逃避"的表述。^①而她们所逃避的对象，正是绝大多数已婚妇女^②所必须履行的妻职、母职，例如繁重无趣的家务劳动、对家庭成员的情感支持等。拉德威援引南希·乔德罗（Nancy Chodorow）的研究《母职的再生产：心理分析与性别社会学》（*The Reproduction of Mothering: Psychoanalysis and the Sociology of Gender*），认为"作为一个社会体制，现代家庭中没有一个角色的主要任务是让家中的妻子和母亲拥有复原（reproduction）之机，并获得情感上的支持""男性在社会和心理上都是通过女性来获得复原，但女性的复原多是依赖她们自己（甚或根本没有）"。拉德威据此反思道："那些女性渴望让自我沉浸于浪漫小说之中的最主要诱因是缺乏情感呵护（emotional nurturance），再加上因毫不吝惜地给予他人以持续的关注而付出了高昂的代价。"^③

尽管上述两个例子关注的仅仅只是已婚妇女的境况，但无论是"丈夫没空陪伴妻子"还是"已婚妇女很难得到对等的情感支持"，本质上都暗示着同样一个事实：女性即使处在婚恋关系之中，也通常是"情感劳动"的提供方而非获取方。^④显然，包括陪伴、照料以及精神抚慰在内的各种"情感劳动"（并且是"无酬"的），无疑是制造"亲密关系体验"的重要方式。这意味着，从古至今，"亲密关系体验"的"收支不均"一直是绝大多数女性（无论其是否拥有固定伴侣）生命中的常态。而观看宝塚歌舞剧、阅读言情小说以及同好社群内部的分享交流等活动，则能有效地填补这种"制度性情感支持"（institutionalized emotional support）的缺失所带来的匮乏感。

---

① 珍妮斯·拉德威所引用的访谈语料包括："它们是一种轻阅读——一种逃避文学，我可以随时随地放下、拿起。""每个人的肩上都扛着巨大的压力。因此他们自然会喜欢那些能让他们逃开这一切的书籍""因为它是一种逃避；我们能在想象中假装那就是我们的生活。""每天都有那么几个小时，我可以暂时逃开这个残酷的世界。"参见［美］珍妮斯·A.拉德威《阅读浪漫小说——女性、父权制和通俗文学》，胡淑陈译，译林出版社，2020年，第115—116页。

② 珍妮斯·拉德威选取的民族志访谈对象，是生活在美国某个中西部小镇史密斯屯（Smithton，系化名）的浪漫小说读者社群，该社群的成员无一例外都是已婚妇女。

③ ［美］珍妮斯·A.拉德威：《阅读浪漫小说——女性、父权制和通俗文学》，胡淑陈译，译林出版社，2020年，第124页。

④ ［美］阿莉·拉塞尔·霍克希尔德：《心灵的整饰：人类情感的商品化》，成伯清、淡卫军、王佳鹏译，上海三联书店，2020年，第181—182页。

换句话说，在这个过程中，浪漫爱情题材的文艺作品事实上已成为某种制造"亲密关系体验"的机器。伊娃·易洛思（Eva Illouz）在《爱，为什么痛？》这部专著中，曾经探讨过文化和技术对"自发生长的想象"的滋养。她以《叶普盖尼·奥涅金》（1833）和《包法利夫人》（1856）这两部经典名著为例，引用了女主人公达吉雅娜和爱玛的小说阅读经历，并认为"达吉雅娜的爱情形式显然是事先制造一个想象，然后等着有个路过的对象来满足"以及"这些小说塑造了她（爱玛）对爱情的各种设想以及对奢华生活的梦想"。据此，易洛思指出，现代爱情的独特性来源于它"预支情感"的程度："它包含着诸般预演纯熟的情感和文化场景，这些场景塑造了对情感的憧憬，也塑造了情感所带来的美好生活的憧憬。"①

这意味着，以浪漫爱情为题材的文艺作品，它们被阅读、被接受的过程本身已经构成了一层"滤镜"：人类对于"爱情"的体验和感受，注定要透过这层"滤镜"方能"显形"。从这个意义上看，与其说言情小说（也包括女频网文、女性向恋爱游戏等）是"爱情"的"代餐"（meal replacement），倒不如说是先有了言情小说的语言、叙事及其所描述的心理意象，才有了现实世界里以"爱情"为名的种种模仿与复现。而随着媒介变革的来临，互联网技术将现代主体改造为"以虚拟和想象的方式追求各种事物和生活形式的体验"的主体，想象力的程式化与碎片化也使得"幻想／想象"这一行为远离了它们的对象，并最终演化为某种"自生的，同时也是自成目的的"欲望。②

显然，这些出自想象并先于"现实中的爱情"存在的"亲密关系体验"，之所以能够被批量生产、批量出售，不断地以各种方式完成其预演、代偿的功能，正是由于它本就出自"虚构"，而且自始至终都是"商品化"的产物。相比之下，大批量地复制人类的"情感劳动"，则几乎是

---

① ［法］伊娃·易洛思：《爱，为什么痛？》，叶嵘译，华东师范大学出版社，2015年，第382—394页。

② ［法］伊娃·易洛思：《爱，为什么痛？》，叶嵘译，华东师范大学出版社，2015年，第435页。

不可能完成的任务。时至今日，"亲密关系体验"的"收支不均"仍是普遍存在的现象，对于"独生女一代"而言，这尤为令人不可忍受。而与此同时，制造"亲密关系体验"的手段，也早已从原本的"创作/阅读虚构性的文艺作品"，进一步演化成本书第一章中所描述的"亲密关系实验"。

借助这类"实验"活动，粉丝们热切地寻觅、验证着自己心目中最为理想的亲密关系模式。既然真实存在的婚恋关系，也不一定能为身处其中的女性带来足够多的"亲密关系体验"，那么，这种全程置身事外、无须与他者进行沟通、磨合或妥协，也几乎不会对自身造成任何伤害的"亲密关系实验"，岂不恰好构成了一种理想的、"自成目的"的欲望模式？事实上，能够持续地观察与鉴赏自己心目中的最佳"配对组合"，这已经无限地等价于"理想爱情"的"民主化"，就像是在博物馆公开展出的艺术珍品，终于不再是某些"特权阶层"[1]的专属物了。然而，不同于被动地欣赏、接受一部已经完成的文艺作品，"角色配对"这个动作虽看似简单，实则除写作、绘画、摄影等艺术创作，以及针对各种亲密关系模式展开的比较分析之外，它还涵盖了一名"CP粉"利用线上交流、搜索甚至心理分析、图像定位、音频视频解析等技术手段，对自己所钟爱的"配对组合"的情报资讯、绯闻物料加以分析或建构的全部努力。她们既是从"我家CP"的眼神、动作、衣饰，甚至自拍照片边缘入镜的一根手指里"找糖吃"的"显微镜女孩"，更是下笔千言的"文豪"和神乎其技的"大触"[2]。在这片小小的幻想空间中，她们安放着自己关于"理想爱情"的美梦与绮思，也宣泄着无穷无尽的求知欲和创作欲。这是网络时代最廉价易得，也最丰富多彩的集体性精神文化活动，是詹金斯提出"参与式文化"这个概念时所能预想到的极限。

值得注意的是，作为"亲密关系实验"最核心的"实验动作"，"角

---

① 这里的"特权阶层"，指的并不是某些有权有势或极为富有的群体，而是指那些幸运地得到了"真爱"的"少数人"。

② 大触：对绘画技术高超的人的尊称。最初起源于二次元文化圈，后来逐渐成为网络亚文化社群里一种常见的称谓。

色配对"也常常被戏称为"嗑 CP"。其中,"嗑"源自"嗑药",暗指"角色配对"活动所具有的"药用价值"与"成瘾性"。与之相类似的经验,也常常出现在言情小说的读者身上。例如在珍妮斯·拉德威的民族志研究中最为重要的一名受访者——连锁书店店员与言情小说推荐专家多萝西·伊文思就曾表示:"我知道有很多女性需要通过阅读来逃避现实,就像我之前几年那样。我也相信这是一种良好的治疗方式,而且成本比任何镇静剂、酒精或令人疯魔的电视连续剧——我的绝大多数读者都认为它们无聊至极——都要便宜得多。"[①]

长期关注数字资本主义研究领域的学者邱林川,曾经将"UGC"(用户生产内容)形容为"21 世纪的白糖"。因为一直以来,解决资本主义生产过剩问题的最佳方案,便是让人们持续不断地消费某种具有"成瘾性"的商品。而在 17 世纪的"大西洋三角贸易"中,承担这一角色的商品,正是由美洲当地盛产的甘蔗精制而成的白糖。白糖能刺激人脑分泌多巴胺(dopamine),使人产生长期依赖。在邱林川看来,21 世纪的互联网公司也已经找到了与白糖相类似的商品,那就是 UGC。[②]

毫无疑问,"角色配对"是一种典型的 UGC 活动,由其制造的"亲密关系体验"也同样极富"成瘾性"。以此类推,"罗曼蒂克 2.0"的"成瘾性",至少不应当弱于言情小说。回到本书引言部分对于"罗曼蒂克 2.0"的描述,即"一种虚拟化、商品化的亲密关系",则罗曼蒂克 2.0 与 1.0 之间的相似之处,显然在于其共有的商品属性;所不同的则是,前者是"虚拟化"(由计算机技术所创造,看似真实却并不存在于现实世界)的,后者则出自"虚构"的文艺作品。在接下来的两章里,本书也将着重分析各不同社群、不同圈层之中的"罗曼蒂克 2.0"是如何与计算机技术、互联网媒介环境紧密勾连,又是如何被互联网资本所收编、利用的。

---

① 显然,无论是镇静剂、酒精还是肥皂剧,都同时具备一定的"药用价值"与"成瘾性"。参见［美］珍妮斯·A. 拉德威《阅读浪漫小说——女性、父权制和通俗文学》,胡淑陈译,译林出版社,2020 年,第 70—71 页。

② 邱林川:《告别 i 奴:富士康、数字资本主义与网络劳工抵抗》,《社会》2014 年第 4 期,第 119—137 页。

结　语

　　本章分别从"互联网媒介环境"以及"与性别议题相关的社会文化背景"这两个不同的视角出发，详细地阐述了"罗曼蒂克 2.0"诞生、发展的背景。结合第一章中围绕"亲密关系实验场"的讨论，自不难看出，整个"女性向"网络空间的内部生态，正是在上述三股力量的共同作用之下，才最终成形的。而这一切，也将成为接下来两章的基本论述前提。

第三章
"女性向"网络文学：
成为虚拟化身

　　前面两章已经反复强调过，"罗曼蒂克2.0"的主要载体是当下的各种网络流行文化，例如女频网文、流量明星粉丝圈以及二次元、游戏产业的文化生产与粉丝社群活动，同时也大致将它们在整个数字资本主义生产关系，特别是由互联网资本所打造的"泛娱乐"产业链中所处的位置进行了梳理。接下来的两章，将主要聚焦于具体的案例，尝试分门别类地阐述"罗曼蒂克2.0"在不同圈层、不同领域的网络文化现象内部所呈现出的形态与特征，将原本从整体视角展开的讨论落实到各个不同的细节中去。

　　本章的研究对象是"女性向"网络文学中的"罗曼蒂克2.0"，又进一步细分为女频言情小说、女频耽美小说和"女性向"网络同人小说三个版块。总体而言，本书并不试图据此强调或证明"罗曼蒂克2.0"在

"女性向"网络文学中的普遍存在，而是更倾向于从一些关键性的概念和设定①入手，追寻其在"女性向"网文发展演变的过程中所留下的踪迹。

一、女频言情小说

女频言情小说，指的是连载于女频商业文学网站中的言情题材小说作品。它以"言情"二字为名，在创作风格与题材等方面继承了纸质畅销书时代商业言情小说的诸多特征。从表面上看，其早期作品的情节走向、叙事风格也更加接近于"罗曼蒂克 1.0"，而非经过演化后的"2.0 版本"。本节将主要以"穿越小说"这个女频网文之中创作成果最为丰硕，也最具大众知名度的类型②作为切入点，试图撬开那层厚重的、浪漫爱情故事的外壳，揭示隐藏在其中的"罗曼蒂克 2.0"的真容。

1. "穿越"设定的由来

"穿越"作为一个设定，指的是"主角由于某种原因（通常是意外事件）来到了过去、未来或平行时空"。③该词由英文 travel through 或

---

① 设定：具有"预先设置""创设""逻辑预设"等含义。在电子游戏、网络文学等虚构类叙事作品中的用法相当于英文的"setting"，特指一系列有别于现实世界的艺术元素，例如虚构的历史时间线、地理世界、物理规则、社会政治形态、人物和故事背景等。网络文学中比较常见的设定体系包括穿越设定、女尊设定、无限流设定和架空设定等。参见邵燕君主编《破壁书：网络文化关键词》，生活·读书·新知三联书店，2018 年，第 375—380 页，"设定"词条，该词条编撰者为傅善超。

② 21 世纪初，作为一个当时看来还颇为新奇的设定，"穿越"就已经在网文作者的笔下频繁出现，并逐步形成了固定的小说类型。2010 年以后，几部由女频穿越小说改编的电视剧一时间火爆荧屏，"穿越"也几乎成为网络文学在大众传媒口中的代名词。回顾中国网络文学过往二十余年的发展历程，尽管热门的创作潮流早已几经更迭，穿越小说却始终未见衰落，反而衍生出重生文、无限流和穿书文等新的脉络，无疑是整个网络文学发展史上流行时间最长、创作成果最为丰富，也最早引起外界广泛关注的重要网文类型。

③ 参见邵燕君主编《破壁书：网络文化关键词》，生活·读书·新知三联书店，2018 年，第 263—267 页，"穿越"词条，该词条编撰者为李强、肖映萱。

traverse 翻译而来，语源为"穿越虫洞"（travel through a wormhole）①，是物理学界普遍认可的一种实现时空穿越的理论可能。以"穿越"作为核心设定的网络小说，通常被称为"穿越文"或"穿越小说"。

"穿越"设定的要点在于主人公经历了一段时间尺度或异次元时空尺度上的位移。这显然与人类现有的科技水平并不相符，因此通常需要借助带有幻想元素的路径或道具等加以实现。在古代神话和宗教经典中，已反复出现过类似的叙事结构：某凡人偶入仙界，怎料"洞中方七日，世上已千年"，重回故乡时，早已物是人非。② 这样的故事虽看似与穿越小说颇有相通之处，但从主人公的视角出发，他所体验到的时间却终究是匀速流动且线性向前的。近代以来，又出现了一些主人公借助超自然手段（如天使、鬼魂的指引等）穿梭于过去与未来的作品，例如塞缪尔·马登（Samuel Madden）的《20 世纪回忆录》（*Memoirs of the Twentieth Century*，1733）和狄更斯的《圣诞颂歌》（*A Christmas Carol*，1843）等。

19 世纪末，英国作家 H. G. 威尔斯（Herbert George Wells）创作的科幻小说《时间机器》③（*The Time Machine*，1895）及由此衍生出的新概念"时间旅行"（time travel），则为这种穿越时空的想象提供了"理论支持"。在经典物理学的观念中，时间是绝对的、单向的，而威尔斯却借主人公

---

① 虫洞：最初由奥地利物理学家路德维希·弗莱姆（Ludwig Flamm）提出。20 世纪 30 年代，爱因斯坦和纳森·罗森（Nathan Rosen）在研究引力方程式的时候共同完善了这一理论。所谓虫洞，指的是连接两个遥远时空的空间隧道，由星体旋转和引力共同作用而形成。另有一种说法认为，虫洞是连接黑洞与白洞的时空隧道。所谓黑洞指的是一个质量极大的天体不断坍缩之后形成的密度无穷大、时空曲率无穷大、体积无限小、热量无限大的奇点。白洞则与之相反，其时空曲率是负无穷大的。

② 例如《摩诃婆罗多》中国王莱瓦塔·卡库米（Raivata Kakudmi）在天界见到梵天的故事、《水经注》中的典故烂柯遇仙以及浦岛太郎入龙宫的传说等。

③ 《时间机器》：威尔斯发表于 1895 年的科幻小说，主要描述了主人公"时间旅行者"发明的一种能够在时间维度上任意往来的机器，以及他乘坐机器来到公元 802701 年之后的一系列见闻。

"时间旅行者"（Time Traveller）之口，将三维空间之外的"第四维度"①指认为时间。这一时空观层面的思维范式转型，打破了人们的固有认知：既然人类可以在三维空间中来去自如，那么在第四维度的时间尺度之上，也应当存在逆向或不匀速位移的可能。②就这样，原本只适用于空间向度的动词"旅行"才得以与"时间"发生关联。

此后的百余年间，被"理论武器"所"武装"了的"时间旅行"设定，俨然成为大众流行文化领域长盛不衰的经典母题。衍生出包括动画片《菲力猫时间历险记》（*Felix Trifles with Time*，1925）、漫画《尼罗河女儿》（原名《王家の紋章》，細川智栄子，1976）、系列电影《回到未来》（*Back To The Future*，1985—1990）和小说《寻秦记》（黄易，1994）等在内的一系列知名作品。与此同时，科学界，尤其是理论物理学界，也偶有"时间旅行"相关的研究成果问世。其中，又以爱因斯坦 - 罗森桥（Einstein-Rosen bridge），即所谓的"虫洞"（Wormhole），最得文艺创作者的青睐。它指的是某种由星体旋转和引力共同作用而形成的时空隧道，穿过这个隧道，就能实现空间位移或时间旅行。电影《星际穿越》（*Interstellar*，2014）和《复仇者联盟 4》（*Avengers: Endgame*，2019）都曾引用过这个理论。与"虫洞"相匹配的动词，一般包括 travel through 或 traverse 等，译成中文就是如今广为人知的"穿越"一词。③作为"时间旅行"在物理学意义上的可行路径之一，"穿越"也常被视作"时间旅行"的同义词而相互指代。

到 21 世纪初，时间旅行 / 穿越设定在文艺创作中的运用早已是司空

---

① "第四维度"是维多利亚时期的英国科学界非常热衷于讨论的一个问题。当时的人们认为，第四维度是一个包含了一切神秘、未知事物的领域，例如灵魂、天国等等。相关讨论使威尔斯颇受启发，但在他看来，所谓的第四维度应当指的是时间。参见［美］詹姆斯·格雷克《时间旅行简史》，楼伟珊译，人民邮电出版社，2017 年。

② 《时间机器》中的相关描写，虽然也基于维多利亚时期科学界的一些构想，但终究不过是小说家的想象。直到 1908 年，德国科学家赫尔曼·闵可夫斯基（Hermann Minkowski）提出"时空连续统"（Time-Space continuum）的概念，这种四维空间的宇宙模型才在物理学界获得了认可。Minkowski, Hermann. *"Space and Time". The Principle of Relativity*. Translated by Saha, Meghnad and Bose, Satyendranath. Calcutta: University Press, 1920, pp.70–88.

③ 例如电影《*Interstellar*》之所以被译作《星际穿越》，就是因为在剧情中，主人公穿越了一个位于土星附近的虫洞（travel through a wormhole）。

见惯，在网络小说中描写现代人穿越到古代的桥段，自然也不是什么开天辟地的创想。但值得注意的是，相当一部分网络小说所描述的实现时空穿越的手段，与传统的"时间旅行"设定相比，还多出了两个步骤：离魂与附身。也就是说，"穿越者"（即所谓的"时间旅行者"）并非是以"灵肉合一"的完整状态来到古代，而是灵魂／意识脱离了原本的身体，穿越时空，再附身到某个古人身上。这种穿越方式通常被称作"魂穿"，即"灵魂穿越"的缩写。至于不包含"离魂／附身"动作的穿越方式，也就是原始版本的"时间旅行"设定，则被追认为"身穿"，即"身体穿越"。

自"时间旅行"演化而来的"魂穿"设定，尽管并非起源于网络穿越小说，但确实是伴随着网络文学的流行才大规模出现的。[1] 舍"身穿"而取"魂穿"，个中差异看似只在毫厘之间，却绝非无关痛痒。接下来，本书将以"清穿文"等穿越题材女频网络小说作为研究对象，尝试厘清其中所隐喻的一系列与"罗曼蒂克 2.0"相关的虚拟化生存经验。

2. "清穿文"中的"清"与"穿"

作为女频"穿越小说"之中出现最早、影响力最大的子类型，"清穿文"主要流行于 2004—2007 年。其最常见的叙事套路，便是安排女主人公穿越到康熙朝末年，与卷入"九龙夺嫡"乱局的某位皇子相恋。[2] 公认的三部清穿文代表作（俗称"清穿三座大山"），即《梦回大清》（金子，晋江原创网[3]，2004）、《步步惊心》（桐华，晋江原创网，2006）和《瑶华》（晚晴风情，晋江原创网，2006）的男主人公，就恰巧分别是康熙朝

---

[1] 在前网络时代的穿越题材小说、电影和漫画中，"身穿"设定占据了绝对的主流，至少十分常见。例如日本少女漫画《尼罗河女儿》和《天是红河岸》（天は赤い河のほとり筱原千绘，1995）等，就全部采用了"身穿"设定。而经典武侠小说《寻秦记》，以及受其影响颇深的早期男频穿越文《中华再起》（中华杨，起点中文网，2003）、《明》（酒徒，起点中文网，2003）和《新宋》（阿越，幻剑书盟，2004）等，也都是"身穿"设定。目前能追溯到的最早采用"魂穿"设定的作品，是台湾言情小说作家席绢的处女作《交错时光的爱恋》（1993），而与这部小说颇有渊源的"清穿文"，采用"魂穿"设定的比例就大幅度上升了。

[2] 这并不意味着清穿文都是以康熙朝"九龙夺嫡"这段历史为背景的，只是相对而言出现频率最高而已。

[3] 晋江原创网：晋江文学城的曾用名，详见第二章第一部分的相关注释。

的十三皇子胤祥、四皇子胤禛（即后来的雍正皇帝）和八皇子胤禩。

清穿文本质上属于言情小说，又何以对一场争夺帝位的血腥政治斗争给予如此深切的关注，以至于将情感、欲望投射到参与其中的皇子们身上？这就不得不引出一个有关清穿文的基本判断：凡以康熙朝末年为背景的，绝大多数都是基于电视剧《雍正王朝》[1]里的人物形象、人物关系以及故事框架所展开的二次创作，或者准确地说，是同人创作。

上述二者之间的模仿/被模仿关系几乎是显而易见的。从总体上看，电视剧的热播向广大观众科普了康雍两朝的政治格局，尤其是胤禩、胤祥等诸皇子的生平。精彩的剧情和富有魅力的人物形象在吸引后来者进行二次创作的同时，亦无意间确立了绝大多数重要角色的基本轮廓及故事情节的大体走向。[2]例如《雍正王朝》里塑造的雍正皇帝，就是一位鞠躬尽瘁、锐意改革却反遭天下人误解的"明君"，与此前"篡位暴君"的民间形象大相径庭。而清穿文中的四阿哥则以其坚毅隐忍、精明干练的处事风格迷倒了大批"穿越女"[3]，可谓一脉相承。事实上，相当一部分清穿文作者对清史尤其是清代早期历史知识的掌握，几乎都得益于《雍正王朝》。剧中那些与历史事实并不相符的原创人物、原创情节，也会被某些清穿文直接沿用，例如《梦回大清》里太子胤礽与康熙后妃通奸的剧情等。更为明显的"证据"则出自《步步惊心》中女主角若曦与八阿哥诀别时的一段对白：

> 他眼中恨意消散，困惑不解地看着我。我想了想，又说："还有邬思道、隆科多、年羹尧、田镜文[4]，李卫，你都要多提防着点。"我所知道的雍正的亲信就这么多了，也不知道对不对，只希望那些电

① 《雍正王朝》：导演胡玫，编剧刘和平，改编自二月河创作的长篇历史小说《雍正皇帝》，由中国国际电视总公司发行，1999年1月3日起在中央电视台综合频道首播，共44集。

② 李轶男：《"集体"的再现：电视连续剧与改革中国的第三个十年（1998—2008）》，北京大学博士学位论文，2019年，第49页。

③ 穿越女：通常指"穿越文"的女主人公，也可以用来指代那些曾经有过穿越经历的女性角色。

④ 田镜文：即正史中的雍正朝重臣田文镜，小说里故意出现这样的讹误，是为了表明女主人公对相关历史知识只有一点模糊的记忆，难免出错。

视剧不是乱编的。[①]

　　"只希望那些电视剧不是乱编的"，证明女主人公获悉上述名单的渠道是自己曾经看过的电视剧。而为首的"邬思道"，正是《雍正王朝》电视剧中辅佐雍正夺嫡成功、登上帝位的大功臣。邬思道其人在清代野史与文人笔记中多有记载，是清初"绍兴师爷"群体中的代表性人物，并一度成为雍正朝重臣、河南巡抚田文镜的幕僚。但无论正史还是野史，都不曾留下他入幕雍亲王府的记录，也没有任何材料能证明他曾为雍正的夺嫡之争出谋划策。若曦提醒八阿哥提防邬思道，显然是受到《雍正王朝》电视剧的影响。

　　既然已经确认清穿文作为清宫剧同人的事实，那么，考察它是否包含"角色配对"这个前置动作，就显得至关重要了。透过清穿文的创作实践，我们不难还原出作者从清宫剧[②]尤其是《雍正王朝》中拣选若干心仪的男性角色，依次安排他们与自己笔下的女主人公发生暧昧或建立恋爱关系的整套流程，这无疑是非常标准的配对动作。而清穿文之间也的确共享着"清朝王公贵族 × 现代女性"这一模式化的配对组合。这意味着，清穿文的本质属性绝不仅仅是印刷时代传统言情小说的在线阅读版本，而理应被视为"亲密关系实验场"的衍生产物。

　　依据第一章第三部分的相关论述，这些活跃在清穿文中的清代历史名人，例如康熙朝的诸位皇子们，要获得进入实验场的资格，成为能与各式各样的清穿文女主反复配对的实验对象，就必须接受相应的"人设化"改造。

　　不无巧合的是，清穿文的公用"原作"《雍正王朝》，恰是所谓"历史正剧"的滥觞所出。作为中国电视剧行业独创的一种剧作类型，"历史正剧"往往致力于刻画复杂的权力斗争，大多暗含与时政相关的隐喻，更因其驳斥"野史"的姿态，不可避免地承担着历史知识科普的功能，

----

　　① 桐华：《步步惊心》第四十章。
　　② 这里的"清宫剧"，不单指《雍正王朝》，其他电视剧作品如《孝庄秘史》《少年天子》《康熙王朝》等也常常成为清穿文参考借鉴的对象，只是从比例上看远不及《雍正王朝》。

或被误认为具有这种功能。① 正是为了与"野史"及"戏说剧"划清界限，《雍正王朝》在塑造主人公形象时，也大致遵循着现实主义的创作原则，即"真实地再现典型环境中的典型人物"。这里的"典型环境"，指的是康雍两朝复杂的政治局势，主角们应对的皆是水患、贪腐等事关江山社稷的大变局，或是杀伐决断，或是首鼠两端，人物形象也便随之逐渐丰满起来。显然，从如此经纬交织的脉络中生长出来的"典型人物"，是无法脱离其"典型环境"而自给自足地存在的。

到了清穿文中，因受限于女主人公的活动范围，这批男性角色所依存的"典型环境"，如朝堂、官场或战场等，都被隔绝在了小说的主要场景之外。为顺利推进故事剧情，他们也只能以闯入者的姿态，频繁出没于闺阁、内宅和后宫，却又像被连根拔起的植物，始终无法自然地融入其中。参考本书第一章第三部分的论述可知，唯有从独立于一切文艺作品的"萌要素（亲密关系要素）数据库"中抽取"萌要素（亲密关系要素）"拼贴而成的"人设"，才有可能在不与环境发生任何互动的前提下自然成立。由此可见，无论从哪个角度出发，清穿文的男主人公都只能是由"亲密关系要素"构成的"人设"了。

如前文所述，最受女性读者欢迎的"亲密关系要素"往往指向那些能影响到角色之间的亲密关系或婚恋选择的属性，例如性格（温柔、霸道、花心）、职业（医生、律师、军人、总裁）等。下面姑且以四阿哥胤禛和八阿哥胤禩这两个人气最高的角色为例，分析他们由"人物"（《雍正王朝》）向"人设"（清穿文）转化的过程。在电视剧中，胤禛的形象是勤于政事、励精图治，对待政敌毫不留情、赶尽杀绝的铁腕领袖；胤禩则是公认的"八贤王"、谦谦君子，惯于明哲保身，因而显得不够狠辣。只需将上述两个人物形象中最具辨识度的特征拆解出来，如"霸道""总裁"或"温柔"等，再转译成相应的"亲密关系要素"，便能据此拼贴出一个外表上看似与原形象相差无几的"人设"来。其中，胤禛对应的是"霸道总裁"，事业有成，强势、有控制欲；胤禩对应的则是

① 李轶男：《"集体"的再现：电视连续剧与改革中国的第三个十年（1998—2008）》，北京大学博士学位论文，2019年，第49—57页。

"暖男"，温柔体贴、深情款款，却又优柔寡断。

纵观近二十年来流行的各种言情题材网文，"霸道总裁"和"暖男"始终是最常见的主人公形象模板。男主角为"霸道总裁"人设的小说，甚至形成了专门的类型"总裁文"。而除了四阿哥和八阿哥之外，其余康熙朝皇子也在清穿文中拥有着相对固定的"人设"：十三阿哥"痞帅"①、十四阿哥"年下小狼狗"②、十阿哥"呆萌"③、九阿哥"腹黑"……如此这般，《雍正王朝》里的主要人物形象在经过相应的转化处理之后，几乎奇迹般地覆盖了"女性向"文艺作品中最受欢迎的一批"人设"。

如果说，《雍正王朝》为清穿文的创作提供了骨架，其肉身的形塑则无疑仰赖于港台言情小说。这些出版于香港、台湾地区的商业言情小说，是 20 世纪 80 年代至 21 世纪初这漫长的几十年间华语地区影响力最大的畅销书类型之一。从题材和内容来看，清穿文与港台言情小说存在着极高的相似性，流行的时间段亦先后相继，从行文风格到写作技巧，都不免残留着模仿学习的痕迹。二者之间的渊源绝非仅止于此。事实上，"穿越到古代与古人恋爱"这样的叙事套路，也是首先由日本少女漫画，如《尼罗河女儿》和《天是红河岸》等发扬光大，进而影响到港台言情小说，再间接被清穿文所效仿的。

然而，常见的穿越题材日本少女漫画，大都采用"身穿"设定。目前所能追溯到的"魂穿"设定，最早也最知名的雏形，当属台湾言情小说作家席绢在其长篇处女作《交错时光的爱恋》（1993）中对"时间旅行"设定进行的一番改造：小说的女主人公杨意柳因遭遇车祸而意外身亡，魂魄被修习异能的母亲传送到古代，附身在阳寿将尽的少女苏幻儿身上，后与富商石无忌相爱。由于神话、巫术等元素的嵌入，该小说实现时空穿越的步骤，较之时间旅行 / 身穿，明显多出了两个"魂穿"设定

---

① 痞帅：所谓"痞"，对应的是十三阿哥胤祥身上的江湖气，这个"萌要素"在清穿文版本的胤祥"人设"中，均或多或少有所体现，但比重略有区别。

② 年下小狼狗：指年龄比恋人小，但性格却主动强势的年轻男性。虽然是近年来刚刚兴起的名词，但确实适合用来概括十四阿哥的"人设"。

③ 呆萌：指傻乎乎却很可爱的样子。

所独有的标志性动作，即离魂与附身。

晋江文学城作为清穿文的诞生地及主要发表平台，其早期（1999—2003）的核心业务正是"扫校"港台言情小说的实体书，再上传到网站上供网友阅读。① 2003 年 8 月，晋江正式允许用户以特定权限的账号（即单独申请的作者账号）自主发布小说，由此逐步转型为主营原创作品的商业文学网站。当时，该网站的资深用户／新晋作者大多具有港台言情小说的阅读经验，她们熟练地借鉴着"女主人公穿越到古代与古人恋爱结婚"的叙事套路，对源自港台言情小说的"魂穿"设定更是情有独钟。

有趣的是，上述"叙事套路"与"魂穿"设定的运用，恰好是相辅相成、互为因果的。由于清穿文的故事主线多为"穿越女"和清朝王公贵族之间相知相恋的过程，那么，如果机械地照搬"时间旅行"，也就是所谓的"身穿"设定，则必然会遭遇如下两重困局：首先是年龄上的矛盾，清穿文女主的现代身份大多为白领或高校学生，至少是 20 岁上下，但要在清代保持未婚状态，甚至选中秀女顺利入宫，那么 13~16 岁的年纪才是较为合适的；其次，皇室自来看重后代血统的纯正性，清代作为少数民族政权，遴选后妃、福晋和秀女的标准只会更加严苛，穿越女来路不明，想要混入皇宫内院，无异于痴人说梦。

相比之下，同时期男性视角的穿越小说，如《明》（酒徒，起点中文网，2003）、《新宋》（阿越，幻剑书盟，2004）等，尽管男主人公也是一路结交王公贵胄、封侯拜相，境遇却相对宽松自由得多，即使采用"身穿"设定，也不至于妨碍故事的进展。

归根结底，清穿文安排女主人公直接"魂穿"到某个清代勋贵大臣的女儿身上，借用她的身份与身体接触皇室成员／贵族子弟，确实是一劳永逸地消除所有障碍的最佳策略。事实上，在既有的创作实践中，"穿越女"的魂穿目标大多锁定在与清代皇室有通婚记录的大家族中的少女，或历史上确有其人的后妃与福晋们身上。其中，雍正帝后妃钮祜禄氏（例如妖叶《清梦无痕》的女主人公，晋江原创网，2006）、雍正帝后妃

罗曼蒂克 2.0：「女性向」网络文化中的亲密关系

---

① 肖映萱：《晋江文学城冰心站长驾到》，《名作欣赏》2015 年第 25 期，第 76—78 页。

年氏（例如璃雪《权倾天下》的女主人公，晋江原创网，2007）、廉亲王福晋郭络罗氏（例如白菜《看朱成碧》的女主人公，晋江原创网，2006）等，都是极受穿越女青睐的附身对象。

尽管从结果来看，"身穿"与"魂穿"都只是主人公达成时空位移的"装置"，但其间的细微差异却导致穿越者生命形态的大相径庭。如前文所述，对于通过"身穿"来到古代或异界的主人公而言，他的灵魂/意识与身体是完整统一的；而"魂穿"设定下的主人公则注定要面对一场生命经验、个体意识与"自然身体"相脱离又重组的惊异体验，这甚至比穿越时空本身还要更具颠覆性。也就是说，"魂穿"设定下的清穿文女主们，在生物学意义上已经无法被视作纯粹的"人类"，而是成为某种比吸血鬼、外星人之类的超自然生命还要更加复杂暧昧的存在。

美国电影《阿凡达》（*Avatar*，2009）或许能为我们理解这种存在状态提供参考。在影片中，为了进入并不适宜人类生存的潘多拉星球开采矿产，科学家们融合当地土著纳威人和人类的DNA，克隆出一批在外形上与纳威人高度近似的义体。人类可以将自己的意识上传到义体内部，结合成为拥有纳威人外形和人类意识的"化身"（avatar）。男主人公杰克·萨利在以化身形态执行开采任务的过程中，因遭遇意外事故被纳威族的公主涅提妮所救。情急之下，只得伪装成纳威人随公主回到部落，渐渐融入了当地土著的生活，并与涅提妮公主相爱。

这样一个科幻题材的后殖民主义、生态主义文本，看起来的确与清穿文沾不上边。但只需剥除DNA、克隆等科幻概念的外壳，那么，通过上传意识操纵义体的阿凡达和"魂穿"到古代少女身上的清穿文女主，他们的生命形态其实并不存在任何本质上的差异。

他们都是恋爱中的阿凡达，恋爱中的"化身"。

显然，无论是阿凡达还是魂穿设定，都提示着一个足以拓宽人类想象力边界的重要事实，即自然身体的唯一性的丧失。雪莉·特克尔在《虚拟化身：网路世代的身份认同》（*Life on the Screen: Identity in the Age of the Internet*，1997）一书中，曾将我们登录网络，并以账户/ID为中介进入一个网络社区的行为，解读为"在虚拟世界里建构另一个自我"。①
如今，我们随时随地都可以打开电脑或手机，一边在网游世界里扮演纵
横江湖的侠士，一边在社交网络上谈笑风生，或许还有余暇打开微信群，
处理各种工作和生活上的事务。而这些网页或应用界面，虽然由同一个
使用者操作，但其对应的身份认同或者说虚拟化身，却是大相径庭的。②
这意味着，在互联网时代，人类自我认同的多重化已不再是罕见的经验。

再回到清穿文，按常理推测，一个正常的人类在历经灵魂出窍和附
身的奇遇之后，难免会对这个陌生的身体产生排异感，并引发身份认同
危机。然而，清穿文中却很少出现类似的描写。这固然有可能是作者为
了快速推进情节、避免同质化描写而采取的一种叙事策略，但反过来看，
清穿文女主借助"魂穿"设定进入某个清代贵族少女身体的过程，又何
尝不是对"登录账户 / ID"这一网络时代虚拟化生存经验的隐喻。③归
根结底，我们所能感知到的互联网媒介环境，本质上都是由计算机语
言编写的"人机交互界面"（User Interface，UI；或者 Human-Computer
Interface，HCI），如网页、微信对话框等所构成的。换句话说，"进入一
个虚拟化身"其实就是操控这些界面，继而与其底层程序形成有效交互
的必要步骤。如此看来，"穿越女"们的泰然自若，反倒从侧面印证了穿
越小说与互联网媒介环境之间的深刻关联。

事实上，网络穿越小说比传统言情小说更显新意之处，从来都不是
任何写法、叙事或风格上的突破，而是提供了一个数量庞大的抹除了自

---

① ［美］雪莉·特克尔：《虚拟化身：网路世代的身份认同》，谭天、吴佳真译，远流出版
社，1998 年，第 241—243 页。

② 在雪莉·特克尔的众多受访者中，有一位名叫道格的大学生。他在文字网络游戏 MUD
上扮演着好几个角色，这些角色里有女人、有牛仔，甚至还包括一只毛茸茸的兔子。他总是同
时打开三个网页的窗口，以便随时在三个不同的虚拟世界和虚拟化身之间切换。他向特克尔坦
言，现实世界对他来说不过是荧幕上的另一个窗口罢了，并且通常不是最好的那一个。

③ 大部分清穿文对女主人公穿越之后的心理落差和不适感，都只是略略提及，旋即理所
当然地进入"既来之，则安之"的状态，而且越是后期的作品，对女主穿越前的经历和穿越过
程的描写就越是简略，甚至只用一句"我穿越了"便足以交代完毕。这显然是清穿文在类型演
化过程中的某种自我扬弃，即剔除读者业已司空见惯且同质化极高的滥俗桥段，直接进入故事
主线，以提高叙事效率。特别值得注意的是，只有"魂穿"这种包含附身动作的设定才能等价
于登录账户 /ID，因为这些账户和 ID 属于某种虚拟人格，而"身穿"设定的本质则是"旅行"。

然身体唯一性且以非人类的"虚拟化身"形态存活着的主角群像。这一既成事实，在整个言情小说的类型史上，都是从未出现过的。它暗示着，在人均周上网时长已达30.8小时[①]，即每人每天除吃饭睡觉外还有4个多小时处于在线状态的当下，对虚拟化生存经验的描摹本身就是不折不扣的"现实主义题材"。

总体而言，清穿文既包含着清宫历史剧同人的基因，又承袭了港台言情小说的"魂穿"设定及类型传统。20世纪90年代至21世纪初大众流行文化领域最具影响力的这两种文艺形式、文学类型，就这样借助清穿文的创作在媒介变革的浪潮中回魂转生。最终，在这两股脉络的交叉点上，清穿文的男主人公化身"虚拟实在"，女主人公则成为"虚拟化身"，经由不断重复的配对动作，于时空彼端的大清王朝上演了一幕幕"罗曼蒂克2.0"式的爱情故事。

3. 基于"魂穿"设定的"思想实验"

与"魂穿"设定相关的另一个值得深入讨论的问题，便是穿越者在穿越前后自我认同所发生的变化。魂穿设定的核心动作是一个人的灵魂/意识脱离原本的身体，再穿越时空附身到另一个人身上。该设定并不必然对主人公附身对象的特征或属性有所要求，例如性别一致、年龄相仿等，但在《交错时光的爱恋》这部奠定了魂穿设定雏形的小说中，女主人公杨意柳的母亲施展巫术为女儿的魂魄寻找附身对象时，却颇费周折，既要"磁场靶应度相同、电流波长一致"，阳寿还不能太长，否则便是鸠占鹊巢，"会遭天谴"。最终，宋代少女苏幻儿因恰好是杨意柳的所谓"前世"且早夭而被选中，这才达成了类型小说史上最早的一例魂穿桥段。

席绢笔下这些煞有介事的限制与规则，虽然或多或少能从神秘学的知识谱系中找到若干"依据"，但最终目的不过是确保女主人公在经历魂穿这样的超自然体验之后，从身体到灵魂始终还是年轻的女性，以便整个故事能够沿着正统言情小说的路数顺利推进。女频穿越小说绝大多数

---

① 参见中国互联网络信息中心《第45次中国互联网络发展状况统计报告》，2020年4月。

都是言情题材，难免被这套逻辑所限制，最终落入某种固定的叙事套路，即"来自现代的年轻女性魂穿到某个古代少女身上"。

尽管如此，突破套路的尝试依然存在。例如《四爷党》（悠悠晴天，晋江文学城，2006）这部清穿文中的女主人公，就曾反复多次魂穿到康熙至雍正年间，附身在多位与男主人公雍正皇帝关系匪浅的人物甚至动物身上，依次为雍正生母德妃、雍正幼年时的侍女、雍正收养的一只小狐狸、雍正青梅竹马的玩伴/恋人以及一位历经康雍乾三朝的宫女。作者悠悠晴天曾将整部小说的故事主线概括为"以友情为起点；以爱情为补充；伴亲情到永恒"。① 换句话说，就是主人公靳小莜通过多次魂穿，以截然不同的身份分别与各个年龄段的爱新觉罗·胤禛建立起形式各异的亲密关系，从呱呱坠地到寿终正寝，他的生老病死、喜怒哀乐，他人生中每个重要的时刻，都少不了她的参与或陪伴。正如小说标题所暗示的那样，这部小说的作者正是将胤禛视为偶像的粉丝团体"四爷党"②的成员之一，她安排女主人公奔忙穿梭于时空隧道，亦无非出于一名粉丝对"偶像"的迷恋甚至控制欲：想把他的每一份光芒与美好都告诉全世界，却又更希望这一切都是自己的私有物。

《四爷党》独特的叙事结构，既无意间制造出一个微型的"亲密关系实验场"，同时也对魂穿设定的内核与边界进行了一定程度的探索。在靳小莜的数次魂穿经历中，初次穿越时短暂地附身到德妃体内，感受她分娩胤禛的瞬间，以及后来魂穿成小狐狸，无疑是最惊世骇俗的两次，且恰好都发生在雍正青春期来临之前；而与大多数清穿文差相仿佛的，如穿越成康熙近臣梁清标的孙女，又或是某个年轻的宫女等，则几乎都是雍正青春期以及成年之后的剧情。也就是说，尽管看上去天马行空、肆无忌惮，实则作者对于该小说情节走向的把握自有其标准：一旦言情相关的叙事线索有了展开的条件，激进的实验便会立即停止，而转回到守

---

① 这一表述出自悠悠晴天为《四爷党》撰写的小说简介文案。
② 四爷党：与历史上支持雍正继位的政治党派同名，但性质却完全不同的一个粉丝社群组织。该组织的成员主要为女性，她们将雍正视作偶像，像追星一样表达自己对雍正的喜爱。参见本书第四章第三部分的论述。

成的轨道上来。

经过《四爷党》的这番探索，本书此前的判断已得到进一步的佐证，即魂穿前后穿越者的基本属性，包括性别、年龄和种族等，都只是附加条件，所以无论它们怎样变化，也不会影响到魂穿设定本身。女频穿越小说的创作之所以陷入某种固定的套路，只是在顺应言情小说的核心叙事逻辑罢了。然而，这些套路与规范，终究不过是对想象力的无端设限，只要稍稍拓宽思路，魂穿设定内部所蕴含的潜能，将会是无穷无尽的：女人穿越成男人[①]、男人穿越成女人、少女穿越成老妪、人穿越成动物……在人类的自我认同已经变得越来越多重化的网络时代，打破个体经验的边界，探讨因身份、性别或年龄的改变而引发的分歧与冲突，也是魂穿设定的题中之意。

在女频网文中，穿越者魂穿后变更性别（简称"性转设定"）的作品，最为人所熟知的当属因改编成网剧而红极一时的《太子妃升职记》（鲜橙，晋江文学城，2010）。小说讲述了一名出生于现代社会的异性恋男青年在英年早逝之后，魂魄附身到某个架空世界[②]里不受宠的太子妃张芃芃身上，后来又一步步"升职"，当上皇后、太后的故事。《太子妃升职记》着重于将主人公所面临的、由性别经验引发的冲突视为核心的叙事动力。以小说第64章中的一段关键剧情为例，张芃芃的丈夫、皇帝齐晟对她穿越之前的性别究竟是男是女产生了怀疑，面对齐晟的咄咄逼问，张芃芃既害怕说出实情引来杀身之祸，却又倔强地认为：

> ……只要这个（"女"字）出口，之前二十年的一切都要被就此

---

① "现代女性魂穿到古代架空世界的男性身上"曾一度成为女频网文中十分流行的写作套路，多见于耽美小说，代表作有《青莲记事》（葡萄，晋江原创网，2005）、《风霸天下》（流玥，晋江原创网，2005）等。这类作品的女主人公魂穿到架空世界，虽然变更了性别，却并未改变性向，而"恰好"她们的附身对象本就好男风，因此顺理成章地继续喜欢男性，与男性恋爱。

② 架空世界：指小说、动画或游戏中虚构出来的某种从未真实存在过，却或多或少取材于历史资料、社会现实的世界观设定，主要由社会制度、历史年表、地理空间以及风土人情等元素构成。《庆余年》（猫腻，起点中文网，2007）中的"庆国"和《琅琊榜》（海晏，起点女频，2006）中的"大梁"，都是典型的架空世界。参见邵燕君主编《破壁书：网络文化关键词》，第271—273页，"架空"词条，该词条编撰者为李强、肖映萱。

抹去，从此以后，我就只能是张氏，以前是太子妃张氏，现在是皇后张氏，即便以后做了太后，我也是张氏！是个女人，是个后宫中的女人，是个要与其他女人一样得在齐晟身下求生活的女人，是个连大名都不会留下的张氏！

以前，我从不觉得为了活命而弯腰有何为难，甚至在我一觉醒来化身为张氏时，我也不过是纠结了半日便坦然地接受了这个新的肉身，接受了我要在这个女人的身体里继续活下去的现实。

因为我从心理上一直觉得自己还是个爷们儿，哪怕我现在没了老二，哪怕我抱着美女也已心如止水，可我骨子里依旧是个能顶天立地的爷们儿，是个比齐晟更光明磊落的爷们儿！

主人公一朝穿越，从男子汉变成了美娇娘，在缺乏价值感、安全感与自我认同的深宫大院内挣扎度日，从生理到心理都被充满着屈辱感的女性经验所淹没，只有穿越前这段"做男人"的经历能唤起他仅剩的一点点信念与勇气。而他也清楚地知道齐晟的真实用意：

可这一刻，齐晟却是要从心理上将我"阉割"，他要叫我自己承认，我现在是个女人，以前也是个女人，我里里外外都是个女人！

齐晟身体僵硬挺直，额侧青筋突突地跳动着，眼中似燃着能焚人的熊熊烈火，只死死地盯着我，我耗尽了全身的力气，这才将那个字艰难地吐了出来，"女，我是女人。"

齐晟手上的劲道明显地松了一松。

张芃芃在齐晟的逼迫下自认为女人，也就等同于承认了自己为人妾妇、仰人鼻息的困窘。事实上，小说标题中的"升职"二字，指的正是张芃芃对未来人生道路做出的规划，即以太子妃为职业起点，努力升职，先成为皇后，再登上太后的宝座。而张芃芃之所以近乎偏执地想要当上太后，是因为他清楚地意识到，只有在这个位置上，他的安危与荣辱，才可以真正由自己掌控。即使他的丈夫，贵为一国之君的齐晟终于回心

转意，屡次表白心迹，发誓要保护他，对他一心一意，却也并不能换来
张芃芃丝毫的动容。

> 我张了嘴想说，却又不知道能和他说些什么。我能告诉他说只
> 要他一天是皇帝，他就是我的主宰，当我的性命都握在他的手上的
> 时候，我怎么能不顾生死地去爱他。[①]

张芃芃想做太后，必然要先熬死齐晟，这份心思称得上大逆不道。
可即便如此，在小说的结尾处，齐晟还是苦心孤诣地伪造了自己意外身
亡的假象，亲手送张芃芃坐上他心心念念的太后尊位，随即隐姓埋名，
陪在他身边。仿佛一场轮回，又或是一声悠长的嘲讽，命运倒转，似又
回到原点。两人之间的权力秩序依然存在，只不过这一次，为人妾妇、
仰人鼻息，被人捏着性命的，是齐晟了。

从上面的描述中不难看出，《太子妃升职记》围绕性别秩序或性别经
验展开的讨论，其实称不上有什么格外深刻独到之处。而性转这个颇有
些特殊的设定在《太子妃升职记》的文本中所起到的作用，除提供必要
的叙事动力之外，本质上更像是一个"梗"[②]，插科打诨般制造出源源不断
的笑料，点缀在小说的字里行间。

与之形成鲜明对比的，则是创作思路恰好反其道而行之的《枕边有
你》（三水小草，晋江文学城，2019）。作者三水小草刻意采用"性转设
定"的目的，就是为了揭露隐藏在婚姻关系内部的性别冲突。小说的主
人公余笑和褚年是一对夫妻，在结婚三周年纪念日的当晚，他们魂穿到
对方的身体里[③]，与此同时，家中的墙上也突兀地出现了一个计分器，以

---

① 鲜橙：《太子妃升职记》第 110 章。
② 梗：指的是能够被反复引用、不断演绎，包含着一定信息量的桥段或流行语。参见邵
燕君主编《破壁书：网络文化关键词》，第 48—50 页，"梗"词条，该词条编撰者为高寒凝。
③ 除了"性转"设定之外，该小说还明显地采用了"互穿"设定。互穿，即两位主人公
互相魂穿到对方身上，是穿越设定的一个常见变体。非常耐人寻味的是，包括《枕边有你》在
内的很多小说中，魂穿设定已经剥离了"时间旅行"这个初始要素，而只剩下"离魂/附身"这
组动作。这更加凸显了一个事实，即对于魂穿设定而言，穿越时空并不是最核心的元素，"离
魂/附身"才是。

分值记录他们此刻的"相爱程度"，只有积分达到一百，一切才能恢复原状。无奈之下，婚后即辞职成为全职主妇的余笑，只得暂时以丈夫褚年的身体和身份接手了他在某地产公司的工作，谁料半个月后，却发现褚年早已出轨，计分器瞬间清零，自此开启了一段将错就错的交换人生。

在短暂的迷茫过后，余笑痛定思痛，开始全力推进某个曾经由褚年负责而如今却落在自己手上的旧城改造项目。她推翻了褚年原先的设计思路，极力主张增设一批包括女性职业培训中心在内的，能够切实解决当地民生问题的基础设施。这份改造计划处处渗透着余笑推己及人的同理心，以及对底层女性困境的细腻体察：

> 这句话并不温情，更不理想化，池董事长，要是不能在上课的同时兼顾家庭，会有多少家庭肯让原本在家里带孩子的女人出来学习呢？在男人看来，家庭和工作是可选项，在女人，啊，应该说是大部分女人身上，家庭就是蜗牛身上的壳子，走到哪里就得带到哪里，根本没得选。①

而原本忙于工作、对家务事不闻不问的褚年，却骤然陷落在方寸之间，承受着经济地位、家庭地位的双重失落。即使努力找到工作，开始自食其力，也难逃"公婆"的颐指气使和"娘家父母"有意无意的贬低打压。最为离奇的是，他甚至以余笑的身体经历了十月怀胎、孕期被公司辞退、剖宫产和哺乳等等痛苦煎熬。躺在病床上，他忍不住崩溃痛哭道：

> 我不是困在你的身体里，我他妈根本就是被扔进了地狱里！②

这一系列颠倒错乱而又对比鲜明的遭遇，将女性因肩负照料家庭、

---

① 三水小草：《枕边有你》第 23 章。
② 三水小草：《枕边有你》第 68 章。

生儿育女的责任而在婚姻生活和职场中被剥夺、被损害的创伤性经验，以极其朴素直观的方式呈现了出来。男女主人公披着彼此的皮囊重历人间，余笑继承了男性特有的职场优势，褚年则以切肤之痛换来了对妻子以及全体女性的同理心。杨玲、徐艳蕊合著的论文《网络女性写作中的酷儿文本与性别化想象》，曾经这样评价性转设定的女频穿越小说："……而两种性别的聚合，不仅意味着性角色的多元……而且意味着更多的自由，他／她可以同时用男性和女性的眼光去看待男性和女性，根据需求和意愿扮演自己喜欢的角色。更为重要的是，他／她借此摆脱或挑战了强加在女性身上的不公正的性别法则。"①

这段论述指出了"性转文"之中所蕴含的某种两性经验互相融合、性别本质主义的框架亦逐渐消解的可能。然而，并非所有包含"性转设定"的作品，都一定会延伸出针对性别问题的探讨。例如新海诚导演的动画电影《你的名字。》，虽然同样以男女主角交换身体作为核心设定，但该设定在整个剧情结构中的目的只是为了建构两位主人公之间的情感羁绊，至于魂穿前后二人性别倒错的状态，则因无关紧要而被一笔带过。

反观女频网文的创作，无论是以性别为"梗"的《太子妃升职记》，还是以性别为问题意识的《枕边有你》，这些作品都在不同程度上试图挖掘以性转设定探讨性别议题的可能性。通过将主人公的生命经验、身体经验颠倒反转，使得原本隐藏在常识、传统和日常生活之中的性别矛盾由视若无睹的常理、常态蜕变为怪诞疏离的奇观，为各式各样的讨论与实验开辟了无尽广阔的空间。

前文在分析清穿文普遍采用魂穿设定的原因时曾经指出，借助魂穿设定，女主人公原本大约20岁上下的年纪，就可以被修正到"有资格参加选秀或指婚给皇子"的13~16岁。这事实上意味着，清穿文女主在穿越前后的年龄变化，既是借助魂穿设定所达成的"果"，更是清穿文之所以必须采用魂穿设定的"因"。而当年龄成为可以任意流动的变量，各式

---

① 杨玲、徐艳蕊:《网络女性写作中的酷儿文本与性别化想象》,《文化研究》2014 年第 2 期, 第 166—179 页。

各样的另类尝试也就纷纷涌现出来：以年轻的灵魂体验衰老与死亡，又或者以成人的意识重新审视童年时光，生命经验的肆意冲撞与倒错无不将"魂穿"这个设定所蕴含的可能性发挥得淋漓尽致。

随着清穿文的式微①，在后起之秀"宅斗文"②的创作脉络中，"穿越女"的附身对象又进一步地走向了低龄化。《庶女攻略》（吱吱，起点女生网，2010）的女主人公罗十一娘被魂穿的时候，还不满 10 岁；《知否？知否？应是绿肥红瘦》（关心则乱，晋江文学城，2010）的女主人公盛明兰，则早在 5 岁那年就被来自现代的女主人公取而代之。作为宅斗文的

---

① "后清穿时代"女频网文的发展概况如下：依据故事发生的年代背景，女频网文大致可以分为"古代言情"（通常简称为"古言"）和"现代言情"（通常简称为"现言"）两大类。其中，古代言情这个类别，正是以"清穿文"的创作为起点。"清穿文"衰落之后，又一度被"宫斗文"和"宅斗文"所统治。而"宫斗文"与"宅斗文"的发端，虽几乎与清穿文同步，大范围流行的时间却要稍晚一些。2007—2009 年，《后宫·甄嬛传》（流潋紫，晋江原创网，2006）的连载渐入佳境，"宫斗文"也随之日趋鼎盛。"宅斗文"则以《木槿花西月锦绣》（海飘雪，晋江原创网，2006）、《蔓蔓青萝》（桩桩，晋江原创网，2007）和《明朝五好家庭》（扫雪煮酒，起点女频，2007）等作品的连载而缓缓蓄势，2009 年以后，终于在创作规模和流行程度上压倒了"宫斗文"。到 2012 年左右，"宅斗文"的集大成之作《庶女攻略》（吱吱，起点女生网，2010）和《知否？知否？应是绿肥红瘦》（关心则乱，晋江文学城，2010）先后完结，这一创作潮流亦逐渐归于平寂。

总体而言，"宫斗文""宅斗文"的叙事套路与行文风格的最终成形，有赖于两条创作脉络的合流。其中第一条脉络，正是包括清穿文在内的清宫剧同人创作，这类作品将女主人公的活动范围限定在了后宫与内宅，为孕育宫斗、宅斗相关的类型元素提供了土壤。而另一条脉络，则是创作者们基于对《红楼梦》的反复研读与咀嚼，最终形成的一整套有关古代贵族内宅的等级秩序、人际关系和一系列日常生活细节的公共知识。

如果按照设定来划分类型，那么在清穿文之后陆续流行起来的便是"女尊文"和"重生文"。这两种设定的出现，也大致与清穿文同步，但形成固定类型以及积累出一定规模的创作成果，则要等到 2008—2010 年。2010 年之后，"女尊文"的创作陷入瓶颈，日趋式微，重生却和穿越一样，不再与某个特定的类型捆绑，逐渐成为网络文学界一个常用的基础设定。

相对而言，在"现代言情"这一类别之下，却并未呈现出过于明显的类型更迭状况，而是大体上分成了几个较为主流的、不断有新作涌现的子类型。例如《何以笙箫默》（顾漫，晋江原创网，2003）开创的校园青春结合都市爱情的创作模式；由《泡沫之夏》（明晓溪，晋江原创网，2005）引领的"总裁文""娱乐圈文"潮流；以《翻译官》（缪娟，晋江原创网，2005）为代表的"职场文"；以《佳期如梦》（匪我思存，晋江原创网，2007）为代表的"高干文"等。

② 宅斗文：以女主人公在古代内宅之中挣扎求存的经历为主线的网文类型。与"宫斗文"共享着相似的逻辑，但由于故事展开的环境有所不同，因此在斗争的规则和策略上存在一定的差异。"宫斗文"则是以女主人公在后宫中不断斗倒竞争者，成为位分更高的嫔妃为主线的网文类型，旨在刻画后宫这个封闭环境中的主人公深陷丛林法则而不得不与人明争暗斗、挣扎求存的境遇，以及一步步登上高位、复仇成功的快感。

重要分支"庶女文"①的代表作，上述两部小说的故事主线都围绕着大家族中的内宅女眷，尤其是嫡女、庶女之间的争斗展开。等到女主人公和她的姐妹们陆续出嫁的时候，小说通常已经进入中后期甚至尾声。像清穿文那样专注于描写恋爱故事的小说，主人公以及笄之年初次登场，自然是非常合理的，但对于宅斗文尤其是嫡女文、庶女文而言，就显得有些太晚了。与此同时，成年人穿越成孩童，也相当于开启了"金手指"②，天生宿慧，还能争取到更多时间，慢慢梳理身边复杂的人际关系，为未来的宅斗生涯做足准备。

总体而言，在女频穿越小说之中，已经成年的主人公附身到少女或幼童身上，一直是十分普遍的现象，也自有其叙事层面和逻辑层面的必要性。然而，这种年龄上的小范围逆向流动，不过是令主人公重新经历了一遍孩童和青少年时期的生活，并没有带来什么新奇的体验。《老身聊发少年狂》（祈祷君，晋江文学城，2014）则另辟蹊径，讲述了26岁的女医生顾卿穿越成古代架空世界里一名五十多岁的国公府老太君的故事。

同样是魂穿，有人返老还童，有人却是未老先衰。当顾卿年轻的灵魂被囚禁在老婆婆的身体里，三十年的光阴就这样凭空消失，上一刻还单身未婚，转眼间已是三代同堂、丧偶寡居。肉身的衰老、迟缓与病痛，饮食起居和日常生活中的种种不便，都像钝刀割肉一般消磨着她的意志。然而，面对围绕在邱老太君身边的儿孙和侍女们，顾卿的心底还是生出了一念恻隐之心。她开始摸索着以长辈的身份庇佑他们，尝试在自己的

---

① 庶女文：在宅斗文中，有一种十分常见的套路，即强调女主人公的嫡出或庶出身份，并以此为基础设置小说的主要矛盾和人物关系。这类小说通常被称之为"嫡女文"或"庶女文"。在宅斗文中引入"嫡庶之分"作为核心设定，是从古典小说《红楼梦》中汲取的灵感。在《红楼梦》里，庶女出身的探春，容貌才华都极为出色，却始终对自己的庶出身份感到自卑。府中诸人也常有意无意提及此事，王熙凤就曾感叹道："只可惜她命薄，没有托生在太太肚里。"这种家族内部赤裸裸的等级差异令人印象深刻，也极大地启发了宅斗文的创作。然而，宅斗文对"嫡庶问题"的"重新发现"，既不是民俗学考古成果的展示，也绝非意在复兴古代内宅中的等级秩序。事实上，早期女频网文的创作队伍大多由职业女性或作为准职业女性的在校大学生构成，"宅斗文"中的各种明争暗斗所隐喻的其实是现代职场的经验：以"嫡女""庶女"之间的地位高低，对应职场新人在个人实力、工作经验及人脉背景等方面的差异，同时建构某种天然的竞争关系，以制造剧情结构中的矛盾与看点。

② 金手指：最初指的是用于修改电子游戏数值的作弊程序。在网络文学中，特指主人公所拥有的能够使其凌驾于众人之上的某种技能、物品或天赋。

社交圈里普及现代医学知识，自掏腰包赈济灾民……以一腔善念与慈悲，同这个陌生时空中的人们建立起深厚的羁绊。

直到邱老太君留给她的这具躯体罹患中风，半身瘫痪，不得不一边忍受着疾病的折辱，一边静静等待死亡来临的时候，顾卿回顾过去这一段光怪陆离的时光，却感到难以言喻的满足：

> 好的穿越能让她看到过去完全看不到的风景，了解过去完全不可能接触得到的人，从而知道人生百态绝不是一是一，二是二，不黑即白这么简单。
>
> 她觉得这趟穿越，让自己变得更好了。也许她穿的身体并不漂亮，连年轻和健康都没有，她也没有亲自做出什么大事，更没有迷倒几个年轻英俊的帅哥，但她对于这段特殊的经历，留下的依然是十分美好的记忆。
>
> 当她回首这段往事时，竟然从来没有过悔恨，没有遗憾，也没有不忍和对自己的谴责，没有任何挣扎犹豫，只有欢笑，欢笑，还是欢笑。
>
> 这岂不是很美好的事吗？ ①

早在网络文学诞生之前，以非人生物尤其是动物作为主人公的文艺作品，就已经十分常见，例如《搜神记》《聊斋志异》里的花妖狐媚、神仙精怪，又或是夏目漱石笔下那只目光犀利、言辞尖刻的猫，几乎可以说是见怪不怪。随着穿越小说的流行，魂穿设定中包含着的神话巫术元素，尤其是离魂、附身这组动作，也瞬间激活了志怪传奇与神魔小说中"人和动物彼此占据身体或轮回转化"之类的经典桥段，自然而然地衍生出一大批以魂穿设定为基础的"人穿动物""人穿非人生物"题材的创作。前文中提及的清穿文《四爷党》里，就曾出现过类似的桥段。

进入后清穿时代，相关题材的创作在女频网文中仍然层出不穷。例

---

① 祈祷君：《老身聊发少年狂》第214章。

如主人公魂穿成鸟的《鹦鹉》（惊鸿，晋江原创网，2007）、魂穿成狗的《宫斗不如养条狗》（风流书呆，晋江文学城，2013）以及魂穿成异世大陆[①]里拥有异能的类猫生物的《齐乐》（来自远方，晋江文学城，2017）等。除此之外，由陈词懒调创作并发表于起点中文网的《回到过去变成猫》（2013），也是"人穿动物"题材中的代表作，但由于是男频文，故暂时不纳入本书的讨论范围。

上述一系列作品横跨了清穿文、都市言情、宫斗和异世大陆等多个类型，由于魂穿设定的引入，主人公的生命形态变得越发复杂暧昧，也为这些常见的网文类型嵌入了人类与非人类的双重视角。其中，《四爷党》和《鹦鹉》是典型的言情小说，女主人公魂穿成小动物，主要是为了以宠物的身份与男主人公建立起另类的亲密关系，并借此挖掘他们不为人知的侧面。《宫斗不如养条狗》的主人公则是一位喜好玩弄权术，自以为能精妙地制衡前朝后宫诸方势力的皇帝，却不幸魂穿到一条宠物狗身上，从智珠在握的幕后操盘手沦落为弱小可怜的围观群众，却阴差阳错地窥探到许多隐秘的真相，也戳破了一系列"宫斗文"中常见的套路。《齐乐》将故事背景设置在阴冷残酷、丧尸横行的异世大陆，男主人公却以可爱猫咪的形象示人，还带着小奶猫一起流浪逃生，很大程度上中和了异世设定带来的惊悚感，为整部小说平添了几分亲切可爱。

不难看出，相对于魂穿之后变更性别和年龄的穿越小说，这类变更物种的作品既总结不出什么统一的叙事风格或类型，也很难单凭设定推导出小说的叙事动力与情节走向。就连人变成动物这样的创意，亦早有珠玉在前，称不上有什么新奇之处。但无论如何，作为魂穿设定的一个衍生脉络，它依然延续了该设定对于多重流动的身份认同与自我认同的探索，并使其进一步走向了常态化。

前文曾指出，魂穿设定所包含的离魂/附身这组动作，是对互联网时代网站用户或游戏玩家"登录账户/ID"这一虚拟化生存经验的隐喻。因此，在魂穿设定下，穿越文女主人公的生命形态，也可以被解读为类似

---

① 异世大陆：指某种完全由作者自己想象出来的世界观设定，大多包含西方魔法世界的元素，例如丧尸、吸血鬼和精灵等，主人公的性格和行事作风却往往很接近现代中国人。

"社交网络账号"或者"由玩家操控的游戏角色"那样的虚拟化身。随着清穿文的衰落，魂穿设定本身并没有发生什么显著的变化，但魂穿前后主人公的性别、年龄甚至物种等基本属性，却逐渐超出了"年轻的人类女性"这一限定范围，越发呈现出多样且流动的格局。

这便打开了一重全新的讨论空间，即魂穿设定下的穿越者在虚拟化身之外是否同样具备某种赛博格属性？赛博格的英文原文写作cyborg，由单词cybernetics（控制论）和organism（有机体）各自的前三个字母拼接而成。① 其中，控制论② 作为一门学科，研究的是有机体／生命体和机械的内部或它们彼此之间的控制与通信（即人机协同与人机交互），这两个概念结合在一起，指的就是"控制论的有机体，机械与有机体的混合物"③。从表面上看，魂穿小说的主人公形象似乎很难与赛博格联系在一起，然而魂穿设定所隐喻的"登录账号／ID"的动作却暗示着包括手机和电脑在内的各种智能电子终端的在场，以及这些终端在某种程度上成为网文作者／读者们的"义体"，并据此创造出"虚拟化身形态的魂穿小说主人公"这类人物形象的基本事实。④ 更为重要的是，自后清穿时代开始变得越发显著的穿越者身份认同的流动性，也与唐娜·哈拉维在《赛博格宣言》中所做的判断不谋而合，即赛博格混淆了人类与动物、有机体与机器、身体与非身体之间的界限，这既是对"白人男性父权制资本主义"的反叛，也"暗示了一条走出二元论迷宫的途径"。⑤

---

① 赛博格：这一概念诞生于1960年，由两位美国科学家克莱恩斯（Manfred Clynes）和克莱恩（Nathan S. Kline）提出。在他们的设想中，为了使人类能够适应未来在太空中生存的需要，可以通过机械和医学的手段改造人体，以增强人类的身体机能。

② 控制论：由数学家诺伯特·维纳（Norbert Wiener）创立于1948年的一套理论，其基本主张是认为生物系统本身的目的论行为本质上不过是和机器所共享的一套反馈机制。这极大地挑战了人文主义的话语体系。

③ ［美］唐娜·哈拉维：《类人猿、赛博格和女人——自然的重塑》，陈静译，河南大学出版社，2016年。

④ 即使不做上述分析，虚拟化原本也是控制论在20世纪80年代以后最重要的发展方向，而"虚拟化身"也完全可以被解读为虚拟身体与意识共同构成的控制论回路。

⑤ 这里的二元论指的是长期存在于西方文化中的为白人男性父权制资本主义的成立提供思想基础的一系列二元对立的概念，包括自我／他者、心智／身体、文化／自然、男性／女性、文明／原始……等等。参见［美］唐娜·哈拉维《类人猿、赛博格和女人——自然的重塑》，陈静译，河南大学出版社，2016年，第312—386页。

哈拉维在讨论"赛博格"这一概念时，曾分析过大量由女性科幻作家创作的科幻小说，这些作品所涉及的议题十分广泛，从基因工程引发的性别、种族和生殖问题，到后人类状况下的身体经验，无不呈现出惊人的创造力与先锋性。本章列举的诸多例证，却无一例外都是连载于商业文学网站的通俗流行读物。而那些包裹在魂穿设定中的复杂内涵，既然能够被这类作品吸纳，又与时间旅行设定、民间神话和巫术等元素杂糅共生，则恰恰证明了以赛博格为表征的后人类经验早已被数量庞大的网文读者感知为日常生活的常态。归根结底，赛博格是后性别世界的生物，网络也是一个身体缺场（body-absence）的空间，文本生产技术、网络舆论场中的思潮以及在网络平台上展开的创作行为之间总免不了互相裹挟、彼此缠绕。最终，又经过重重转译，并借由新的具身经验与表现代码创造出一个个全新的文本世界。①

此外，只要简单地回顾女频言情小说，尤其是古代言情小说的创作历程，便不难发现，从"清穿文"到"宫斗文""宅斗文"，表面上虽是波澜不惊，实则作为"罗曼蒂克1.0"时代言情小说内核的"浪漫爱情神话"，早已在新旧交替的过程中轰然崩塌，又逐渐被残酷的"职场逻辑"和"丛林法则"所取代。而这一微妙的转折，其实早在"清穿文"的创作中就已经显出端倪。

以《步步惊心》为例，作为"清穿文"最重要的代表作之一，从表面上看，它的整部剧情都围绕着女主角马尔泰·若曦的两段恋爱经历展开，是一部标准的言情小说。但耐人寻味的是，在与八阿哥胤禩的第一段恋情失败之后，若曦却并未选择挽回旧情或去别处寻找真爱，而是凭借着穿越者的"后见之明"，预知了八阿哥夺嫡失败的结局，出于恐惧和求生欲，转而寻求四阿哥胤禛的庇护。拓璐曾经在《穿越文——清穿："反言情"的言情模式》一文中，对她的这一行为进行过解读："若曦向四爷索取的也不是一心一意、相守终身、坚定不渝的爱情，而是让四爷答应将来一定会照顾她。当四爷承诺她以后，若曦第一次在穿越后的古代

---

① ［美］凯瑟琳·海勒：《我们何以成为后人类：文学、信息科学和控制论中的虚拟身体》，刘宇清译，北京大学出版社，2017年，第37页。

情爱关系中获得慰藉，这一慰藉并非来自于她钟情的男人，而是来自于未来拥有九五之尊身份和至高无上地位的人——唯有绝对的权力才能让她相对地安全。"①

尽管随着情节的推进，若曦与胤禛还是逐渐建立起恋爱关系，几分真情与心动，裹挟着赤裸裸的求生欲，互为表里，究竟孰真孰假，实在是"欲辨已忘言"，无论读者还是若曦，都难得糊涂了。正是在这两段恋情交替的瞬间，我们见证了通俗言情小说中并不多见的"职场逻辑/丛林法则"与"爱情神话"此消彼长的短暂博弈。

但如果仅止于此，似乎还远远称不上什么变革或突破。直到宫斗文横空出世，那颗粉红色的肥皂泡才终于被彻底戳破。在《后宫·甄嬛传》中，甄嬛一朝失宠就旋即大彻大悟，孤身杀回群狼环伺的后宫，不再对丈夫玄凌抱有任何期待，最终以"弑夫/弑君"的极端行为踏着旧情人的尸体走向了权力巅峰。

到宅斗文兴盛之时，"爱情神话"终于彻底失效，甚至沦为值得警惕的危险信号。不同于清穿文女主人公尚能隔三岔五地偶遇阿哥、暗送秋波，在规矩森严的内宅中，少男少女两情相悦、私相授受绝不意味着一段浪漫恋情的开始，反而是大祸临头的征兆。在《知否？知否？应是绿肥红瘦》中，女主人公盛明兰对于齐衡的屡次示爱，始终表现得无动于衷，便是权衡利弊之下放弃恋情、保全自身的冷静判断：

> 丹橘似乎想到了什么，又在明兰耳边低语："……那齐少爷为人和气，我瞧着他倒喜欢姑娘，怎么姑娘一副爱答不理？"
>
> 明兰转头，看着丹橘一脸如姐姐般关怀，压着极低声音，正色道："我知道姐姐是好心，可你也不想一想，他是公侯之后显贵之子，我不过是个知州庶女，上有嫡姐和出挑庶姐，这般无谓亲近，别到时候徒惹麻烦。"
>
> 真不好意思，她是功利现代人，那齐衡和她一不沾亲二不带故

---

① 邵燕君主编：《网络文学经典解读》，北京大学出版社，2016年，第191页。

三不可能娶她，这礼教森严古代难道两人还能发展一段纯洁"友谊"不成？哪怕当了她姐夫她也得避嫌，怎么想都想不出和这小子交好的必要性，反而处处是危险，一个闹不好惹着了那两个春心萌动的姐姐，那才是要命了。①

在盛明兰幼小的身体里，本就寄居着一个来自现代社会的、二十多岁政法系统公务员的灵魂。她冷眼旁观十来岁小男孩的旖旎情思，自然有一种过来人的不屑与世事洞明的优越感。值得注意的是，此时此刻，她更是在以一个"宅斗文"女主的身份，审视、嘲讽着言情小说"真爱至上"的类型传统。

二、女频耽美小说

1. 耽美文化及其在中国的传播

所谓"耽美"，通常是指（绝大多数情况下）由女性作者创作、视女性读者为预设接受群体，以女性欲望为导向的、主要发生在男性同性之间的爱情或情色故事。②或者换句话说，它是对两个"性别限定为男"的人物进行"角色配对"，并以此为前置动作的文化生产活动及其创作成果。它的最终呈现形式，包括但不限于小说、漫画、广播剧和视频等。在中国，广义上的耽美文化③，大体上由两个相对独立的源头融合演化而来。其中影响较大的一支，是 20 世纪 60 年代发源于日本的 BL/JUNE/yaoi 文化，另一支则是诞生于 70 年代美国科幻影视剧粉丝圈的 slash 文化。

---

① 关心则乱:《知否？知否？应是绿肥红瘦》第 26 章。

② 参见邵燕君主编《破壁书：网络文化关键词》，第 173—181 页，"耽美"词条，该词条编撰者为郑熙青。

③ 本节中提及的"耽美"，大致有两种含义：一种用于统称描写男性同性恋情的作品及其社群文化；另一种则特指它在华语地区（以中国大陆地区为主）的发展脉络，以区别于日本的 BL 文化和欧美的 slash 文化。

日本 BL（即 Boys' Love 的缩写）文化的始祖，是女作家森茉莉（も
り もり，mori mori）。她于 1961 年发表在主流文学期刊《新潮》上的《恋
人们的森林》（《恋人たちの森》），是公认的日本最早的 BL 小说。① 除
"BL"之外，这类作品及其粉丝社群文化在日语里还拥有"JUNE"和
"yaoi"这两个别称。其中，《JUNE》是一本专门刊登 BL 作品（体裁包
括漫画和小说）的杂志，创刊于 1978 年，2004 年正式停刊。在整个 20
世纪 80 年代，《JUNE》几乎是日本期刊市场上唯一的 BL 主题杂志，因
此也常被用来指代 BL 这个类型本身。Yaoi 的称谓，则来源于对某些包
含男性同性色情内容的同人创作的概述与评价，即"山なし、落ちなし、
意味なし"（yama nashi，ochi nashi，imi nashi），意为"无高潮，无结局，
无意义"，言下之意就是，"除了色情描写之外，什么情节都没有"。Yaoi
便是这句话的首字母缩写，日语一般写作やおい / ヤオイ，或根据日语数
字谐音写作 801。②

　　20 世纪 90 年代初期，部分 BL 小说 / 漫画逐渐从原有的小众杂志平
台脱颖而出，涌入日本的图书出版市场。由于题材和类型都过于新颖，
出版商只得暂时将其归类在"耽美"（たんび，tanbi）这个分类之下。③
耽美，即耽美主义（耽美主義，たんび　しゅぎ，tanbi syugi）的简称，
它是"唯美主义"（aestheticism）在日语中的译名，也泛指带有唯美主义
风格的作品。显然，这是一个为方便出版商及零售商进行分销推广而临
时指派的类型名称，尽管并非凭空捏造，也或多或少与当时 BL 小说 / 漫
画的创作风格存在契合之处，但本质上仍是一种误用。时至今日，"耽
美"在日语里也偶尔会作为 BL 小说 / 漫画的别称出现，不过，在日本
BL 社群内部，公认的常用称谓仍然是 BL 或 yaoi。

　　Slash，指斜线符号"/"。在英语文化圈的同人写作中，以"/"符号

---

　　① 《恋人们的森林》：森茉莉的这部小说不仅讲述了一段男性同性恋情，而且在结构、风
格和设定上，都对此后日本的 BL 文化产生了重大的影响。例如"攻"与"受"的角色区分、一
方拥有欧洲贵族血统，结局为一方死亡的悲剧等等。

　　② 参见邵燕君主编《破壁书：网络文化关键词》，第 173—181 页，"耽美"词条，该词条
编撰者为郑熙青。

　　③ 溝口彰子：『BL 進化論：ボーイズラブが社会を動かす』，太田出版，2015：48。

隔开两个角色，表示的是二者之间存在着某种形式的亲密关系。[①] 例如在科幻题材影视剧《星际迷航》（*Star Trek*，1966—　）的粉丝圈内部流行的以 "Kirk/Spork"（通常缩写为 K/S）为标签的同人创作，描述的正是这部系列剧集中的两个男主人公——联邦星舰企业号（U. S. S. Enterprise）的舰长柯克与科学官斯波克之间的同性恋情。事实上，与 K/S 相关的斜线同人（slash fiction）创作，正是 slash 文化的起源。值得注意的是，不同于日本的 BL 文化，slash 通常只包含同人创作，几乎不存在完全原创的作品。

20 世纪 90 年代中期，被日本出版商命名为"耽美"的日本 BL 小说 / 漫画，逐步经由台湾地区的译本传入大陆。相比 BL/yaoi 这样意味不明的英文字母，耽美作为一个陌生而又典雅的中文词汇，迅速地被华语地区的出版商及读者所接受，很快便成为这类作品的固定称谓，并沿用至今。此外，许多被中文耽美爱好者所习用的术语，包括"腐女"[②]、"CP"以及标记人物之间亲密关系的符号"×"等，也都来源于日本的 BL 文化圈，更进一步地证明了中文耽美文化与日本 BL 文化之间的传承关系。Slash 文化在华语地区则一直是相对小众的爱好。虽然也存在着"随缘居"（2001）这样的欧美影视同人论坛，但直到 20 世纪第二个十年，以漫威为代表的好莱坞超级英雄电影及一些英剧、美剧陆续在国内引起大规模反响，相关剧目与演员的粉丝数量与日俱增，并促成了中文互联网中所谓"欧美圈"[③] 的形成，slash 文化的影响力才逐渐开始有所提升。

此外，由于日本 BL 文化传入中国大陆的时间点恰与互联网的兴起同步，整个大陆地区耽美文化的发展、耽美社群的形成也在很大程度上

---

① 尽管存在部分例外，但以斜线联系起来的两个人物，在大多数情况下均为男性。

② 腐女：来源于日语单词"腐女子"（ふじょし，fu jyo shi），与"婦女子"（妇女）一词同音。由于"腐"字包含"腐坏""不可救药"等含义，因此，日本的 BL 爱好者往往会以自嘲的口吻自称为"腐女子"，表明一种"我早就已经腐烂、不可救药"的意味。参见邵燕君主编《破壁书：网络文化关键词》，第 182—187 页，"腐"词条，该词条编撰者为郑熙青。

③ 欧美圈：由欧美影视作品爱好者、欧美影视明星粉丝所组成的粉丝圈，阅读、翻译国外的斜线同人是该粉丝圈的重要日常活动之一。

依托于网络论坛、社区中的同好交流^①，可以说从诞生的那一刻起，就已经被打上了鲜明的新媒介属性。而反观早期的 BL 文化和 slash 文化，则往往以杂志、漫展和自出版作为主要的传播交流渠道。^② 20 世纪 90 年代末，中国大陆地区最早的一批耽美文学网站陆续成立，主要包括桑桑学院（1998）下属的"耽美小岛 / 唯美地带"版块、露西弗俱乐部（1999）等。这些网站在转载日本或台湾地区的耽美作品及资讯之余，也为当时的耽美爱好者提供了交流的平台，更间接刺激和鼓励了她们的原创行为。大陆地区最早一批尝试进行耽美创作的作者，也陆续从这些网站中涌现出来。

2003 年，晋江原创网正式成立。由于它对耽美写作始终保持开放态度，更为耽美作品设置了专门的频道和分区，因此吸引了大批作者进驻，迅速成长为华语地区规模最大的、包含耽美作品版块的商业文学网站，其影响力持续至今。此外，2017 年 6 月正式宣布开始商业化运营的长佩文学（其前身为公子长佩论坛）则是目前市面上少见的主打耽美小说的商业文学网站。十几年来，中国网络文学从无到有，逐步建立起完善的生产机制和成熟的商业体系，女频耽美小说作为"女性向"网文的有机组成部分也日益发展壮大，成为大陆地区以耽美为题材的文化生产活动中成果最为丰硕、商业化程度最高的一个门类。因此，尽管女频耽美小说并不是耽美文化的全部，也无法同中文网络平台上发布的各种其他形式的耽美创作（如漫画、视频剪辑等）割裂开来，但在落实到具体的讨

---

① 这并不意味着互联网是大陆地区耽美文化传播的唯一渠道，在 21 世纪初，大陆地区的图书市场上也曾出现过一些介绍日本 BL 文化的杂志，例如《耽美季节》《菠萝志》等，但其影响力还是无法与线上的粉丝社区相比。

② 北美科幻圈自 1939 年开始，就有例行举办粉丝集会的传统。集会上常设小型市场，供同人（包括斜线同人）作者们贩售自己的作品，斜线同人创作圈也会举办专门的斜线同人集会，如 IDICon 等。20 世纪 60 年代，这一集会形式被日本的科幻迷所效仿，很快又被御宅族们借鉴，并于 1975 年创立了目前世界上规模最大的漫画主题展会 Comic Market。包括该展会在内的各种"漫展"，也向来是日本 BL 同人漫画的重要销售平台。除此之外，进入商业出版领域的日本 BL 作品也一直层出不穷。而在中国大陆地区，漫展却直到 2000 年以后才陆续在北上广等一线城市出现，全国范围内的普及则要等到 2010 年前后。也就是说，耽美文化在大陆地区刚刚开始起步的时期，是很难借助漫展和同人志之类的渠道进行传播的。参见邵燕君主编《破壁书：网络文化关键词》，第 95—99 页，"漫展"词条，该词条编撰者为王玉玊。

论中时，连载于商业文学网站的原创（非二次创作）耽美小说仍将是本书最主要的观察对象。此外，女频耽美小说与"亲密关系实验场"之间的关联亦是显而易见，因此，对其粉丝社群及粉丝文化的考察，也是不可或缺的。

2. 符号"/"、符号"×"及攻与受

日本的 BL 文化与欧美的 slash 文化，尽管都是有关男性同性亲密关系的创作或想象，但作为两条独立诞生且几乎平行发展的脉络，二者之间也存在着许多微妙的差异。例如，当需要使用符号来标明两个男性角色间的配对关系时，slash 文化使用的是"/"（即 slash），BL 文化则以"×"表示。更为重要的是，上述两个符号的含义与用法也不尽相同，其中最本质的区别就体现在"攻受"角色的划分和为区分"攻受"而建立起来的一整套话语体系之上。

所谓"攻"与"受"，指的是耽美作品中的主人公在进行性行为（特指插入式性交）时所处的位置，其中插入方为攻，被插入方为受。其语源则分别来自日语单词"攻め"（せめ，seme，指进攻方）和"受け"（うけ，uke，指接受方）。只有以日本 BL 文化为源头及重要组成部分的东亚耽美文化圈（包括中文耽美文化），才会将"攻受"视作一组需要严格区分的概念。而"×"这个在 BL 文化之中居于核心位置的符号（也是亲密关系实验的核心符号），除了连接两个包含亲密关系的角色之外，也同时具备着区分攻受的功能：写在"×"符号之前的角色，固定为"攻"；符号之后的则为"受"。而在 slash 文化里，则并没有类似"攻受"的概念，以"/"符号连接的两个角色的先后位置，同他们发生性关系时的体位是没有必然关联的。①

乍看之下，"攻受"似乎与现实世界中男性同性恋社群内部通用的"0 号 /1 号"或"top/button"等概念类似。但值得注意的是，在 BL/ 耽美文化中，攻受角色的分配在绝大多数情况下都是非此即彼、不可流动的。

① 这也并不意味着斜线同人是完全不区分 0 号、1 号，或者 top、button 的，只是没有东亚的攻受设定体系那么固定不变且刻意强调罢了。

假设一位来自东亚耽美文化圈的作者，正试图创作以角色 A 和角色 B 为主角的耽美小说，那么，当她写出这对角色的"CP 名称"或"配对组合模式"的瞬间，例如"A×B"（或缩写为"AB"），则 A 为攻、B 为受的属性便会就此固定，不再更改。① 许多耽美爱好者甚至赞同"可拆不可逆"的观点，即宁可将一对 CP 拆开，也决不能调换他们的攻受位置。一旦出现身为"受"的 B"反攻"A 的桥段②，通常会引起相当一部分读者的强烈抗议。而上述这些刻板的规定，与现实世界中男性同性恋人群性爱活动的基本状况，其实是不太相符的。

3. 男性的"性客体化"作为一种认识性装置

显然，"攻"与"受"之间的角色分配，从来不只单单关乎于体位。基于性关系和社会关系之间的同构性，性爱双方的主动与被动状态往往与他们的社会地位高低息息相关③：插入这一动作本身，即是占有欲的体现和色情化的统治，而被插入则是对统治的色情化认可。④ 也就是说，在耽美文化中，不可逆转的攻受角色划分，完全有理由被视作一种人为设定的、亲密关系内部的等级秩序。这也正是耽美小说时常为人所诟病的重要原因之一。

与之形成鲜明对比的是，在大量针对欧美 slash 文化的研究中，斜线同人写作总是被认为"有助于反抗固化的社会性别特征，构建平等的恋爱关系"⑤。更有研究指出，斜线同人在描写柯克和斯波克这对人物时，会刻意地混合男女两性的性别气质，以塑造出某种近似于"双性人"

---

① 虽然存在某种写作"ABA"或"ABA 无差"，即表明 A 与 B 这两个角色间没有严格攻受区分的 CP，但也只在同人写作中较为多见。此类 CP 的出现，在一定程度上也与 slash 文化在中文互联网的传播有关，不能完全算作是日本 BL 文化和中文耽美文化的原生产物。

② 反攻：即受方在某次性行为中居于主导地位。这种剧情一旦出现在耽美小说中，往往会招致读者的反感。因此有经验的耽美作者如果一定要描写此类桥段，一般都会在小说的开头处事先说明，以示礼貌。

③ ［法］米歇尔·福柯：《性经验史》，余碧平译，上海世纪出版集团，2005 年，第 260—264 页。

④ ［法］皮埃尔·布尔迪厄：《男性统治》，刘晖译，海天出版社，2002 年，第 25—2 页。

⑤ ［美］亨利·詹金斯：《文本盗猎者：电视粉丝与参与式文化》，郑熙青译，北京大学出版社，2016 年，第 180 页。

（androgyny）的人物形象。① 国内的耽美研究领域也常挪用类似的观点，认为耽美写作表达了女性对于平等、纯粹的恋爱关系的向往，或有助于打破性别本质主义的偏见等。然而，尽管在女频耽美小说的创作实践中不乏能够支撑这些观点的作品，但攻受设定的客观存在，以及隐含其中的、亲密关系内部的等级秩序，却也在这一表述中被遮掩和回避了。②

从某种意义上说，同性性爱关系的确天然地符合安东尼·吉登斯提出的"可塑性性征"的相关特征，例如"性与生育相分离"的状态，以及"在亲密关系内部剔除性别权力秩序"等③。虽然这并不意味着同性恋一定会比异性恋更加接近理想中的"纯粹关系"，但斜线同人在不区分"攻受"的前提下对于同性恋情的艺术化呈现，倒也的确蕴含着打破异性恋的陈规旧律（生育恐惧、性别秩序等）、引导亲密关系走向平等的可能性。

詹金斯曾经对斜线同人中十分流行的一种亚类型——"初次"故事展开过研究，并将其叙事套路总结为"两个原本自认为是异性恋的男性不断突破同性社交与同性恋欲望之间的阻隔"，并最终互相袒露爱意，顺利进入某种性别认同自由流动的所谓"男性乌托邦"的故事。④ 这里提到的"同性社交"和"同性恋欲望"的概念，显然出自伊芙·科索夫斯基·赛吉维克（Eve Kosofsky Sedgwick）所提出的那个著名的分析框架"男性同性社会性欲望"（male homosocial desire）。赛吉维克认为，在同

---

① Patricia Frazer Lamb, Diane Veith. *Romantic Myth, Transcendence, and Star Trek Zines*// Donald Palumbo. *In Erotic Universe: Sexuality and Fantastic Literature.* New York: Greenwood, 1986, pp. 235–256.

② 这其中似乎暗含了一种指责，即攻受设定的存在伤害了网络耽美小说在性别观念上的进步性。这一指责本身当然没有任何合理之处，因为无论是斜线同人还是耽美小说，其创作的根本动力都是基于角色配对的亲密关系实验，以及对女性欲望的满足，而不是并从来不必然是宣传平权理念。此类研究所基于的文本也不免经过遴选。而即使斜线同人不包含攻受设定，在实际写作的过程中，也不能保证所有作者都不会将传统异性恋经验投射到两位主角身上。反之，耽美小说中其实也不乏颠覆权力秩序，将攻受置于平等地位的作品。

③ ［英］安东尼·吉登斯：《亲密关系的变革——现代社会中的性、爱和爱欲》，陈永国、汪民安等译，社会科学文献出版社，2001 年，第 37—38 页。

④ ［美］亨利·詹金斯：《文本盗猎者：电视粉丝与参与式文化》，郑熙青译，北京大学出版社，2016 年，第 196—209 页。

性社交 ① 与同性恋情之间本应存在一条连续的区间（continuum），使它们可以自由地流动转化，但相比于女性友谊和女性同性恋，"兄弟情谊"和"男性同性恋"之间却始终隔着一层厚厚的壁障。②

对于上述理论，上野千鹤子的解读方式显得颇为直白。她认为，由于男性同性性爱关系中的主动方占据了"性主体"的地位，被动方便不免沦为"性的客体"，同时陷入"被女性化"（ferminize）的危机。这正是同性恋欲望对男权统治所能造成的最大威胁：它使得统治阶级中的部分成员沦落到被统治者的地位。正因如此，男权社会对男性同性恋群体始终怀有极深的恐惧和警惕，以至于绝不能允许"兄弟情谊"和"同性恋情"在同一个连续区间内存在任何暧昧的平滑过渡关系，而是必须坚决地在二者之间建立起不可逾越的阻隔。也就是说，所谓的"男性同性社会性欲望"，即"压抑了性存在的男人之间的纽带"，是"建立在厌女症（misogyny）的基础之上，由同性恋憎恶（homophobia）来维系"的。③

有趣的是，当斜线同人的创作被认为打破了同性社交和同性恋情之间的人为阻隔，耽美小说之中非此即彼、不可流动的攻受角色分配，反倒在"确认并屈服于既定权力秩序"的前提之下，对男权统治构成了更为深度的冒犯：它永远会将作品中的至少一位男主人公（即"受"）——无论他实际上处于权力秩序的哪一方——限定在"性客体"的位置上，而且不惜以漫长的篇幅生动细致地呈现这具男性身体被"性客体化"（sexual objectification）④ 甚至"女性化"的全过程。

那么，如何才能使一名男性角色顺利完成"性客体化"或"女性化"的转变呢？问题的关键就落在了"快感"这个概念上。

---

① 上海三联书店的《男人之间：英国文学与男性同性社会性欲望》中译本，将 homosocial 译作"同性社会性"，此处还是译作"同性社交"更便于理解。

② ［美］伊芙·科索夫斯基·赛吉维克：《男人之间：英国文学与男性同性社会性欲望》，郭劼译，上海三联书店，2011年，第1—2页。

③ ［日］上野千鹤子：《厌女：日本的女性嫌恶》，王兰译，上海三联书店，2015年，第17—21页。

④ Barbara L. Fredrickson, Tomi-Ann Roberts. *Objectification Theory: Toward Understanding Women's Lived Experiences and Mental Health Risks*. Psychology of Women Quarterly, 1997(21): 173-206.

福柯在讨论古希腊人的自我治理技术，以及当时成年男性与男童之间的性爱关系时，曾指出其快感道德中的一个悖论，即所谓"有关男童的二律背反"。原本，按照古希腊的律法，人一旦在各种快感关系中扮演了被支配的角色，他也就失去了在公民活动和政治活动中占据支配地位的权利。但由于男童是未成年人，还没有获得被视作"男人"的资格，在这个意义上，他又暂时地符合快感对象的标准。然而，男童终有一日会长大成人，是以他又绝不能认同自己曾经作为快感对象的这一事实。而要化解上述二律背反，男童就必须在性行为的过程中彻底摒弃所有的肉体快感，避免沦为性快感的对象，只有这样，他和成年男性之间的性爱关系才是合乎道德的。①

根据凯瑟琳·麦金农（Catherine MacKinnon）有关"伪装性高潮"（faking orgasm）问题的论述，男性在性关系中的男子气概（即性主体地位），往往是通过性伴侣的高潮而获得证明的。也就是说，男性的性快感，本质上其实是一种因为"有能力提供快感"而生出的快感。正因如此，"伪装性高潮"才是最高形式的服从。②这一异性恋性爱经验，同样适用于耽美写作。因为对耽美小说而言，倘若未能充分地描述或暗示受方的高潮体验，不仅会使一段性爱描写显得枯燥无味、戛然而止，攻方的男子气概亦无从展现。总体而言，无论是古希腊时期的男童对于肉体快感的摒弃，还是耽美小说对"受"的快感的渲染，其实都指向同一个逻辑，即强调"快感"是"性客体化"过程的一个核心环节。

在过去的数十年间，中文耽美小说的创作历程，正是反复呈现着攻受设定、受方作为"性欲望的客体"以及"回应攻的欲望的快感符号"等现象及观念的过程。伴随着海量作品的冲击与裹挟，"观看／被观看"的场景亦不断复现，逐渐在耽美读者的脑海中固化成一套完整的"认识性装置"，即男性在性关系中是可以处在被动位置、可以被性客体化的。

---

① ［法］米歇尔·福柯：《性经验史》，佘碧平译，上海世纪出版集团，2005年，第264—268页。

② MacKinnon, Catherine. *Feminism Unmodified, Discourses on Life and Law*, Cambridge（Mass.) et Londres：Havard University Press, 1987, p. 58.

而这恰恰是男权统治一直以来极力想要掩盖的事实，并且显然位于绝大多数女性读者的知识盲区，倘若没有耽美文的流行，也很难在她们中间成为热门话题。①

与此同时，正因为大部分耽美作者、读者对于男性同性性经验的无知，这种脱离现实、非此即彼且不可逆转的攻受设定才会获得普遍的认可，并由此衍生出第二个"认识性装置"，即某一类男性因为具备"受"的属性，即便他拥有阴茎，也只能被视作性欲望的客体。

这里所谓"受"的属性，根据前文有关"萌要素"和"人设"的讨论，指向的其实是这样一个事实："受"是由若干能够回应"攻"的欲望的快感符号（作为一种萌要素／亲密关系要素）拼贴而成的。同时，由于绝大多数耽美作者的性别为女，基于自身有限的性经验，她们对于"能够回应一个男性（即'攻'）的欲望的快感符号"的想象，往往会不自觉地与"萌要素（亲密关系要素）数据库"中被认为具有女性气质的性感要素混淆起来，例如身材纤细、肤色白皙或性格温婉等，这同样显露出某种"伪装性高潮"的意味，因为事实上，她们永远也不可能真正地知晓男性同性性交的过程中被动方的快感是怎样的。

在第一章中，本书曾经将符合女性受众欲望模式的"亲密关系要素"归纳为以下两种类型：

> 一是糅合了权力与亲密关系，或暗示经由亲密关系分享权力的可能，同时与婚恋选择密切相关的各种符号，例如某些职业（象征金融资本的总裁、代表国家暴力机关的军人、警察，以及拥有知识与文化资本的律师、教授）或性格（温柔、霸道或花心）等；二是以男性的身体为载体，却更加接近传统意义上的"女性气质"，甚至挪用男性向"萌要素数据库"的性感符号。

---

① 这并不是在暗示耽美读者全部由女性或异性恋女性构成，只不过是因为本书研究的对象是"女性向"网文和网络亚文化，而当前中国的耽美读者群体也恰好主要由女性构成。这当然不免排除了一部分男性读者的经验，但也只是因为这部分经验超出了本书的分析框架，而并不意味着它们不存在。

事实上，在女频耽美小说这个领域——由于它商业化程度较高，更偏向于迎合主流读者的审美——我们几乎可以认为，前一类萌要素的拼贴组合，就是女频耽美小说中最常见的"攻"的形象，而后一类萌要素的拼贴组合，则是较为常见的"受"的形象。

以最符合攻受属性刻板印象的女频耽美小说类型"渣贱文"为例。渣贱文中的"渣贱"二字，是"渣攻"和"贱受"的缩写。其中，"渣攻"指的是因风流成性或满口谎言而总是使恋人受到伤害的攻方，与"渣男"几乎可以算作同义词；而"贱受"则是明知爱人三心二意、品行不端，却只一味地选择退避忍让，默默承受对方的欺辱与践踏的受方。也就是说，隶属于这一子类型的作品，都是以"渣攻"和"贱受"这对固定的配对组合为基础而衍生出的创作。作为业已流行了十年以上的经典类型，尽管一次次重复着同样的起承转合，也常被读者讽刺为滥俗老套，这一包含了虐恋元素的配对组合模式，却总是能够调动起作者们的创作欲，而且至今吸引着大批读者的关注与追捧。①

在众多女频耽美作者中，最以盛产"渣贱文"而知名的莫过于水千丞。其笔下的九部现代都市背景耽美小说，均发表于晋江文学城，创作时间的跨度为 2010—2016 年，且无一例外都可归类为"渣贱文"。② 小说中的九位攻方，甚至被粉丝凑成了一个偶像组合，戏称为"京城 188 渣男天团"③，在整个女频耽美小说圈内赫赫有名。现将九部作品中攻受双方的概况汇总如下④：

第三章 『女性向』网络文学：成为虚拟化身

---

① 在《一醉经年》（水千丞，晋江文学城，2015）第 57 章的"作者有话说"栏目中，水千丞曾经这样回应某些读者的抱怨："我该怎么解释呢，我就是喜欢这样的俗套狗血的虐梗，先虐受后攻中间各种误会你不爱我我又爱你我爱我又不爱你之类的情节，我就是喜欢，喜欢，喜欢，这就是我的萌点，我的萌点，我的萌点，我不打算写出新意，我要是喜欢这个梗一辈子不爬墙，那我以后的文还会充斥着大量的这种俗套的、毫无新意和创意的梗。"

② 这些作品包括《职业替身》（晋江文学城，2012）、《附加遗产》（晋江文学城，2015）、《谁把谁当真》（晋江文学城，2016）等。

③ 这些小说中的攻方身高都超过 188cm，且大多出身于京城权贵、富豪家庭。

④ 该表格以水千丞发布在新浪微博上的一张图表（目前已不可查看）为蓝本，也参考了其他读者的讨论。

表2　水千丞现代背景耽美小说主要人物信息一览表

姓名	属性	身高	外形／性格	背景	备注
邵群	攻	188cm	帅／傲慢／暴躁／风流／自负	军二代，商人	出自《娘娘腔》
李程秀	受	177cm	温柔无害／娘／自卑／外表柔弱内心坚强	普通家庭，厨师	同上
周谨行	攻	190cm	混血／表面温和儒雅／内在腹黑狠辣	豪门私生子，商人	出自《老婆孩子热炕头》
丁小伟	受	181cm	糙汉子／开朗／豪爽	普通家庭，司机	同上
李玉	攻	188cm	白皙俊秀／早熟／冷漠／校草／模范生	红三代，学生	出自《你却爱着一个傻逼》
简隋英	受	184cm	酷帅雅痞／自恋／强势／刻薄／傲娇	红三代，商人	同上
晏明修	攻	188cm	俊美／冷漠／忧郁	军三代，演员	出自《职业替身》
周翔	受	181cm	成熟开朗／豪爽大方	普通家庭，武替	同上
原炀	攻	189cm	霸道／暴躁／幼稚／任性／忠犬	红二代，退伍兵	出自《针锋对决》
顾青裴	受	182cm	腹黑毒舌／精英／事业心强	书香门第，总裁	同上
俞风城	攻	189cm	邪魅／自负／强势／鬼畜／有担当	军三代，特种兵	出自《小白杨》
白新羽	受	183cm	可爱开朗／爱闹爱撒娇／健气可爱	红三代，特种兵	同上
洛羿	攻	188cm	外表阳光／内心扭曲／情感缺失／冷酷	黑老大私生子，学生	出自《附加遗产》
温小辉	受	176cm	娘／泼辣／爱打扮／傲娇毒舌	普通家庭，造型师	同上
宋居寒	攻	188cm	混血／邪魅俊美／风流／自私／薄情	娱乐帝国太子，歌手	出自《一醉经年》
何故	受	183cm	刻板保守／工科男／严肃	普通家庭，工程师	同上

姓名	属性	身高	外形 / 性格	背景	备注
赵锦辛	攻	188cm	绅士 / 风流薄幸 / 游戏人间 / 爱撒娇	大财阀继承人，商人	出自《谁把谁当真》
黎朔	受	183cm	温柔优雅绅士 / 正直 / 成熟 / 温柔又薄情	富家独子，审计师	同上

　　首先，表中最直观的信息显然是攻受双方的身高差：攻最矮的也有188cm，受则一律低于188cm。其次便是攻受的阶层差异，攻通常非富即贵，且大致覆盖了总裁、军人及权贵二代等经典要素；受大多为普通家庭出身，或比攻的出身略低一些。再综合考察外形和性格等方面的特征，则受的形象大致可分为以下几类：一是娘娘腔型，非常明显的中性化甚至女性化的角色，如李程秀、温小辉；二是由原本出自男性向"萌要素数据库"，后来也慢慢演化为经典"受"属性的"萌要素（亲密关系要素）"，例如傲娇、毒舌等拼贴而成的"人设"，如顾青裴、简隋英；三则是在表内无法体现，但原作小说中时常显露出"性客体"的魅力和"对攻的欲望的回应"的角色，如黎朔。

　　当然，正如前文所言，由"188男团"领衔的这九组主人公，只是女频耽美小说中最符合攻受角色刻板印象的配对组合，或者换句话说，是符合主流读者偏好的配对组合。本书并不试图暗示这种区分具有彻底的普遍性，而只是指出其大致的趋势，至于各种各样的例外状况，必然也是十分常见的。事实上，耽美粉丝文化社群作为某种"亲密关系的实验场"，其社群成员对于特定角色攻受属性的判断，是完全可以"自由心证"的。女频耽美作者当然有权在作品中标定攻受关系，而读者也同样拥有不认可的权力。这便引出了一个更为复杂的命题：我们究竟应当如何判定人物的攻受属性？其标准何在？

　　通常情况下，在耽美粉丝社群内部，因观察视角或审美理念的分歧，同样一个人物，认为他适合当"攻"和认为他适合当"受"的人，很可能会各自占有一部分的比例。常见于耽美粉丝口中的术语"逆CP"，形容的正是这种"对方所认为的攻受顺序与自己恰恰相反"的状况。不过，即使判断攻受的具体标准对不同的耽美粉丝来说往往大相径庭，但相对通行的评价体系和评价方案也是客观存在的。

让我们首先来回顾"萌要素数据库"这个概念。事实上，作为和御宅族文化同根同源又相辅相成①的一种亚文化，耽美文化在诞生至今的几十年间也积累了一套独有的、可用于辅助判定攻受的"萌要素（亲密关系要素）"，例如在前面的表格中曾经出现过的"忠犬"②等。它往往分别与攻/受两个属性相结合，组成"忠犬攻"或"忠犬受"的"人设"。对一名经验丰富的耽美读者而言，在看到某某角色的人设是"忠犬"时，就已经能大致了解他的基本性格、行为模式，以及可能的配对对象了。例如"忠犬攻"（例如原炀）在耽美作品中最常见的配对对象，正是"女王受"（例如顾青裴）。

耽美读者对某个特定人物的攻受属性的判断，正可据此分成两个步骤。首先，从自己对人物的理解出发，提取出"萌要素（亲密关系要素）"，包括职业背景、着装外形、性格，甚至身高体型等。在这一步里，由于不同读者对同一角色的理解方式或多或少会有所不同，提取结果可能已经天差地别了。接下来，就是根据"萌要素（亲密关系要素）"来判断攻受。然而，具体某个"要素"应当归属为攻还是受，在耽美社群内部也有着截然不同的理解。仍以"忠犬"为例，认为"忠犬"必须为攻或为受，或二者皆可但需要结合文本来考察的读者，都是普遍存在的。总体而言，几乎每一位耽美读者都各自拥有一套相对固定的、私人化的理解人物/判断攻受的标准，这正是她们身为耽美读者所必须具备且不断地在实践中加以验证的能力。前文总结出的两类人设，则是这些判断标准中较为常见的版本。很多时候，与其说读者是在挑选感兴趣的作品，不如说是在寻找与自己判断标准相符合的作者。除此之外，资深的耽美读者甚至会形成某种思维惯性，即下意识地判断周围男性的攻受属性，

---

① 日本 BL 文化的发展，不仅依托于日本的漫画杂志出版体系，其产出的作品也是各大漫展、同人漫画店里的常客，还往往以漫画、动画同人的形式存在，无法与御宅族文化截然分割开来。

② 忠犬：指忠诚、听话、懂事，仿佛大型犬一般的角色。

例如男艺人的攻受、历史人物的攻受，甚至某件无机质物的拟人化形象的攻受等。

也就是说，尽管具体的标准千差万别，但对于任何一名耽美读者而言，总会有一些角色在她的判断标准中是注定被识别为"受"的。无论属性是攻还是受，耽美小说的主人公总是处在被观看和被展示的位置，而受的形象由于同时被读者和攻方的双重目光所凝视，被编码为（符合某个特定读者性癖的）具有高度视觉冲击力和色情感染力的形象[1]，也就不足为奇了。而这一切，都在反复撩拨着耽美读者对被她判断为"受"的人物（包括真实存在的人类和虚拟人物）的情欲。

此时，前文所论证过的将男性识别为"性客体"的认识性装置，便会开始启动：在女性耽美读者看来，"受"当然是只能作为被动方、作为性欲望客体的存在。那么，她们业已生成的性张力将以何种方式得到释放？

在这种情况下，流行于中文耽美社群之中的"幻肢"概念，也就应运而生了。

4. "幻肢态"与耽美读者的"虚拟化身"

"幻肢"，指的是女性耽美读者在假想中拥有的阴茎。[2] 这一概念在中文网络耽美社群中的广泛使用，大约始于 2012 年前后。[3] "幻肢"的语源出自"幻肢痛"（Phantom-limb pain），作为一个医学领域的专有名词，它指的是一种主观感觉到被截除的肢体仍然存在的不同程度、不同性质的疼痛，常见于截肢手术病例的术后并发症。[4] 由其含义不难推断，"幻肢"这个概念本身是不可能单独成立的，是"痛"的感觉反过来定义了那段已经被截除的肢体的（想象性的）存在。

---

[1] ［法］克里斯蒂安·麦茨、吉尔·德勒兹等：《凝视的快感：电影文本的精神分析》，吴琼译，中国人民大学出版社，2005 年，第 8 页。

[2] 有关"幻肢"的常见用法包括"我的幻肢蠢蠢欲动""掏出幻肢""幻肢硬了"等。

[3] 这一时间节点是通过在搜索引擎的设置页面限定搜索结果的时间范围，逐年排查所得。

[4] Flor H. *Phantom-limb Pain: Characteristics, Causes, and Treatment.* Lancet Neurology, 2002, 1(3), pp.182–189.

当这个概念被耽美粉丝社群挪用，以指称耽美读者存在于想象中的阴茎时，它同样不可能凭空出现，除非这一虚幻的身体器官发生了某种反应。事实上，每当（性别为女的）耽美读者高喊着"我的幻肢蠢蠢欲动"的时刻，都必然伴随着一次本就包含在这个概念内部的属于女性耽美读者的勃起动作。而这一勃起动作的发生，却又反过来提示了一个性欲望客体——即上一节末尾处所讨论的，那个被耽美读者判定为受的男性身体——的存在，以及与之相关的性张力得到释放的可能。

一具长有阴茎的女性身体，这听起来的确惊世骇俗，却也并非中文耽美社群所独有的想象。只不过，在当代东亚地区的色情亚文化中，对于雌雄同体的身体的描绘，几乎都曾受到过耽美文化的影响。永山薰在《色情漫画研究：作为"快感装置"的漫画入门》中，就曾对日本男性向色情漫画体系内部以性别错乱为卖点的一系列边缘亚类型的诞生史进行过梳理，例如人妖、扶他①和性转等。永山薰将此类漫画的核心特征总结为"将生物性别意义上的男性视为性欲望的对象"，并认为虽然包含这种性倾向的作品也曾零散地出现过，但真正形成创作脉络却是受耽美漫画（20 世纪 70 年代开始流行）影响的结果。②大塚英治总结道，80 年代日本男性向色情漫画最重要的一个特征，就是色情场景中性侵主体的隐匿：本应作为性侵主体的人类男性，都被置换成了章鱼的触手、机器人等。这恰好与同时期的耽美作品中男性成为性欲望客体的脉络相呼应。而促成这一隐匿趋势的深层动力，则是当时少女漫画的创作中女性作者对自我性意识、性欲望的表达。这深深地冒犯着男性向色情漫画的作者 / 读者，并促使他们逃离了原有的主体位置。③

阮瑶娜在她的硕士学位论文《"同人女"群体的伦理困境研究》中，

---

① 扶他：日语"二形"（ふたなり）一词的音译，意谓二者兼备，指同时具有男女两性气质或性器官的人。扶他对角色的具体身体形态并没有明确的限定，但近来，许多女性同性色情题材的漫画常常会给外表为美少女的角色画上阴茎，并归类于扶他，看起来与耽美读者的幻肢态十分接近。

② 永山薰：『エロマンガスタデイーズ：「快楽装置」としての漫画入門』，筑摩書房，2014：270—272。

③ ［日］大塚英治：《"御宅族"的精神史：1980 年代论》，周以量译，北京大学出版社，2015 年，第 64—74 页。

曾经记录过这样一段观察：

> 但近来有一种现象正在普遍化：很多同人女反映，她想做一个男性，而且是一个同性恋男性。也就是说，她的生理性别是女性，她的社会性别是男性，她的性倾向是同性恋。她是女人，她爱男人，但是她不想作为一个女人，而是作为一个男人来爱男人。比如看到某个漂亮的男生，第一反应就是"如果我是男生就可以把他娶回家了"而不是一般女生的"好想做他女朋友"。①

这段话中尤为值得注意的细节，在于那个"娶"字。这种措辞方式隐含着一个判断，即这位耽美爱好者认为，自己心仪的那个"漂亮男生"应当是耽美设定中"被女性化"的受方。该论文完成于 2008 年，那时，幻肢这个概念尚未在耽美社群中普及，但哪怕仅仅从文本出发，也足以感知到一种新的性爱模式的孕育和诞生。这是身为女性的耽美读者对一个被她识别为受的男性的爱意，及由这种爱意而生发出的变身为男性与之相恋的冲动（姑且命名为"幻肢恋"）。在这里，变成男人，实质上是要获得成为攻方的资格，或者换句话说，是想要获得阴茎。

倘若重新辨析"幻肢痛"这一幻肢概念的语源，便不难发现，作为一种截肢手术的术后并发症，它显然隐含着一段通过手术截除肢体的"前史"。也就是说，此刻因幻想中的痛觉而被感知到存在的肢体，的确是患者曾经拥有过的。以此类推，耽美读者的幻肢，或许也可以被认为是她们"曾经拥有"而又被截除的阴茎。这完美对应着精神分析理论中的一个核心概念，即女性的"阉割情结"（castration complex）。阉割情结

---

① 阮瑶娜：《"同人女"群体的伦理困境研究》，浙江大学硕士学位论文，2008 年，第 18 页。"同人女"在某些语境下可以被视为耽美爱好者、腐女的同义词，但这实际上是一种误用的结果。误用的原因出自早期中国大陆地区的耽美论坛，由于当时转载过来的绝大多数同人作品都是耽美向的，而"同"这个字又令人联想起同志、同性恋，于是"同人"和"耽美"的词义就逐渐混淆起来。又因为耽美爱好者多为女性，故称为同人女。但事实上，"同人"的词源是日语中的"同人志"，即同人社团自行出版的刊物，后来衍生出二次创作的含义。阮瑶娜此处所采用的，就是这个误用义项。

起源于"阴茎嫉妒"（penis envy）。[1]在弗洛伊德的论述中，处于前俄狄浦斯阶段的女童的力比多（libido）活动与男童一样指向母亲。而她最终成为异性恋、走向"女性气质"，正是出于缺少阴茎的自卑感，即承认自己"被阉割"的事实。[2]

由于"幻肢"的显身直接奠定了女性耽美读者在一段虚拟化的性爱关系中的统治地位，反而因此表露出她们对于被阉割这一事实的某种混杂着自卑与自恋的复杂情绪。当然，"幻肢"作为一根模拟的、被想象出来的阴茎，一个伴随着性唤起动作召之即来挥之即去的道具，它在各种意义上都与假阳具（dildo）这个概念更为接近。而借助假阳具——一个再明显不过的菲勒斯（Phallus）的象征物——与被指认为受的男性发生性关系，这种无视于真实存在的同性性经验（尤其是女同性恋的性经验）而局限于特定的异性恋性爱模式的情欲想象[3]，似乎又陷入了某种阳具中心主义的、异性恋与父权制概念的再生产。

然而，假阳具也好，幻肢也好，它们毕竟不是任何人身体上的常备器官，也非有机体。这事实上正意味着，假阳具/幻肢对性行为的参与和操控，使得性快感的实现脱离了性别身份的框架而游离在了身体之外。这正与朱迪斯·巴特勒（Judith Butler）所论述的，由阴茎向身体任意位置位移的女同性恋菲勒斯[4]颇为类似，甚至更为激进。也正因如此，幻肢/假阳具的存在，便以某种看似召唤着菲勒斯的情欲想象，消解了菲勒斯的中心地位。

与此同时，幻肢的显与隐，也提示着耽美读者身体的二重性：当幻

---

① ［德］弗洛伊德：《弗洛伊德文集3：性学三论与论潜意识》，车文博编，长春出版社，2004年，第594—596页。

② ［美］盖尔·卢宾：《女人交易：性的"政治经济学"初探》，载［美］佩吉·麦克拉肯《女权主义理论读本》，广西师范大学出版社，2007年，第57—67页。

③ 乔安娜·拉丝（Joanna Russ）曾经指出，在早期的斜线同人写作中，存在很多明显违反男性同性性经验，而只是简单挪用了异性恋性经验的描写。参见 Russ, Joann. *Pornography by Women, for Women with Love*//Hellekson, Karen & Busse, Kristina. *The Fan Fiction Studies Reader*. Iowa City: University of Iowa Press, 2014。

④ ［美］朱迪斯·巴特勒：《身体之重：论"性别"的话语界限》，李钧鹏译，上海三联书店，2011年，第75—78页。

肢随想象中的勃起动作出现时，她们的身体便会呈雌雄同体（androgyny）状（姑且称之为"幻肢态"）；而当性欲消退，勃起动作不复存在，则又会还原成正常的女性身体。这至少意味着三个事实：第一，幻肢实质上是一个可拆卸的（假阳具状的）义体，不会永远附着在身体之上，而所谓的"幻肢态"，也因此成为标准意义上的"赛博格"（cyborg）；第二，"幻肢态"并不是女性耽美读者身体的常态，而只是她在必要的情况下可以进入的一个"虚拟化身"；第三，"幻肢态"的出现，否定了耽美读者自然身体的唯一性，并促使她们演化成了某种可以自由切换性别属性的、流动的生命形态。

总而言之，"幻肢恋"作为女性耽美读者与一个"受"属性的男性之间的虚拟性爱关系，它之所以能够顺利完成，理应归功于幻肢的显身。而这个显身动作，也恰好是她进入一个被命名为"幻肢态"的"虚拟化身"的标志。在这个意义上，"幻肢恋"作为流行于中文耽美粉丝社群中的新型性爱模式，就和"虚拟性性征"的两大要点"成为虚拟化身""与另一个虚拟化身或虚拟实在恋爱"完美契合了。

而在耽美文化研究者沟口彰子看来，BL 作品中所虚构的男性之间的性爱关系，其实并没有那么重要。BL 文化的真正意义就在于，它是由女性作者 / 读者所构成的 BL 粉丝社群借助 BL 作品的文本和评论而展开的一场虚拟性爱。沟口彰子将其定义为"虚拟女同性恋"之间的性爱关系，只不过性爱双方交换的不再是体液，而是文字片段。[1] 至于 BL 作品中登场的攻和受们，又何尝不是女性作者欲望的投射与展演。毕竟，不需要男性的参与、由女人来满足女人的欲望，这才是"女性向"文化生产 / 消费的本质。

有趣的是，所谓"虚拟女同性恋"的性爱关系，也同样符合"虚拟性性征"的所有定义。在网络时代，耽美读者融入耽美粉丝社群的主流方式，就是利用社交网络、文学网站或实时通信软件上的"用户账号 / ID"加入相关的话题讨论，而网络 ID 正是标准意义上的虚拟化身。也

---

① 沟口彰子：『BL 進化論：ボーイズラブが社会を動かす』，太田出版，2015：230—238。

就是说，网络时代的耽美读者在进入耽美粉丝社群的瞬间，就已经是以虚拟化身的形态存在了，此后无论是通过文字、图片还是语音进行交流，根据沟口彰子的假设，都可以被视作某种网络虚拟性爱。

此外，沟口彰子还宣称，BL作品中所描绘的阴茎，其实早已被改造得脱离了该器官在现实世界中的生理属性，而化身为耽美读者所共有的虚拟器官。这或许正是中文耽美粉丝社群中的幻肢概念的原型。

三、"女性向"网络同人小说

1. "女性向"网络同人小说的定位

在过往的二十年间，许多网站及网络平台，如桑桑学院、晋江文学城论坛下属版块"同人文库"（即"36大院"）、百度贴吧、网易轻博客LOFTER以及新浪微博等，都曾因为各式各样的原因，如创始人的倡导、网站架构便于用户展开交流和讨论，又或者因为某项功能（例如LOFTER的标签系统）契合同人作品的分类与传播规律等，陆续汇聚起一批又一批主要成员为女性的同人粉丝社群。而随着"泛娱乐"产业链的成熟，近年来，"女性向"同人文化还为互联网资本所主导的文化创意市场输送了海量的"无酬劳动"，逐渐成为受人瞩目的网络文化现象。

本书在第一章和第二章中，已经零星地涉及了一些中文网络平台上的同人创作情况。显然，相比起女频网文、偶像粉丝文化和二次元游戏产业，同人活动所呈现出的角色配对动作的步骤与细节，应当是更为纯粹、清晰且直观的。然而，作为借用流行文化文本中的人物形象、人物关系、基本故事情节以及世界观设定所展开的二次创作，它与上述一系列圈层之间又无法构成并列关系，而实际上是它们的衍生产物。更为重要的是，同人一方面内嵌在女频商业文学网站的架构中，例如晋江文学城的"衍生/轻小说区"就包含有大量付费阅读的同人创作，另一方面又和女频原创网文的发展历程纠缠不清，如"清穿文"等；与此同时，"耽美"这个概念也很难与同人切割开来，因为耽美文化的重要源头之一

"slash"，就是不折不扣的同人创作。况且，同人也并不专指同人写作，同人视频剪辑、同人漫画和同人音乐，也是同人活动的重要组成部分。

综上所述，无论将同人创作放置在本书的哪个部分进行讨论，似乎都是不恰当的。更为困难的是，由于同人粉丝社群的总量极其庞大，规模有大有小，活跃时间也不尽相同，几乎不太可能在较短的篇幅内对其发展历程予以概述。然而，在"女性向"网络同人的创作潮流和原生设定中，又确实存在着一些与"罗曼蒂克2.0"相关的元素。据此，本书的处理方式是暂时将同人小说这一脉络视为"女性向"网文的一个有机组成部分，搁置对其历史沿革的梳理，而只从中遴选出个别适宜的观察对象，例如"泥塑"和"ABO"等，再逐一展开讨论。

2. "幻肢态"的粉丝与"泥塑"的偶像

"泥塑（逆苏）"即"逆向玛丽苏"的缩写，是近年来小范围地流行于中国内地流量明星粉丝圈的、某种针对男性偶像的审美趣味与审美想象，也泛指由这一审美想象引发的同人创作。如前文所述，"玛丽苏"这个概念指代的是某种"过度自我投射的写作倾向"，多数情况下表现为女性作者将自己本人幻想成故事中的万人迷女主角，与好几位优秀的男性角色发生暧昧的叙事套路。而"逆向玛丽苏"则是对玛丽苏叙事的反转：通常情况下，大部分男性偶像的女粉丝都更倾向于把这类玛丽苏式的"人设"安置在自己身上，如想象偶像是自己的男友、老公等；泥塑粉的欲望模式则与之完全相反，在她们看来，自己的男偶像，才是颠倒众生的玛丽苏本人。

与"玛丽苏"同人小说类似，由"泥塑"这种审美想象衍生出的同人创作也形成了一定的叙事套路。其中较为常见的，则有"小妈文学"和"嫂子文学"等。顾名思义，这类题材的同人小说主要着重于渲染男主人公对自己的继母或嫂子产生的背德欲望。显然，在这组三角关系的三个角色中，继母／嫂子总是由男偶像（通常不包含性转设定，该角色的生理性别仍然为男性）担当，继子／弟弟便是作者自己（或代入其中的读者），而那个很少出场却又作为家庭权力的象征符号而无所不在的父亲／

哥哥，则通常是一个面目模糊的原创人物。

显然，在这类作品中，"泥塑化"的男偶像正是被解读出近似于"受"的属性，并且由能唤起男性性欲望的、指向某种理想女性形象的"萌要素（亲密关系要素）"拼贴而成的"人设"。作为读者或作者的女粉丝，也在这一性欲望客体的刺激下化身为"幻肢态"。正是在这一刻，她们的"阉割情结"亦被骤然唤起，只得在恐慌与不安中下意识地为自己的"女神"（即男爱豆）寻找另外的合法配偶，即粉丝们在潜意识里所认同的因为真正意义上拥有菲勒斯，进而有资格拥有"女神"的一位父权制家长，例如自己的父亲或哥哥。

就这样，泥塑题材同人的作者/读者们，作为觊觎父兄的女人的"儿子"或"弟弟"，始终左右摇摆于被阉割的恐惧和惊觉自己早已被阉割的焦虑中。而小妈和嫂子这两种泥塑同人最常见的主人公形象（也是男性向色情文学中的经典角色类型），事实上也正是泥塑粉在探索某种流动性的身体（虚拟化身）和流动性的菲勒斯的可能性的过程中，由于尚未生产出独属于自己的话语和叙事策略（玛丽苏文学则有"灰姑娘"和"霸道总裁"等），又被阉割情结所压抑，从而形成的某种实际上以男性向色情文学为灵感的独特性癖。

3. ABO 设定与自然身体的边界

"ABO"（Alpha Beta Omega Dynamic）指的是耽美同人写作中一个十分常见的设定，它假定人类除了男女两种性别之外，还存在三种副性别，即 Alpha、Beta 和 Omega。其中 alpha 无论男女都长有阴茎，性格好斗、生殖力极强，处于社会的统治阶层；Omega 则无论男女都有子宫，能孕育后代，会周期性地进入发情状态，同时散发出"信息素"（Pheromone），诱使 alpha 与之发生性关系；Beta 在 ABO 社会中的作用常被比喻为工蜂，他们同时拥有男女两性的生殖器官，但生殖功能并不发达，繁衍对他们来说也不是头等大事。[1] 主副性别相结合，就产生了六种

---

[1] 事实上，Alpha 和 Omega 这两种性别也同时拥有两性的生殖器官，只不过 Alpha 的子宫特别不发达或先天缺失，Omega 的阴茎也同理。

性别可能，例如女性 alpha、男性 beta 等，以此类推。[①] 而 ABO 文的写作，正是以这六种性别两两排列组合所形成的角色配对关系为基础的。

ABO 设定起源于欧美的 slash 文化圈，在 20 世纪 90 年代美国电视剧《X 档案》(*The X-Files*) 的粉丝社群中已经出现，最新的一波流行热潮则是在 2011 年之后，由美剧《邪恶力量》(*Supernatural*) 的同人创作活动所引发的。中文同人粉丝社群开始接触到 ABO 设定，通常被认为与英剧《神探夏洛克》(*Sherlock*) 同人小说的中文译介有关。[②]

在真实的人类社会中，生殖器官是从生理上区分男女性别的基本依据，两性之间的权力秩序也正是在此基础之上建构而成的。ABO 社会则以雌雄同体为常态，生殖器官的差异主要由副性别，即 ABO 提供。也就是说，ABO 设定意味着在字面意义上彻底抽空、抹平了"男女"性别的二元对立，主性别之间的同性性爱关系不再构成禁忌；而 Omega 定期发情的设定，也使得小说中穿插的情色描写显得更加信手拈来。这一切，都为耽美同人的创作提供了天然的便利。

然而，这并不意味着性别间的权力秩序在 ABO 社会中早已消亡，事实上，它只是从男女转移到了 AO。换句话说，ABO 文中最为流行的"男 A×男 O"配对，已成为事实上的异性恋关系。他们的结合被社会主流价值观所推崇，可以和人类社会中的异性恋情侣一样合理合法地恋爱、结婚、生育子女。"男 A×男 O"配对的 ABO 文，因此常被诟病为披着耽美外衣的言情小说。然而，正是基于这种性别秩序的错位，许多原本加诸女性身上的歧视，例如母职惩罚、荡妇羞辱等，也随即转移到男性 Omega 身上，由此形成了一幕幕荒诞而又倒错的戏剧场景。

与此同时，在最流行的"男 A×男 O"配对之外，"男 A×男 B""男 A×男 A"和"女 A×男 B"的配对也早已算不上稀奇，就连"女 A×男 O"配对，也随着近年来《神奇女侠》(*Wonder Women*) 和《雷神 3》

---

① 邵燕君主编：《破壁书：网络文化关键词》，第 208—218 页，"ABO 设定"词条，该词条编撰者为郑熙青。

② 郑熙青：《Alpha Beta Omega 的性别政治——网络粉丝耽美写作中女性的自我探索与反思》，《中国图书评论》2015 年第 11 期，第 18—27 页。

（*Thor 3*）等超级英雄电影在全球的热映而风靡一时。这类影片中所塑造的强悍而又极具统治力的女性超级英雄和女性超级反派形象，在各类 ABO 设定的同人文中自然而然地获得了女性 Alpha 的性别身份，而她们的伴侣则大概率被写成男性 Omega 或 Beta。这类"女 A × 男 O"配对的同人文，CP 双方一边是长着阴茎的女性身体，一边是拥有子宫的男性身体，如此一来，所谓的"幻肢恋"也就在 ABO 设定的框架内从生理层面上被合理化了。

ABO 设定对于性别想象、性别认同的颠覆作用，固然是难以估量的，但这一设定更具启发性的地方在于，ABO 社会中的人类身体是融合了多种非灵长类动物的生理构造才得以创造出来的。如犬类的阴茎结，鸟类、爬行动物的泄殖腔等，再加上雌雄同体的基础设定，人类身体结构的自然性和本质性被彻底颠覆了。倘若将 ABO 设定下的身体视为他者，或许能够引起一些反思：人类身体的生理构造其实既不完美，也不必然，不过是漫长演化道路上突然出现的一种可能性罢了。事实上，有相当数量的 ABO 文，都会将 ABO 副性别的形成设定为人类在进入宇宙时代之后经过长时间演化的结果。这既拓宽了网文读者对于自然身体边界的认知与想象，与此同时，更是对自然身体唯一性的消解。

结　语

在第三章中，本书逐一分析了"女性向"网文最重要的三个组成部分：女频言情小说、女频耽美小说和"女性向"同人小说，并从中提取出魂穿设定下主人公的"虚拟化身"形态、耽美读者的"幻肢态"以及同人创作中的"泥塑"审美与"ABO 设定"等关键概念。它们既是在"女性向"网文的创作 / 接受环节之中司空见惯的常态，也隐喻着互联网时代最普遍的虚拟化生存经验，以及"虚拟性性征"的第一个步骤——"成为一个虚拟化身"。

　　总而言之，尽管"女性向"网文从文本层面来看，仍然延续着许多传统言情小说的创作风格与手法，许多作品粗粗读来也不过是十分老套的浪漫爱情故事，然而，"罗曼蒂克2.0"的一些细小烙印还是不断地从字里行间渗透出来，遥遥地指向了前方那个晦明不定的未来。

第四章
"女性向"网络亚文化：人机协同演化

　　根据《关键概念：传播与文化研究词典》一书中的描述，"亚文化"（subculture）指的是"更广泛的文化内种种富于意味而别具一格的协商（negotiations）。它们同身处社会与历史大结构中的某些社会群体所遭际的特殊地位、暧昧状态与具体矛盾相应"。① 这段话揭示了伯明翰学派对于亚文化及其相关现象的一些基本看法，如具有"抵抗性"，是"风格化"的、"边缘性"的，等等。② 总体而言，亚文化是一种有别于主导性文化（dominant culture）的、只流行于特定社会群体（某个人种、年龄层或地域）中的文化现象。

---

　　① ［美］约翰·费斯克等编：《关键概念：传播与文化研究词典》，李彬译，新华出版社，2003年，第281页。
　　② 胡疆锋：《亚文化的风格：抵抗与收编》，首都师范大学博士学位论文，2007年，第11页。

本章的研究对象是"女性向"网络亚文化中的"罗曼蒂克2.0",其中,"女性向"标明了这类亚文化的边界与覆盖人群,"网络"则限定了它们的主要传播媒介。具体涉及的圈层则包括以流量明星粉丝为主导的偶像粉丝文化,以及二次元、游戏文化中的"女性向"部分等。不过,尽管以"亚文化"为名,但考虑到它们本质上都是"泛娱乐"产业链的重要组成部分,是互联网资本攫取粉丝"无酬劳动"的重要渠道,因此,伯明翰学派有关"亚文化"概念的一些判断,例如"风格化的象征性抵抗"等,事实上并不完全适用于本书,因而只保留了"流行于特定社会群体"这层含义。

一、偶像粉丝文化

本章的这一部分虽题名为"偶像粉丝文化",实际的考察对象却主要限定在以流量明星为"中心文本"的粉丝圈。所谓"流量明星",指的是与"泛娱乐"产业链中的某个或若干个环节密切相关,在向广告商及影视资本争取工作机会时,也很大程度上依赖粉丝的"数据劳动"和"参与式劳动"创造的附加价值,并事实上作为互联网资本汇总、调配以及运营流量数据的重要"装置"而存在的一类娱乐明星。

由此衍生出的基于流量经济的新型偶像工业生产机制及其运作流程,可归纳如下图:

　　图中最容易理解的两个环节，显然是互联网资本与流量明星之间的雇佣关系，以及互联网资本与粉丝之间的剥削/被剥削关系。① 上述关系具体表现为：互联网资本通过控制 IP（知识产权），直接地或经由流量明星这个"流量数据汇总装置"间接地占有粉丝的数据劳动和参与式劳动。本书第二章已经分析过具体细节，需要进一步补充讨论的只有粉丝"打榜"行为（即"主动式数据劳动"）的部分。

　　至于"流量明星—粉丝"这组关系，则略显复杂。依照图里的标注，其交互过程大致可以被概括为：流量明星向粉丝提供"亲密关系劳动"，以此换取粉丝的"数据劳动"或"参与式劳动"（反之亦然），从而在彼此之间结成所谓的"准社会关系"。经过这一系列转换，流量明星也就具备了"亲密关系要素分发装置"和"流量数据汇总装置"的属性。显然，要根据图中所示的框架对流量经济主导下的偶像工业生产机制展开讨论，就必须对"亲密关系劳动""准社会关系"以及"亲密关系要素分发装置"等陌生概念做出准确有效的解读。更为重要的是，"罗曼蒂克2.0"的踪迹，也同样隐藏在上述概念之中。

1. 作为偶像工业生产机制内核的"亲密关系劳动"

　　东亚地区的偶像（idol）文化和偶像工业体系，最早诞生于 20 世纪 70 年代的日本。② 当时，彩色电视机开始在日本境内普及，国民经济的高速增长也使得青少年群体的财务状况变得宽裕起来，足够支付购买唱片、杂志及演唱会门票的花销。良好的市场环境催生了以天地真理（出道时间为 1971 年，下同）、Candies（1972）和乡裕美（郷ひろみ，1972）等为代表的初代偶像艺人或组合的崛起。③ 数十年间，偶像作为日本演艺界

---

① 这里的"偶像（流量明星）工业运作流程图"中，并没有标示出负责管理和接洽流量明星日常工作的经纪公司或工作室的位置。因为这类公司或机构实际上是互联网资本与流量明星之间的中介，根据具体的情况，有时像是互联网资本的代理人，有时更像是服务于流量明星的后勤团队。但归根结底，它并不完全代表任何一方的利益，也不曾真正意义上左右这套生产机制，因此略去不提。

② 日语中的偶像一词，写作"アイドル"，即 idol 这个英文单词的片假名音译。

③ 西条昇，木内英太，植田康孝：『アイドルが生息する「現実空間」と「仮想空間」の二重構造：「キャラクター」と「偶像」の合致と乖離』，江戸川大学紀要，2016（03）：199—258。

的新兴行当，逐步摆脱了欧美流行文化的影响，蜕变为一个独立于歌手、演员等传统职业体系之外的分支，也建立起一整套相对完善且颇具本土特色的生产机制，主要包括选秀制度和练习生制度等。其中，选秀制度指的是由电视台或经纪公司主导的公开或非公开的选拔活动。根据具体赛制的不同，通过选拔的新人们一部分可以直接出道，另一部分则签约成为练习生[1]，由经纪公司提供师资和场地，花费数年乃至十年以上的时间接受职业培训，以争取为数不多的出道机会。

20 世纪 80 至 90 年代，东亚各国各地区的娱乐公司相继模仿这套生产机制，推出了一批本土偶像艺人或偶像组合。如中国台湾地区的小虎队（1988）、中国大陆地区的青春美少女组合（1995）以及韩国偶像团体 H.O.T（1996）等。其中，尤以韩国偶像艺人的整体实力及其市场的后续发展状况最为引人瞩目。时至今日，K-POP[2] 早已成为亚洲地区最强势的流行文化潮流，甚至逐渐突破东亚偶像文化的传统"势力范围"，在欧美各国也拥有了规模可观的粉丝群体。

相比之下，中国内地的偶像工业，虽然早在 2005 年选秀综艺《超级女声》热播之际便已初具雏形，但其工业水准却远远无法与日韩等国相提并论：不仅没能在行业内部切实有效地普及练习生制度和与之相配套的、科学的训练体系，"偶像"这个职业还总是与歌手、演员混为一谈，并因此成为"没有专业实力，只是长得好看"这类负面印象的代名词。2018 年以来，尽管一系列由互联网资本主导的选秀综艺，如《偶像练习生》《创造 101》[3] 等，都陆续获得了不错的反响，内地娱乐圈仿佛一夜之间步入"偶像元年"，但在这批新近崛起的年轻偶像里，真正通过本土练习生体系培养起来的只是少数。

当然，偶像行业的现状并非本书关注的重点，前面的几段论述与梳理只是想要引出一个疑问：既然偶像的日常工作通常也包含发行音乐专

---

[1] 练习生这个称谓主要通行于韩国偶像行业。在日本，与"练习生"地位相当的偶像预备役，则由不同的经纪公司自拟名号，例如研究生、Jr. 等。本书姑且将其统称为"练习生"。

[2] K-POP：在韩国偶像工业的推动下兴起的流行音乐风潮。

[3] 《偶像练习生》的制作方及播放平台为爱奇艺，由百度控股；《创造 101》的制作方及播放平台为腾讯视频。

辑、舞台唱跳表演以及影视剧拍摄等，那么，它与歌手、演员这类娱乐圈传统职业路线相比，究竟存在哪些本质上的区别？偶像工业又制造并贩卖着何种形式的商品，向粉丝提供了怎样的服务呢？

在《我为披头士狂——女孩们只想寻开心》一文中，作者将粉丝对披头士乐队的狂热喜爱解读为 20 世纪 60 年代女权运动浪潮前夕的一次性解放，"公开宣扬这种没有希望的爱就是对青春生活中精心计算的、实用主义的性压抑的抗议"。① 这一论述点出了流行音乐粉丝投射在歌手、娱乐明星身上的情欲想象。相比之下，偶像明星粉丝对于偶像行业本质属性的解读，却往往由充满粉饰色彩的"话术"构成，例如"偶像是贩卖梦想的职业"等。显然，以"梦想"二字的笼统模糊，根本无力阐释内在于偶像工业生产机制中的一系列症候性问题，反而遮蔽了它所贩卖的最重要的一件商品，即某种（通常情况下）包含着浪漫爱情和情欲色彩的、想象性的亲密关系，或者说，"准社会关系"（para-social relationship）。

"准社会关系 / 准社会交往（para-social interaction）"这个概念最早由美国精神分析学家唐纳德·霍顿和理查德·沃尔在二人合著的一篇论文中提出，指的是媒介接受者与他们所消费的媒介人物（明星、公众人物或电视剧中的角色）之间发展出的单方面的、想象性的人际交往关系② ——基本上可以等价于本书第一章曾经讨论过的"亲密关系实验"的"实验员"与某个角色之间的配对，例如"玛丽苏"式的想象等。显然，在绝大多数情况下，"准社会关系"不过是一场白日梦：明星 / 文化名人虽然摆脱不了成为"大众情人"的宿命，却也并没有一一回应来自四面八方的各种"非分之想"的义务。

总体而言，"准社会关系"普遍存在于各类粉丝社群中，并且或多或少带有"病态""疯癫"的意味，这也正是粉丝群体相对于其他类型的大众文化参与者而言更加容易被污名化的主要原因。詹金斯曾经在《文本

---

① ［美］芭芭拉·埃伦赖希、伊丽莎白·赫斯、格洛莉亚·雅各布斯：《我为披头士狂——女孩们只想寻开心》，载陶东风《粉丝文化读本》，北京大学出版社，2009 年，第 235—255 页。

② Donald Horton, R. Richard Wohl. *Mass Communication and Para-Social Interaction.* Psychiatry, 1956, 19(3), pp.215–229.

盗猎者》一书中考证过，"fan"这个单词原本是"fanatic"（疯狂）的缩写，其词源为拉丁语中的"fanaticus"，意为"属于一座教堂，教堂的仆人、热心的教众"，后来引申出负面含义"被秘密性交祭神仪式所影响的极度热情狂热的人"，又逐渐泛化为"过度且不合适的热情"。[①] 在针对电视剧《星际迷航》的研究中，粉丝文化研究者们曾一度将那些对剧中角色产生性幻想的女粉丝描述为侍奉神祇并为之守贞的女祭司。此外，大众传媒所热衷于渲染的"极端粉丝因未能获得明星的回应而采取暴力手段"之类的新闻事件，又或是悬疑题材电影及侦探小说里反复出现的经典角色类型"阁楼中的粉丝"（因针对某个名人的亲密关系想象遭受挫折而走上犯罪道路的人）[②] 等，也进一步地加深了公众对粉丝群体的负面印象。

偶像工业则反其道而行之，试图通过回应这种"准社会关系"想象，肯定其合理性或至少做到"去病理化"（depathologization）[③]，以最大限度地置换粉丝的购买力。具体的回应方式则主要体现为偶像们所付出的"亲密关系劳动"[④]。

以日本偶像组合岚（ARASHI）担任主持人的综艺节目《交给岚吧》（嵐にしやがれ）为例。在2016年11月12日播出的一期中，节目组安排了主持人与嘉宾（另一个偶像组合）比拼专业技能的环节。此处的专业技能指的却并不是唱跳或表演，而是向粉丝发送"粉丝福利"（fan service）的技巧。节目组给出的题目是：如果粉丝在见面会上对你说"我喜欢你"或者"请和我结婚吧！"，应当如何应对？身为专业偶像的主持人和嘉宾们给出的答案则包括："不不不，是我喜欢你才对。""我不喜欢

---

① ［美］亨利·詹金斯：《文本盗猎者：电视粉丝与参与式文化》，郑熙青译，北京大学出版社，2016年，第10—11页。

② ［美］亨利·詹金斯：《文本盗猎者：电视粉丝与参与式文化》，郑熙青译，北京大学出版社，2016年，第11—14页。

③ 去病理化：指的是将某种原本被认为是病症、病态的状况或行为合理化、常态化、非病化的过程。具体到偶像工业的语境中，指的就是将附加在粉丝这个身份上的"脑残""疯狂"、意淫偶像等刻板印象加以清理并合理化的机制。

④ 需要特别注意的是，这里的"亲密关系劳动"，与主要讨论看护病人、赡养老人等照料工作（care work）的概念 intimate labor（通常也被翻译成"亲密关系劳动"）是不同的。详见下文解析。

你，但是我爱你。""你说什么呢，不是已经结婚了么？""小笨蛋，这句话应该我来问才对！"等等。不难看出，偶像们解题的基本思路都是在"不破坏粉丝的准社会关系想象"的基础上机智、甜蜜而又不失分寸地回应她们的爱意，甚至反过来固化、渲染这种"我在和偶像谈恋爱"的美妙幻想。①

显然，上述一系列经过"整饰"（manage）的、商品化的情感表达，正是阿莉·拉塞尔·霍克希尔德（Arlie Russell Hochschild）所提出的"情感劳动"（emotional labor）概念的某种典型形态：它常常发生在粉丝见面会上，是一种面对面的、声音相闻的接触；它能够在粉丝的内心深处催生出特定的情感状态；最重要的是，它是可以通过参加培训课程习得的（正规的练习生训练体系都会包含这部分的教学内容）。②

南希·贝姆（Nancy K. Baym）在《与你的乐迷互动！——人际关系劳动》一文中指出，社交网络时代的演艺界人士，如歌手等，为了能在事业上取得成功，通常需要付出大量与本职工作并不相关的无酬劳动，例如与粉丝开展线上互动等。她并不否认这类无酬劳动与"情感劳动"之间的相似性，但还是启用了一个新概念，即"关系劳动"（relational labor），强调包裹于其中的"建立与维护人际关系"的意味。③同理，如果直接使用"情感劳动"来指称偶像们发送"粉丝福利"的行为，亦难免失之宽泛。本书姑且借用南希的思路，将这种旨在制造"带有浪漫爱情和情欲色彩的亲密关系想象"的劳动，视作"情感劳动"的一个分支，并命名为"亲密关系劳动"。

事实上，在偶像工业内部，以发送"粉丝福利"为诉求的一系列活动，如线下粉丝见面会、握手会，在社交网络上与粉丝互动，甚至随时

---

① 这个例子中的"亲密关系劳动"，满足的是粉丝"我正在和偶像谈恋爱"的亲密关系想象，但粉丝围绕偶像展开的亲密关系想象远不止这一种形式，例如还可能存在模拟亲子关系的亲密关系想象等。除了想象自己与偶像之间的亲密关系，有些粉丝还会想象偶像与别的个体（可以是真实人类，也可以是虚拟人物）之间发生的亲密关系。详见本节第三小节中的论述。

② ［美］阿莉·拉塞尔·霍克希尔德：《心灵的整饰：人类情感的商品化》，成伯清、淡卫军、王佳鹏译，上海三联书店，2020年，第181—182页。

③ Baym, Nancy K. *Connect With Your Audience! The Relational Labor of Connection*. Communication Review. 2015, 18(1), pp.14–22.

随地向粉丝比爱心手势等，早已形成了一整套建立在相应语料库基础上的系统化的工业流程。此外，尽管由偶像本人参演的各类影视剧、舞台节目及其宣传物料等，也会吸引大量粉丝前来观看，但通常情况下，粉丝群体内部更热衷于互相传播的其实是所谓的"cut"资源，例如影视剧、综艺里特定偶像出场片段的汇总剪辑，或是聚焦于舞台上某一位表演者的"直拍"视频等。① 这意味着，粉丝其实并不在意上述流行文化产品作为"艺术创作"的完整性，从中拆解出更多自家偶像的影像资料，进一步丰富亲密关系想象的"素材库"，才是最值得优先考虑的问题。

至此，偶像与歌手、演员等娱乐圈传统职业路线的区别就显得十分清晰了：在偶像所必须掌握的基本职业技能中，处于核心位置的正是各种形式的"亲密关系劳动"，而歌手和演员则无须接受此类培训。与此同时，即使以上各种职业的日常工作往往存在很大程度的重合，但其工作目标与考核标准却是大相径庭的。

在理查德·德·阔多瓦（Richard de Cordova）看来，明星（star）与电影名人（picture personality）之间最关键的区别，就在于他的私人生活是否成为一种可传播的知识：当制片方不再有能力将关于某个演员的"知识"限定在电影文本内部，而是任由其私生活暴露于公众视野，这位电影名人便正式蜕变为明星了。② 上述论断揭示出一种"认识性装置"的存在，即公众对演艺界人士私生活的窥探，虽然常常被指责为侵犯隐私，但事实上，正是这一窥探行为本身，推动了明星制（star system）的发明和明星身份的诞生。以此类推，如果说"让渡个人隐私权"本就是明星制的题中之意，那么，偶像工业对于粉丝"准社会关系"想象的主动回应，让渡的则是偶像对于自身情感状况的解释权，以及自由自主地进入一段亲密关系的权力。

---

① 腾讯、爱奇艺和优酷等各大视频网站，早已顺势推出了"只看 ta"的功能，只需简单的操作，就可以略过所有"无关"剧情，专注于欣赏其中某位主演的出场镜头。

② ［美］理查德·德·阔多瓦：《明星制在美国的出现》，载杨玲、陶东风《名人文化研究读本》，北京大学出版社，2013 年，第 137—149 页。

这意味着，任何有碍于粉丝开展亲密关系想象（例如将偶像与自己或别的什么人物进行配对）的行为，如偶像爆出绯闻、公开恋情等，都将被视作严重的失职。在偶像工业发展得颇为成熟的日本，粉丝往往斥巨资为偶像应援①，而巨额消费带来的话语权提升，也直接促使某些女子偶像团体（如 AKB48）颁布规定，禁止成员在合约期限内恋爱，以此保障粉丝的消费权益。而事实上，尽管此类禁令尚未在业界形成通例，但它终究与偶像工业的内在逻辑相符，早已于无形之中对偶像们的私人生活形成了强力的约束。

2. 作为"虚拟化身"的流量明星粉丝

在前一个小节中，本书分析并总结了偶像工业的核心生产机制。而当上述机制与互联网资本所主导的"泛娱乐"产业链相融合，"流量明星"也就应运而生了。它与偶像之间的传承性主要体现在，二者都致力于付出"亲密关系劳动"，将粉丝的"准社会关系"想象去病理化。不同的是，偶像付出亲密关系劳动，主要是为了置换粉丝的购买力，以促进唱片、演唱会门票或代言商品的销售；而流量明星由于身处数字资本主义的生产关系中，他们还能额外吸纳粉丝的各种"数字劳动"，特别是"数据劳动"和"参与式劳动"。

由此可见，偶像工业在被流量经济所整合的过程中，其生产机制事实上并未发生颠覆性的变化。但是，从偶像粉丝到流量明星粉丝，却是经受了媒介变革的洗礼，实现了由普通消费者蜕变为数字劳工的重大转折。在第二章中，本书曾依据网民人口总量、计算机领域的技术迭代以及新政策法规的颁布实施等因素，将网络文艺诞生至今的二十余年拆分为三个阶段。倘若转换思路，以粉丝社群的对象、属性、媒介环境以及

---

① 应援：原是日语词汇，写作"応援"（おうえん，ou en），是"加油"的意思。后来在粉丝文化的语境中被引申出"为偶像加油助威、赠送礼物给偶像和偶像身边的工作人员"等含义。在中国大陆地区的流量明星粉丝圈，攀比应援能力甚至一度成为风气，由粉丝集资赠送给偶像的礼物也越来越昂贵且声势浩大。参见邵燕君主编《破壁书：网络文化关键词》，第137—141 页，"应援"词条，该词条编撰者为高寒凝。

组织形态等要素作为断代标准，则中国内地娱乐工业的发展史，也大致可以被划分为三个阶段，即前网络时代（追星族／歌迷／影迷—歌星／影星）、网络社区时代（粉丝—偶像）和"泛娱乐"产业链／大数据时代（数字劳工—流量明星）。

在"前网络时代"的内地娱乐圈，歌迷、影迷以及"追星族"这类大致可以与"粉丝"相对应的人群还未能大规模地接触到互联网，彼此之间的联络只能依赖于一些歌迷会、影迷会性质的俱乐部。由于受交通条件和个人行程安排的限制，要组织跨地域的互动交流活动，例如歌迷、影迷见面会等，也相对较为困难，因此其规模和影响力都极其有限。

网络社区时代的粉丝文化，则由选秀综艺《超级女声》（简称"超女"）开启。[1] 2005 年，这档已经举办到第二届的电视选秀节目一经播出，便引发了空前绝后的"全民追星"热潮。根据主办方兼播出平台湖南卫视制定的比赛规则，只有专家评委、大众评委（由主办方任命）[2]的打分以及场外观众的短信投票，才能对参赛选手的晋级状况或最终名次产生影响。也就是说，这是一档标准的由传统电视媒体主导的综艺节目。

然而，正是在 2005 年，我国的网民总人口数首次突破了一亿大关。因此，尽管"超女"的粉丝最初也和绝大多数电视观众一样分散在全国各地，但其中已经有不少成员具备了联网的条件。当时，百度贴吧作为一个刚刚上线不到两年且技术门槛远低于同类产品的垂直网络社区，陆续吸引了大批"超女"粉丝入驻。由他们创建并维护的各类贴吧，也随着节目的热播而逐步转型，成为组织"拉票／宣传"等工作的动员基地。[3]选秀结束后，尽管大部分作为偶像歌星成功出道的"超女"都各自拥有了专属的粉丝后援会，但在漫长赛程中形成的路径依赖，早已彻底重构

---

① "粉丝"成为"fans"这个概念在中文里的通用译名，也是《超级女声》热播期间逐渐固定下来的。

② 大众评委：由落选的选手或其他各行各业的民众组成的评委团，负责在除总决赛外的晋级赛中的 PK 赛上投票决定选手的去留，总数大约在三四十人左右。

③ 杨玲：《转型时代的娱乐狂欢——超女粉丝与大众文化消费》，中国社会科学出版社，2012 年，第 39—50 页。

了这类新兴粉丝社群的组织形态与交流方式。自此之后，以百度贴吧为代表的网络社区，逐渐成为包括"超女"粉丝在内的各路偶像粉丝团体开展线上交流、发表粉丝评论和粉丝创作（fan art）的重要平台。

同样是在 2005 年，日韩邦交因竹岛／独岛争端而趋于恶化。韩国娱乐工业不得不暂时撤离当时最大的海外市场日本，将目光转向中国。此后，包括 S. M. Entertainment、JYP Entertainment 在内的韩国各大娱乐公司为了迎合中国市场，开始在新推出的偶像组合中引入中国成员。与此同时，许多受雇于韩国经纪公司的"职业粉丝"，也陆续掌控了一部分旗下偶像艺人、组合的专属贴吧。他们运用成熟的管理经验（包括雇用职业粉丝引导舆论，组织粉丝为明星接机、集资购买礼品等），在短短几年间，便培养出一批纪律严明且忠诚度极高的粉丝团体。这套借助网络社区平台对粉丝的行为进行规范、引导，继而征用其应援能力的运营策略，也很快被国内的经纪公司所借鉴，并随着粉丝成员的流动而扩展开来，逐步演变为某种"行业标准"。

2013—2015 年，随着大数据时代的来临与互联网资本的介入，中国内地的娱乐工业乃至整个文化创意产业，早已被数字资本主义的生产关系所重构。"泛娱乐"产业链的融合贯通，也将背后一连串并购、重组行为的主导者，即以 BAT 为代表的互联网资本，推向了集投资方、制作方、播出平台甚至艺人经纪等多重角色的垄断地位。这一具有颠覆性意味的变革，对文创行业的各个环节都产生了重大的影响。尤其当某个项目资源，例如影视剧、综艺或广告代言等，需要在若干位备选艺人之间做出选择时，最有效的参考标准将不再仅仅是该艺人的业务水平或过往作品的收视率、票房，而是更能体现其新媒体领域商业价值及知名度的"流量数据"。

"流量数据"原本是对网站或网络文化消费品的访问量、受关注程度进行综合评估的一项量化指标。互联网资本在全面介入文化创意产业之后，便自然而然地沿用了这套逻辑，以"流量"的大小来衡量与评判娱乐圈明星的商业价值。于是，某些因种种原因（如有争议、粉丝基数大）

而自带"流量"的明星便立刻被识别出来,这也正是内地娱乐圈最早一批"流量明星"的由来。

得益于大数据算法的成熟,凝结在"流量数据"中的运算量,早已不再是收视率、票房这类单一维度的指标所能比拟的。其原始数据的来源更是极为复杂,包括但不限于互联网用户的个人信息、使用行为及发布的内容等。那么,对于娱乐明星而言,究竟哪些维度的原始数据能够真正影响到其"流量"的大小呢?由于行业内部的评估流程并不公开透明,目前一时无从窥探,本书将依据第三方平台发布的新媒体数据榜单及其评分细则来加以推断。[①]

其中,由寻艺网(纬岭文化传播 Vlinkage 下属网站)推出的艺人新媒体"指数排行榜"(2012 年 7 月上线),是目前存在时间最长的新媒体数据榜单。[②] 其积分公式为:

艺人新媒体指数 = 参演电视剧 / 综艺的每日播放量 ×A + 微博数据 × B+ 贴吧数据 ×C+ 豆瓣数据 ×D + 搜索数据 × E + 其他 ×F。

尽管该公式给出了较为明确的数据来源,但其中的系数,即 ABCDEF 的具体数值却不得而知,也并没有对这些数据的计算方式进行说明。

相比之下,新浪微博"明星势力榜"(2014 年 7 月上线)的积分规则就显得更为清晰透明。据官方表述,它的最终得分"由阅读数、互动数、社会影响力、爱慕值四项组成"。其中,阅读数记录的是该明星微博账号的阅读量;互动数记录的是由该明星发布的内容(包括原创微博、评论等)所产生的互动行为(包括转发、评论微博、点赞微博、回复评

---

① 这类新媒体数据榜单旨在对娱乐明星的流量热度进行排位,目前市面上常见的数据榜单多达数十种,本书举出的两个例子都是设立时间较早,也相对比较有影响力的榜单。

② 根据 Vlinkage 官网的介绍,该公司已经建立了中国最全的艺人 / 影视剧资料数据库,并在此基础上建立了相应的数据模型,对视频网站、社交媒体和新闻媒体上的信息数据进行检测,通过多维度评估反映相关内容和演艺编导人员的市场热度、受众、趋势等关键性的营销指标。

论、点赞评论等）的总阅读量；社会影响力指的是提及该明星姓名的微博的总阅读量，以及微博上该明星姓名被搜索的总次数；爱慕值则是粉丝赠送给明星的虚拟道具（花）的数量，该虚拟道具可通过活动免费领取，也可付费购买。上述四个项目在最终得分里所占的比例分别为 30%、30%、20% 和 20%。①

综合考察上述两个榜单的评分细则，不难发现，其绝大多数原始数据，包括电视剧 / 综艺的播放量、微博阅读量、评论转发数以及被搜索次数等，都是对互联网用户的日常行为中与某个娱乐明星相关的使用记录的汇总统计。换句话说，这是一种互联网平台利用大数据技术搜集并分析网民的个人信息，如浏览记录、消费记录或审美偏好等，据此测算娱乐明星的商业价值，再提供给广告商及影视公司作为参考的机制。

事实上，本书第二章讨论过的晋江文学城积分榜单，尽管在技术含量上无法与这类新媒体数据榜单相提并论，但原理上其实并无太大差别：它们都是互联网平台通过剥削用户的无酬劳动，对考察对象的商业价值进行评估排序的机制。其中，文学网站的积分榜单是对用户的阅读时间、审美判断力和参与式劳动的征用；而新媒体数据榜单则主要是对用户"数据劳动"的征用。

需要特别注意的是，上述榜单在搜集原始数据时，并不会刻意辨别、区分"数字劳工"们的身份或他们付出劳动时的自觉程度。也就是说，假设某个从不参与追星活动，也不熟悉新媒体数据榜单及其运作机制的普通互联网用户，偶然在视频网站上观看了某明星参演的电视剧，或阅读、评论了他的微博，这同样会被视作向该明星贡献了"数据"。此外，在第二章中，我们还讨论过另一种可能，即积分榜单的算法与规则本身会反过来召唤用户利用这些算法规则对数据加以操控，如反复点击、转发等，以影响榜单的最终排名。倘若将前者称为"被动式数据劳动"，那

---

① 新浪微博"明星势力榜"自上线以来，积分规则已多次改版，但基本原理大致相通。本书引用的是 2018 年初通行的版本。

么后者显然属于"主动式数据劳动",且尤以流量明星粉丝的"打榜"行为最为典型。

"打榜"这个概念来源于唱片工业。其中,"榜"泛指各类流行音乐排行榜,例如美国的公告牌(Billboard Hot 100)单曲排行榜、日本的公信榜(Oricon)以及由韩国电视媒体(如 KBS、MBS、SBS)主导的打歌节目榜等。其中,公告牌和公信榜的排名,大体上都是依据音乐专辑 / 单曲的销量(包括实体唱片和网络下载)或电台播放量得出的结果;部分韩国电视台的打歌节目榜,则额外参考了网络投票成绩和所谓的"SNS 分数"(社交网站流量数据),例如 YouTube 视频的播放量等。通常情况下,为提升某个音乐作品在排行榜上的顺位而做出的努力,都属于"打榜"行为,包括但不限于唱片公司投放的广告宣传、电台推送以及由粉丝组织的团购专辑、网络投票之类的活动等。

通行于中国内地娱乐圈的新媒体数据榜单,在某种程度上就是将韩国电视台打歌节目榜中作为辅助数据存在的网络投票以及"SNS 分数"单独抽取出来所形成的,某种与专辑、单曲这样的音乐作品脱钩,转而绑定明星个人商业价值的榜单。在这一特定的规则下,明星们的榜单排名往往并非由他本人的专业成就决定,反而更多地依赖于粉丝团体的"数据劳动"。评价标准的倒挂也催生出中国内地娱乐圈一个堪称奇观的现象,即流量明星的粉丝以"长时间、自发性、群体性、免费性、重复性的数据劳动"[1]主动地向互联网平台输送"流量数据"的"打榜"行为。

通过下图所示的粉丝圈"打榜"活动任务列表及操作细则,不难看出流量明星粉丝群体在新媒体数据运营领域的组织性与策略性:

---

① 童祁:《饭圈女孩的流量战争:数据劳动、情感消费与新自由主义》,《广州大学学报(社会科学版)》2020 年第 5 期,第 72—79 页。

●重点基础数据榜单

　1【寻艺Ｖ榜】公众号搜"寻艺"签到，加品牌星打咔

　2【百度送花】○微博正文

　3【贴吧签到、互动】○微博正文

　4【明星势力榜】打榜链接：🔗网页链接

　　☀阅读量盒子 ▨▨▨▨

　　☀正能量值盒子 ▨▨▨▨

　　☀会员免费领花 🔗网页链接

　5【明星权力榜】○微博正文

　6【超话明星榜】送分 🔗网页链接

　　☀下载app链接（安卓版）🔗网页链接

　　☀做任务指定超话 🔗网页链接

　　☀超话打投数据科普指路 👤▨▨▨▨▨▨▨▨ 的主页

────────────────────

●📌其它基础数据榜单链接汇总 ○微博正文

　1【UC星光榜】

　2【360明星人气榜】

　3【搜狗明星巅峰榜】

●净化任务指路 👤▨▨▨▨▨ 的主页

●数据榜单教程汇总 ○微博正文

●助力活动指路 👤▨▨▨▨▨▨ 的主页

●k/p指路 👤▨▨▨▨▨▨ 的主页

关于超话 ✎

🤍超话基础科普 👉○微博正文（已更新）

🤍超话基本抛分准则 👉○微博正文

🤍多耗快速自捞 👉○微博正文（已更新）

🤍自捞超话 👉○微博正文

🤍已发积分帖不得删除或更改权限 👉○微博正文

🤍快速获取评论转发积分 ○微博正文

🤍超话抛分注意事项 👉○微博正文

🤍新版微博超话app无法领取专属积分 👉○微博正文

🤍出现超话功能禁用参考 👉○微博正文

🤍出现评论足够积分不满情况参考 👉○微博正文

🤍超话内发帖商务tag注意事项 👉○微博正文

🤍超话内发帖视频分流问题 👉○微博正文

🤍超话送分领杂志 👉○微博正文

以上截图出自新浪微博。图中一左一右两条帖子的发布者，都是某流量明星粉丝社群内部专门负责统筹"打榜"工作的新媒体账号及其运营团队，即所谓的"数据组"。这类"数据组"多由粉丝自发创建并管理，但也不排除经纪公司／工作室背后操控的可能。其中，左侧的微博详细地列出了当前需要重点关注的数据榜单的打榜方式与链接，便于粉丝直接点击并逐一完成。帖子的最后还给出了一些特殊任务的获取渠道，例如k/p这一项，指的就是"控评"①任务，粉丝可通过点击链接了解详情，再以恰当的方式应对。右侧的内容，则是单独针对"超话明星

────────────

　　① 控评：即"控制评论"一词的缩写。新浪微博目前的评论排序机制主要是基于单条微博的数据权重，也就是说，获得更多点赞和回复的评论，才有可能排在评论区的前列。因此，一旦出现与流量明星相关的热点事件或宣传活动，各粉丝团体都会在数据组的引导下，依据事先编写好的"控评模板"来发表评论，或对指定评论进行点赞、回复等，以制造某种舆论假象或彰显该明星的人气。

榜"① 这个榜单进行的打榜规则说明与技巧教学。

上述两条微博，完美地呈现了作为一名流量明星粉丝，在日常的粉丝社群活动中需要承担或至少在"数据组"的期待中应当承担的"数据劳动"的劳动量和具体的操作方式。此外，也体现出"数据组"在督促及引导粉丝开展"打榜"活动，研究榜单规则、拟定打榜策略等诸多事务中所起到的作用。

尹一伊在《一种新兴的算法文化：中国线上粉丝社群的数据化》一文中，曾以微博平台的"算法文化"（Algorithmic Culture）为切入点，对粉丝圈的"打榜"行为做出如下论述："微博的平台算法在中国社交网络粉丝圈中构建了一种新的模式、规范甚至价值观……数据贡献的效率因此成为粉丝参与的首要目标。"② 反观"超女"粉丝在贴吧中进行的各种讨论、宣传及拉票活动，尽管也创造了海量的数据，但当时主宰整个中国娱乐市场的却并非互联网资本，大数据技术更是尚未成熟，也就是说，这些数据既无从识别，亦很难被直接转化。因此，与流量经济相关的一系列运营策略，包括"数据劳动"、新媒体数据榜单等，对于网络社区时代的文创、娱乐行业而言，是既不适用也不必要的。

总而言之，流量明星作为偶像这一职业在"泛娱乐"产业链的整合与刺激下衍生出的变体，事实上早已用"流量"一词提示了某种隐藏于其中的依靠粉丝的"数据劳动"（主要形式为"打榜"）不断产出"流量数据"（作为互联网行业的"通用货币"），并将其输送给互联网资本（作为"泛娱乐"产业链的主导者）的生产机制。被纳入这套生产机制中的偶像艺人，也就自然而然地蜕变为"流量明星"，并且具备了"流量数据汇总装置"的功能与属性。

这也意味着，流量明星之所以被称作流量明星，正是由于他们的

---

① 超话明星榜：该榜单的机制是粉丝在新浪微博"超级话题"频道通过发帖、回复等操作获取积分，再将这些积分贡献给某个明星的"超级话题"（允许将 A 明星超话获取的积分贡献给 B 明星），每周根据积分总量对明星超话进行排序。图中的帖子里介绍的就是如何获得积分，以及如何在更有效率地送出积分的同时规避各种风险的方案。

② Yin Y. *An Emergent Algorithmic Culture: The Data-ization of Online Fandom in China*. International Journal of Cultural Studies, 2020, 23(4), pp.475–492.

商业价值很大程度上取决于粉丝通过"数据劳动"所创造出的"流量数据",而付出"数据劳动"这一行为本身,又成为验证"流量明星"粉丝身份的重要指示物。换句话说,成为流量明星的粉丝,与注册并登录特定网站的账号(一个典型的"虚拟化身")为偶像贡献数据(有意或无意)之间,是具有同步性与同构性的。而"流量明星的粉丝必然以虚拟化身形态存在"的这一事实,也正是偶像工业、流量经济与"罗曼蒂克2.0"之间的渊源所在。

自 2021 年 6 月 15 日起,中央网信办启动了为期两个月的"清朗·'饭圈'乱象整治"专项行动,重点打击"诱导未成年人应援集资、高额消费、投票打榜"以及"号召粉丝、雇用网络水军刷量控评"等行为。① 8 月 6 日,新浪微博发布公告,将暂时下线"明星势力榜",并试图"探索全新的融合媒体评价、作品评价的综合评价体系","引入第三方评分数据,拟从媒体影响力、作品影响力、正能量指数、艺人活跃度、商业价值等维度综合评估明星影响力,打造明星全面影响力榜单"。显然,新浪起初并不打算放弃"新媒体数据榜单"这项业务,但随着"清朗饭圈"行动的推进,中央网信办 8 月 27 日又发布了《关于进一步加强"饭圈"乱象治理的通知》,继续针对部分"新媒体数据榜单"的运营方诱导、胁迫粉丝进行"打榜"和"应援集资"的问题,向各省、市、自治区网信办下达了相应的整改措施。这次整改的具体内容包括"取消所有涉明星艺人个人或组合的排行榜单,严禁新增或变相上线个人榜单及相关产品或功能""仅可保留音乐作品、影视作品等排行,但不得出现明星艺人姓名等个人标识"等。当日,新浪再次发布公告,宣布取消"微博超话"排名。随后,寻艺网母公司 Vlinkage 也发布声明,强调"Vlinkage 数据产品是出于为行业客户(媒体平台、内容制作方、广告品牌客户等)

① 据中央网信办发布于 2021 年 6 月 15 日的《中央网信办启动"清朗·'饭圈'乱象整治"专项行动》公告,此次行动重点打击的"饭圈"乱象包括:一、诱导未成年人应援集资、高额消费、投票打榜等行为;二、"饭圈"粉丝互撕谩骂、拉踩引战、造谣攻击、人肉搜索、侵犯隐私等行为;三、鼓动"饭圈"粉丝攀比炫富、奢靡享乐等行为;四、以号召粉丝、雇用网络水军、"养号"形式刷量控评等行为;五、通过"蹭热点"、制造话题等形式干扰舆论,影响传播秩序行为。

提供专业性服务的宗旨而产生的"，"我们不鼓励、也不参与不同粉丝群体之间针对数据的争议，也反对我们的数据用于粉丝群体之间的争论"，试图撇清旗下产品"指数排行榜"与"粉丝打榜"等行为之间的关联。目前，该榜单已不再公开显示。

　　然而，尽管"清朗饭圈"行动取得了相当显著的成效，最具知名度的几家"新媒体数据榜单"也已陆续下线，但互联网资本对文化娱乐行业的统治却并未就此终结。在可预见的未来，"流量"仍将是互联网文化产业的"一般等价物"，明目张胆地逼迫粉丝"打榜"的产品固然可以责令取缔，但非公开或半公开的行业报告却很难彻底禁绝。粉丝为偶像"做数据"的行为，也很可能会以更加隐秘的形态持续下去。退一万步说，即使整个流量经济都不复存在，但"融入某个线上粉丝社群并经营自己的粉丝账号"终究还是互联网时代获得粉丝身份最有效、最可靠的渠道。也就是说，"流量明星的粉丝必然以虚拟化身形态存在"的这一事实，在短时期内是不会改变的。

3. 作为"亲密关系要素分发装置"（虚拟实在）的流量明星

　　既然流量明星的诞生与粉丝身份的虚拟化身转向，本就是一体两面、同步发生的，那么，流量明星的本质，究竟是自然人类、虚拟化身还是虚拟实在呢？

　　要回答上述问题，就必须对"亲密关系劳动"这个概念进行更加细致的剖析。作为偶像／流量明星的职业体系中最核心、最基础的一项职业技能，"亲密关系劳动"的"劳动成果"，即一条条片段化的、可供粉丝开展亲密关系想象的素材，正是偶像工业所能创造的最具价值的商品。偶像呈现在粉丝眼中的形象，也是由这样的素材片段连缀而成的。

　　参考本书第一章中有关"人设"和"萌要素"概念的阐释，不难得出，所谓"可供粉丝开展亲密关系想象的素材"，其实就是女性用户最热衷于消费的、涉及亲密关系与婚恋选择的那一类"亲密关系要素"的具象化与情境化。仍以日本综艺节目《交给岚吧》为例，面对粉丝的告白"请和我结婚吧！"，偶像给出"你说什么呢，不是已经结婚了么？"的回应，在机敏之余，也将该偶像"吐槽役"①或"暖男"的属性（相当于"亲密关系要素"）表露无遗。倘若反其道而行之，对某位偶像／流量明星的"亲密关系劳动"进行汇总分析，提取出相应的"亲密关系要素"，再拼贴组合形成一个"人设"，那么，该"人设"与作为分析对象的偶像／流量明星之间是否可以画上等号呢？

回答是能，也不能。因为即使偶像／流量明星本质上都是由"亲密关系要素"拼贴而成的"人设"，但构成其"人设"的"亲密关系要素"本身，却并非仅仅出自"亲密关系劳动"。其具体的来源，大致可以分为以下三类。

第一类"亲密关系要素"（简称"要素1"），是偶像／流量明星"官方人设"的重要组成部分。所谓"官方人设"，指的是由经纪公司／工作室（即官方）从偶像／流量明星本人身上提取（或杜撰）出若干外貌、气质或性格上的特征，转化为"要素1"，再借助官方发布的影像资料、宣传稿件等予以拼贴组合所打造出的"人设"。例如内地娱乐圈中十分常见的"男友人设""校草人设"或"学霸人设"等。尽管"官方人设"的存在，暗示了偶像／流量明星个人形象的某种"虚构性"，但自好莱坞明星制诞生以来，包括电影明星在内的所有文化名人的容貌及生平经历，就已成为影视工业、大众传媒借助光影特效与宣传通稿编织出来的"虚构作品"②，打造偶像／流量明星"官方人设"的手法，只不过更进一步有意无意地遵循了数据库消费的相关原理而已。

第二类"亲密关系要素"（简称"要素2"），则凝结在偶像／流量明星的"亲密关系劳动"所创造出的"劳动成果"中，这一点前文已做过分析，不再赘述。通常情况下，偶像／流量明星在开展"亲密关系劳动"

---

① 吐槽役：吐槽，即日语单词"突っ込み"（つっこみ，tsukkomi）的中文译名，是日本漫才（类似于对口相声的一种双人语言类节目）中的一种表演技法。漫才的两个表演者，通常一个负责装傻充愣，一个负责指出他的愚蠢、错误。其中，后者即所谓的"吐槽役"，而他在表演中运用的技法，则统称为"吐槽"。参见邵燕君主编《破壁书：网络文化关键词》，第56—58页，"吐槽"词条，该词条编撰者为高寒凝。

② ［英］保罗·麦克唐纳：《好莱坞明星制》，王平译，世界图书出版公司，2015年，第5—8页。

时，都会以"官方人设"作为"操作规范"，但他们毕竟不是机器人，在实际工作中亦难免偏离既定规训——或是一时失手，或是刻意为之——从而制造出一些有别于"官方人设"系统的"亲密关系要素"。

第三类也是最为关键的一类"亲密关系要素"（简称"要素3"），主要源自粉丝的"参与式劳动"，如同人漫画、同人小说的创作、饭拍（fancam）[①]以及粉丝交谈（fan talk）等。它们大多以偶像/流量明星的外貌气质、性格特征以及社交关系为灵感，基于各种官方/非官方的影像、文字素材开展艺术创作或进行文本阐释。例如从成年偶像的眼神、动作中，解读出幼儿般的天真懵懂；或借助绘画、小说等艺术形式，从男性偶像的身体里拆解出具备"女性气质"的特征等。由于"参与式劳动"能在很大程度上维持粉丝社群的活跃度与忠诚度（尤其是在偶像本人工作不饱和的时期），还能额外吸引那些原本对"官方人设"不感兴趣的粉丝，因此，即使"要素3"往往与"要素1"大相径庭，绝大多数经纪公司/工作室也不便对其横加干涉，暗中推波助澜者反倒随处可见。

对于以上三种来源各异甚至彼此冲突的"亲密关系要素"，粉丝显然不可能全盘接受、照单全收，只能从中挑选出符合自身欲望及需求的部分，再对其进行个性化的拼贴与重组。假设有男偶像A，其"官方人设"为"完美男友"，那么他所吸引到的粉丝群体，则很有可能包括（但不限于）以下几种类型。

一是"女友粉"：以偶像A的"女朋友"自居的粉丝。由于A的"官方人设"明显在暗示粉丝将A视作自己的男友，因此这个例子中的"女友粉"，指的其实是倾向于接受"要素1"的粉丝。二是"亲妈粉"：对于"要素2""要素3"中与稚拙、懵懂等幼齿情态相关的要素极为敏感，以偶像A的"妈妈"自居的粉丝。三是"泥塑粉"：只接受"要素2"和"要素3"中富有女性魅力的部分，以偶像A的"男友"或男性爱

第四章 "女性向"网络亚文化：人机协同演化

---

① 饭拍：泛指所有由粉丝拍摄的、偶像本人出镜的影像素材。其质量参差不齐，有的具备专业摄影师水准，有的只是手机录制的模糊画面。不同国家和地区的经纪公司对于饭拍的态度也不尽相同。中国和韩国的经纪公司通常默许粉丝对偶像进行各种形式的拍摄，甚至印刷成画册在粉丝圈内部流通；日本的经纪公司则会严格控制这类非官方影像素材的流出，私自拍摄会被视作侵权。

慕者自居的粉丝。四是"CP粉"：选择性地接受要素1、2、3中指向偶像A与另一个人物（可以是某个偶像，也可以是其他真实存在的人类或虚拟人物）之间亲密关系的部分，并以"恋情支持者"自居的粉丝。[①]CP粉的存在，也间接地点出了一个事实，即偶像的"亲密关系劳动"并不总是以粉丝为对象的。此外，绝大多数粉丝所属的"粉丝类型"都不是一成不变的，在形式各异的亲密关系想象中自由流动，才是粉丝身份的常态。或许上一秒还是"亲妈粉"，下一秒又会因为新的影像、文字素材的出现而化身为"CP粉"——这何尝不是一场微型的"亲密关系实验"呢。

综上所述，偶像/流量明星的本质，其实就是某种寄生在真实存在的自然人类身上的"亲密关系要素分发装置"：它以特定的形象/身体为容器，持续不断地接纳、汇总"要素1""要素2"和"要素3"，整理归类之后，再按需分配给不同的粉丝。而此时的流量明星粉丝，则像极了抟土造人的女娲，她们将自己所接收、选择的一系列亲密关系要素捏合在一起，塑成泥偶，再以满腔爱意灌注其中，形成一个个"仅粉丝可见"的、与偶像本人存在相似之处却又大相径庭的虚拟形象。

这意味着，偶像这个职业自诞生的那一刻起，就已经具备了"虚拟实在"的属性。进入流量经济时代，由于"参与式劳动"的营销功能与数据生产功能日益凸显，"要素3"在"亲密关系要素分发装置"中所占的比例也获得了大幅度的提升。显然，相对于传统偶像，流量明星的个人形象会更加直接地由粉丝的"参与式劳动"所决定。长此以往，与流量明星本人关联程度最深的"要素1"和"要素2"，必将进一步走向边缘化。海量的"亲密关系要素"由粉丝生产，又被粉丝所接受，整个过程中居于中介地位的"亲密关系要素分发装置"，甚至无须与它的"宿主"（即流量明星本人）发生任何关联。换句话说，真人偶像与虚拟偶像之间的界限，或许本没有想象中那么清晰明确。

---

① 满足CP粉需求的"要素1"或"要素2"，往往是通过偶像和他的配对对象一同参演电视剧、出席活动或线上交流等方式生产出来的。一旦上述行为显露出营销炒作的嫌疑，也会被指责为"卖腐"或调侃性地被称为"营业"。

由于流量明星的粉丝必然是"虚拟化身",而流量明星又是作为"亲密关系要素分发装置"的"虚拟实在",则二者之间,或流量明星及其配对对象之间经由"亲密关系劳动"(面向粉丝的、面向配对对象的)所结成的"准社会关系"/配对关系,就同"罗曼蒂克2.0"的含义完全吻合了。

以此类推,"亲密关系劳动"的前身,或者说,它所效仿的对象,也可上溯至"罗曼蒂克1.0"的起点,即骑士文学所热衷于描写的骑士对贵妇人的热烈追逐与百般殷勤。作为彻头彻尾的舶来品和一个摒弃了宗教内涵的空壳,这类极富仪式感的求爱行为在整个东亚社会中的稀缺性,或许正是它得以商品化,继而形成规模庞大的工业体系的根源所在。

在一篇名为《白日梦》的粉丝同人(fan fiction)中,作者这样写道:

18岁,你刚高考完,朋友趁着酒劲给暗恋对象表白了,你在KTV昏暗的灯光下,漫不经心地选着歌,随手滑过一个名字,停了下来。

22岁,你大学即将毕业,认识的同学很多被家里安排了相亲,当初执意出省去一线城市上学的你,开始考虑要不要遵循父母的建议回家,最后咬咬牙,穿梭在招聘的人群里,手机屏保换成了他笑得最开心的那张。

26岁,周末加班的你刚回到家,一边忙着安慰抱怨老公不帮带孩子的好友,一边躲避着爸妈的连环催婚拷问,好不容易停下来,和同事交接完请假期间的工作,打开软件确认机票和酒店预订无误,定好闹钟,沉沉地睡去。

30岁,爸妈发现你一个人也能过得很好,加上周围离婚人群的增多,催婚热情明显冷淡了许多,但偶尔也对你的顺其自然论颇有成见。

你挂断电话,攥着门票的掌心冒着汗,舞台上的这个人四十岁了,距离他三十二岁说的十年后成家,还有两年。

34岁,每天忙得天翻地覆的你抽空去医院冷冻了卵子,回来的路上，手机弹窗了一条消息，是熟悉的名字，你很平静地点开，看了好久。

他当爸爸了，结婚两年后，混血的漂亮妻子给他生了一对双胞胎，孩子很可爱，他一手抱着一个，笑得特别开心，可你唯一担心的是，今年的生日会，他还开不开。

40岁，你把孩子从学校接回来，送去了父母那，叮嘱好一些事项，拿着机票，登上了飞往大洋彼岸的那班机。

他在美国开演唱会，站在他偶像曾经舞动的舞台上，不知疲惫地唱着跳着，你在下面看着一些不再年轻的熟悉面孔，再看看依旧充满活力的他，觉得热爱这件事，真好。

48岁，孩子上了初中，公司的事大多你都放手交给下面的人去做，生活轻松了许多，推的新产品挑了几个十几二十岁的青少年当广告模特，你也是偶然在宣传册上看见，其中一个男孩子，像极了年轻的他。

你第二次见到这个男孩子，是在女儿房间的杂志封面上，她有点害羞地别过头，告诉你这只是为了学习时尚穿搭才买的，你看着裁页的痕迹笑了笑，问她需不需要妈妈以权谋私弄一张签名照。

54岁，孩子成年了，作为成年礼物，你提前买好了一排的位置，陪她去了那个二十岁小男生的演唱会。

进场后不久，他来了，就坐在后面，内场第五排，老了许多，手指上的纹身褪色到难以辨别，眼神还是亮的，没有化妆，额上的疤显得更有韵味，你借口上洗手间，在他后排的空位悄悄坐下，看了许久。

这是你离他最近的一次。

60岁，孩子毕业后在国外定居了，你正式提出辞职，带着收藏好的票据，准备沿着这些年追逐的脚步，再走一遭。

你路过了每个城市的体育馆，偶尔也有几个新鲜的面孔等待着绽放梦想，你看着忙碌的人群，看着五彩斑斓的荧光灯闪耀，想起自己也曾是渺小的点滴星辰，也曾是一片海。

70 岁，孩子的孩子也长大了，你躺在藤椅上听着歌，抿了几口女儿买来的那些奇怪味道的饮品，差点没噎着，低头看了眼外包装，皱了皱眉。

外孙不知道从哪翻出来以前的杂志切页，都泛黄了，你戴着老花镜仔细对比了几眼，发现还是他最帅，欣慰地睡去了。

梦里仿佛回到 20 岁那年的夏天，你想了很久也想不明白，电视里的那个人，为什么给人这么强的熟悉感。

又为什么，这么好看。①

从表面上看，这篇同人小说的主要内容，似乎是作者在诉说自己对偶像至死不渝的热爱，其笔法与口吻却又充斥着浪漫爱情故事的语言特征。像是被打乱了顺序的言情小说，理应位于开端的"初见"桥段，反倒被安排在故事临近结尾的地方，主人公衰老的肉身最大限度地消解了这个伪罗曼司叙事中的暧昧因素，直接呈现为某种虚拟性的"没有亲密的亲密关系"——正与齐泽克所说的"脱咖啡因咖啡"（Decafe）一样。

与此同时，这短短的 1200 字，也浓缩着第二人称主人公"你"一生中所有值得回味的重要时刻：既和同学们相亲结婚、生儿育女的平凡琐碎形成鲜明对比，又同偶像的人生轨迹细密地交织在一起。耐人寻味的是，至少以该文本提供的信息而言，主人公并无恋爱经验，亦终身未婚，大概率是通过人工授精生下孩子。她对于浪漫爱情、家庭生活的需求和满足，始终不曾与他者、与婚姻、与现实世界中的性行为发生过任何关联。正如安东尼·吉登斯在《现代性与自我认同》中所论述的那样，人工授精与体外受精等技术的出现，意味着生殖行为与异性恋性经验的分离，它将传统的异性恋夫妻生活变成了多种可选择的生活方式中的一种，而不再具有绝对性与唯一性。②

---

① 上述内容引自曾用 ID 为"废话大王果啊喂"的微博用户所发布的博文，目前已不可查看，也无法联系到原作者获取知情同意。因此在引用的时候，本书隐去了该用户所属的粉丝社群等基本信息。在此也希望能获得作者的谅解。

② ［英］安东尼·吉登斯：《现代性与自我认同》，赵旭东、方文译，生活·读书·新知三联书店，1998 年，第 257—259 页。

一瞬间，我们仿佛又回到宝塚歌剧的观看现场。即使满足女粉丝消费需求的主要是男性偶像们（也包括一部分女性偶像）的"人设"与"亲密关系劳动"，但站在他们身后的偶像工业的本质却是一架处处体察着女性欲望的机器。[①] 而"你"——作为这个"浪漫爱情故事"的主人公——却只不过是获取了以"虚拟化身"形态存在的粉丝身份，又与身为"虚拟实在"的偶像谈了一场"罗曼蒂克 2.0"式的恋爱罢了。

2017 年 3 月，网友"立呀嘛白"在新浪微博上发帖道：

> 希望这世上的人都能够明白。有些人是不需要谈恋爱的，他们仅靠追星和萌 CP 就能使自己陷入巨大的情绪起伏中，在满足感和空虚感、快乐和痛苦之中来回。这些人不需要谈恋爱是因为这世上没有人能和她的爱豆媲美，没有另一段感情能和她本命 CP 的感情比肩。追星和萌 CP 本身就是谈恋爱。[②]

该微博一经发布，便引起热烈反响，转发量一度高达两万余条。许多网友都对上述观点表示赞同："为什么要谈恋爱啊，是爱豆不够帅还是 CP 不够甜？"不可否认，追星、嗑 CP（嗑娱乐圈 CP 也是追星的一种形式）所消费的"亲密关系劳动"，与情侣间的恋爱经验是具有相似性与可置换性的。尤其是在社交网络时代，当偶像通过微博、抖音分享自己的日常琐事，甚至在评论区与粉丝亲密互动时，这种近乎异地恋小情侣的相处状态，事实上早已模糊了追星与恋爱的界限。

近年来，随着直播行业的兴盛，"亲密关系劳动"更是脱离了偶像工业的既定框架，以附带即时反馈系统（直播弹幕互动）和分级定价系统（不同价位的虚拟礼物）的究极形态横空出世。2020 年 10 月，在短视频平台"抖音"的直播区，更是爆出了"主播假扮男演员靳东敛财"的丑闻。行骗者常以"弟弟"自居，用温柔体贴的语气在直播间诱骗"姐姐"们为自己点赞、刷礼物："亲爱的姐姐，弟弟知道你受了委屈，你受的委

---

① 当然偶像工业也有针对男性粉丝的部分，但这一部分并不在本书的讨论范围内。

② 原微博目前已不可查看。

屈没人能替得了你，所以你一定要照顾好你自己，姐姐你点下面的爱心，就会出现很多爱心，这些都是姐姐对弟弟的爱……"这套骗术明显地挪用了偶像工业的生产机制，同时利用视频直播平台的技术优势，密集地、定时定点地付出"亲密关系劳动"，以置换这些"姐姐粉"们的购买力或数据劳动。其行骗对象，则大多锁定为生活在农村地区的中老年妇女，这也正是长期以来被偶像工业所忽视的一个下沉市场。

二、二次元文化与电子游戏

1. "二次元"文化与"虚拟性性征"

要讨论"二次元"这个概念，必须先从"御宅族"说起。"御宅族"即日语"御宅"（おたく，otaku）一词的中文译名，特指狂热喜爱日本动画、漫画、电子游戏①以及轻小说（light novel）②的人。"御宅"在日语中的本意，是对谈话对象的住宅、家庭的敬称，相当于"贵府上"或"您家"，后引申为人称代词"您""阁下"。这一略显迂腐的称谓，曾小范围地流行于 20 世纪 60 年代的日本科幻爱好者群体，后来又因为科幻题材动画《超时空要塞 Macross》（超時空要塞マクロス，上映于 1982 年，其主创团队成员河森正治、美树本晴彦等人都是资深的科幻迷）中主人公互称"御宅"的桥段而发扬光大。此后，称对方为"御宅"，逐渐成为日本 ACG 爱好者标榜自身社群资历的一种策略。评论家中森民夫连载于漫画杂志《漫画布里克》（漫画ブッリコ）的文章《"御宅"的研究》（1983年 6 月—12 月），则是"御宅"首次以"ACG 作品狂热粉丝"的含义出

---

① 电子游戏：这里的电子游戏，特指在美术风格与人物塑造方式上与日本漫画、动画十分接近的一类电子游戏，主要包括日系美少女游戏（gal game）和日系角色扮演游戏（role-playing game，RPG）等。

② 轻小说：即可以轻松阅读的小说，是一种流行于日本的通俗文学类型，与日本漫画、动画的出版体系和艺术风格之间有着极深的渊源。参见邵燕君主编《破壁书：网络文化关键词》，第 7—11 页，"ACGN"词条，该词条编撰者为高寒凝。

现在正式的出版物中。①

20 世纪 90 年代末至 21 世纪初，"御宅"一词经由港台地区的译介传入大陆，并在跨语际接受的过程中衍生出"阿宅""宅男 / 宅女"等一系列更符合汉语语法规律的变体。由于"宅"字被单独拆分出来成为最核心的语素，因此，某些对日本 ACG 文化不甚了解的主流媒体或普通网友便难免望文生义，从中误读出"长期待在家里""不爱与外人打交道"之类的负面意味。然而，即使"御宅族"群体或多或少给人以类似的观感，但这个概念本身其实是并不包含上述义项的。②

大约自 2012 年起，由于各级政府的扶持③和互联网文化创意产业（例如电子游戏）崛起所引发的连带效应，长期以来被认为"原创能力薄弱""边缘小众"的中国动漫行业，骤然成为炙手可热的投资风口。④短短数年间，由互联网资本所主导的"泛娱乐"产业链便陆续吸纳了一大批以动漫为主营业务的企业。资本的青睐使 ACG 文化越发频繁地暴露在公众视野中⑤，而与此同时，作为其核心消费者的御宅族群体，却仍免不了与"宅"这个标签所携带的种种负面的刻板印象捆绑在一起。基于某种"洗刷污名、规避风险"的诉求，经由社群内部一系列心照不宣的协商以及资本的刻意引导与宣传，"二次元"这个看起来更为中性的词汇便逐渐取代了"御宅族""阿宅"，成为通行于中国大陆地区的用以指称 ACG 作品及其爱好者的专有名词。

"二次元"（にじげん，nijigen）在日语中的本意指的是"二维空间"或"二维世界"。它与 ACG 文化之间的关联，可以追溯到动画片《机

---

① 参见邵燕君主编《破壁书：网络文化关键词》，第 2—6 页，"宅"词条，该词条编撰者为林品。

② 参见邵燕君主编《破壁书：网络文化关键词》，第 2—6 页，"宅"词条，该词条编撰者为林品。

③ 例如 2012 年 7 月由文化部颁布的《"十二五"时期国家动漫产业发展规划》，就是国家首次专门为动漫产业制定的规划政策。

④ 动漫：即动画和漫画的合称，多见于中文主流媒体或一般网友的讨论。中文御宅族社群内部，通常会使用 ACG（起源于台湾地区）这个缩略称谓，在日本本土更常见的说法则是 MAG（manga、anime、game）。

⑤ 中央电视台《朝闻天下》栏目曾于 2016 年初播出过一期题为《进击的"二次元"》的报道，将二次元（即动漫、ACG 文化）描述为时下最受资本追捧的投资领域。

动战舰》（機動戦艦ナデシコ，1996）中反派团体"木星蜥蜴"的一句台词。根据片中的描写，"木星蜥蜴"们狂热地喜爱着动画片《激钢人3》的女主角菜菜子，却又无法跨越虚拟与现实的界限，只落得一声喟叹："菜菜子虽好，但她终究是二次元的女孩子啊！"[①]这句台词对于"二次元"概念的使用，一方面很好地概括了日系动画（漫画和游戏亦是如此）主要由二维平面图像构成的特点，另一方面也从空间维度出发，强调了"ACG作品所建构出来的虚拟世界"与"现实世界"（三次元、三维世界）之间的异质性。[②]此后，"二次元"逐渐成为由日系动画、漫画、电子游戏所构筑的二维世界/虚拟世界的代名词。近年来，又衍生出（尤其是在中文语境下）"ACG爱好者""ACG作品"甚至"ACG相关产业"等含义。

尽管从第一章开始，本书就在反复援引东浩纪有关"数据库消费""萌要素"等概念的论述，但归根结底，《动物化的后现代》这本专著的研究对象是日本的男性御宅族群体。因此，书中的诸多推断与结论都具有一定程度的"地方性"，不便直接挪用到其他领域。在前面的章节中，利用"数据库消费"理论分析"女性向"网络文学及偶像工业的尝试，也是以承认这种地方性为前提，再对其进行相应的提炼、转化之后，才得以展开的。

然而，当研究对象回归到御宅族/二次元文化，许多原本因涉及"萌要素"概念而有待辨析、论证的问题，反倒显得不言自明了。前文已多次提及，作为"罗曼蒂克2.0"的核心机制，"虚拟性性征"的两个要点分别为"成为虚拟化身或虚拟实在"，以及"与另一个虚拟化身或虚拟实在恋爱"。显然，相比"女性向"网文和偶像粉丝文化，二次元文化同第二个要点"与另一个虚拟化身或虚拟实在恋爱"之间的关联，是最为清晰直接的。正如"木星蜥蜴"对菜菜子的既深挚又无望的爱意，最终促

第四章 『女性向』网络亚文化：人机协同演化

---

① 参见邵燕君主编《破壁书：网络文化关键词》，第12—18页，"二次元"词条，该词条编撰者为林品。

② 参见邵燕君主编《破壁书：网络文化关键词》，第12—18页，"二次元"词条，该词条编撰者为林品。

成了"二次元"概念的诞生，反过来看，二次元爱好者们投射在 ACG 作品中的某个角色身上的所谓"纸性恋"（"纸"指的是"二维平面的纸片人"，它等同于将自己和某个 ACG 作品中的角色进行配对），又何尝不是二次元文化/二次元产业赖以存在的基石，尽管隔着一道"次元之壁"①而注定永远无法实现。事实上，对于任何一名二次元爱好者来说，其社群身份的确立，正意味着进入一个"虚拟化身"（社团 ID、网站账号或游戏账号），而他们所钟爱的角色（无论出自"男性向"ACG 作品还是"女性向"ACG 作品）又必然是由"萌要素"构成的"人设"，即"虚拟实在"。换句话说，二次元文化本身，就是一种典型到堪称范本的"罗曼蒂克 2.0"。

2. 电子游戏中的"虚拟化身"

游戏原本是一个非常古老的概念，可以用来泛指所有具备一定规则、目标的娱乐/竞技活动，如捉迷藏、猜灯谜或各种棋牌类项目等。本书所讨论的"电子游戏"（根据语境，后文有时也会将其简称为"游戏"），指的则是"以计算机硬件为载体，以计算机程序为其实体，以电子媒介的交互界面呈现给玩家的一种游戏"，是"计算机出现之后才应运而生的有别于传统游戏概念的游戏"。②

根据硬件平台的差异，电子游戏可以被细分为三大类：在个人电脑（Personal Computer）上运行的 PC 游戏、在掌上游戏机/家用游戏机平台运行的主机游戏（Console Game）以及在移动智能终端（手机、平板电脑）上运行的手机游戏（简称"手游"）。如果按照规则、玩法进行分类，则又包括角色扮演游戏（Role-Playing Game，RPG）、冒险游戏（Adventure Game，AVG）、模拟游戏（Simulation Game，SLG）、动作游

---

① 次元之壁：指某种存在于二次元文化和三次元（三维空间）文化或真实与虚拟之间的阻隔，被二次元爱好者假象为一道无法翻越的墙壁。参见邵燕君主编《破壁书：网络文化关键词》，第 12—18 页，"二次元"词条，该词条编撰者为林品。

② 参见邵燕君主编《破壁书：网络文化关键词》，第 316—319 页，"电子游戏"词条，该词条编撰者为傅善超。

戏（Action Game，ACT）和多人在线战术竞技游戏（Multiplayer Online Battle Arena，MOBA）等。日均活跃用户破亿的《王者荣耀》就是一部典型的 MOBA 类手游，《仙剑奇侠传》（电视剧《仙剑奇侠传》的原作）则属于 PC 端 RPG。这也意味着，电子游戏并不是一个单一且均质的整体。例如日本 ACG 文化中的 G（game 的首字母），就远远无法囊括所有的游戏产品，而是特指电子游戏中美术风格贴近日本动画、漫画，并且主要类型为文字 AVG①、SLG 或 RPG 的一个细小分支。

　　然而，无论平台、类型如何变幻，电子游戏终究与我们所能感知到的整个互联网媒介环境的"本体"，即各种网页、操作系统和 App 一样，都是由计算机语言编写的程序。作为这类程序的"外壳"而实际呈现在用户面前的部分，则正是本书第三章第一部分中曾经提到过的"人机交互界面"。显然，相较于前面章节里重点分析的网络文学（文字）、偶像粉丝文化（音乐、舞蹈、影视剧）以及二次元文化中的动画、漫画，电子游戏才是同互联网媒介最为匹配的文化产品／文艺形式：它不仅仅旨在建立人与人之间的沟通，更着眼于人和机器的交互与联络。

　　换言之，由于电子游戏的世界本质上由计算机语言构筑而成，几乎完全存在于虚拟空间，因此，其游玩过程亦不免被分割成两个步骤：第一步，是玩家（player）通过连接在电脑或游戏机等硬件平台上的输入设备（Input Device）②向游戏程序下达指令，如移动路径或特定的行为意图等；第二步，则是游戏程序在接收到上述指令之后，用相应的画面、音效或文字对指令内容及其实施效果予以呈现。③ 如此循环往复，玩家的身体与游戏程序所生成的图形界面之间，便构成了某种协同一致的"物质对象被信息模式所贯穿"的反馈回路（feedback loop）。④

---

　　① 文字 AVG：具体释义见本节下一部分。

　　② 输入设备：泛指所有向计算机输入数据和信息的硬件设备，同时也是计算机的使用者与计算机之间展开交互的必备装置，包括鼠标、键盘、游戏手柄、VR 眼镜和手机触控屏等。

　　③ 例如，玩家按住游戏手柄的方向键，玩家控制的游戏人物就会往相应的方向移动，或者玩家用鼠标在游戏界面上点击某个选项，游戏人物就会做出相应举动等。

　　④ Hayles N K. *How We Became Posthuman: Virtual Bodies in Cybernetics, Literature, and Informatics.* University of Chicago Press, 1998, pp.13–14.

　　作为电子游戏连通虚拟世界与现实世界的核心机制，上述反馈回路的成立，除必须依赖特定的输入设备外，更离不开游戏程序中那些由玩家所操控／扮演、能直接对输入设备传来的指令予以响应的游戏角色。游戏业界有时会将这类角色标注为 PC（player character），但更为常见的称谓则是 avatar。

　　Avatar 最初是一个梵语词汇，指神在人间的化身。① 其引申义"计算机用户在虚拟世界中构建的另一个自我"，则出自科幻作家尼尔·史蒂芬森（Neal Stephenson）撰写于 1992 年的赛博朋克（cyberpunk）题材小说《雪崩》（Snow Crash）。作为游戏术语，avatar 所对应的中文译名包括"角色""游戏角色"等。在本书此前的章节里，为强调这个概念运用于计算机、互联网领域时所特有的"存在于虚拟空间之中"的意味，统一译为"虚拟化身"。

　　值得注意的是，由于电子游戏的类型、题材十分多样，且极富幻想色彩，因此，玩家们的虚拟化身往往并不局限于人类，各种类人生物、动物、妖魔、外星人，甚至汽车、飞机之类的交通工具等，亦可囊括其中。除此之外，虚拟化身还分"给定"和"自定"两大类，取决于游戏系统是直接向玩家提供一个默认且不可变更的虚拟化身，还是允许玩家自行创建并调整虚拟化身的外形与基本属性。就当下的游戏市场而言，由欧美厂商出品，带有桌面游戏②《龙与地下城》③血统的单机

---

　　① ［英］戴安娜·卡尔、大卫·白金汉、安德鲁·伯恩、加雷斯·肖特：《电脑游戏：文本、叙事与游戏》，丛治辰译，北京大学出版社，2015 年，第 97 页。

　　② 桌面游戏：指玩家在牌桌上面对面，利用实体卡牌、道具（例如骰子）进行游玩的游戏。扑克牌、麻将都属于桌面游戏。

　　③ 《龙与地下城》：发行于 1974 年的一款奇幻主题桌面角色扮演游戏。根据该桌游的相关规则，玩家必须在正式开始游戏之前，先利用专门的人物卡片（Character Sheet）创建一个在接下来的游戏过程中由自己扮演的角色，卡片里需要填写的内容包括人物的姓名、性别、种族以及包括力量、敏捷在内的各项基本属性等。

RPG（Role-Playing Game，角色扮演游戏）[①]，以及绝大多数 MMORPG [②]（Massive Multiplayer Online Role-Playing Game，大型多人在线角色扮演游戏）的主人公，都属于可自定义类虚拟化身。而随着"捏脸"系统[③]的日益丰富与普及，玩家创建/编辑虚拟化身的过程本身，也已成为包括 MMORPG 在内的各类游戏产品的重要卖点。

在本书前面的章节里，为了更好地阐释"虚拟性性征"的定义，凡具体涉及网络文学、偶像粉丝文化以及二次元文化的段落，都或多或少花费了一定的笔墨来辨析"虚拟化身"这个概念在其中扮演的角色。到了电子游戏领域，"虚拟化身"的存在则越发显得不言自明：当玩家将自己代入游戏角色，于虚拟世界开启一段冒险旅程的瞬间，"成为虚拟化身"的步骤便顺利完成了。此后，他将以这个虚拟化身为中介，开展各式各样的活动，如谈话、锻造、交易或战斗。当然，如果他想要的话，也可以谈一场恋爱。

通常情况下，如果某款游戏的主线剧情中包含恋爱桥段，那么玩家只要代入虚拟化身的视角，便可在虚拟世界中体验一段"罗曼蒂克 2.0"式的爱情。两名玩家以虚拟化身的状态在游戏中相识相恋，最终成功"奔现"[④]的事例，亦并不罕见。许多电子游戏更是专门设置了"好感值系统"和"婚恋系统"。其中，"好感值系统"指的是记录玩家所操控的角

---

① 单机 RPG：指由玩家操纵/扮演虚拟角色，在虚拟世界里展开冒险的一种电子游戏类型。RPG 的核心模块包括数值系统与升级系统。数值系统即通过多维度的数值，例如生命值、技能值等，来描述一个游戏角色的属性和能力；升级系统则意味着这些数值是会随着人物等级（level）或具体某个技能等级的提升而逐步增长的。单机 RPG，指无须全程接入互联网也可以顺利游玩的角色扮演游戏。参见邵燕君主编《破壁书：网络文化关键词》，第 327—330 页，"角色扮演游戏"词条，该词条编撰者为傅善超。

② MMORPG：RPG 的一个子类型，与单机 RPG 之间最大的区别在于，其游玩过程中游戏设备必须接入互联网，而且支持多名玩家在同一个虚拟场景中游玩、互动。MMORPG 是"网络游戏"中用户规模最大的一个子类型，中文主流媒体在报道里常常提及的"网游/网络游戏"，例如《热血传奇》《魔兽世界》等，几乎无一例外地都属于 MMORPG。参见邵燕君主编《破壁书：网络文化关键词》，第 338—343 页，"网络游戏"词条，该词条编撰者为傅善超。

③ 捏脸系统：指内嵌在游戏系统中用于调整游戏角色的五官大小与位置、发型及妆容等面部细节的编辑系统。

④ 奔现：指网友/玩家以虚拟化身的形态在互联网中相识相恋后，尝试由线上交往发展为线下情侣的过程。

色和游戏中的其他角色（可以是纯虚拟角色，也可以是其他玩家操控的角色）之间亲密程度的数值体系，可通过赠送礼物、共同完成任务等方式加以提升；"婚恋系统"则是允许玩家操控的角色在游戏世界中与其他角色（可以是纯虚拟角色，也可以是其他玩家操控的角色）缔结婚姻/恋爱关系的功能。在此基础之上，"虚拟性性征"的第二个要点，"与另一个虚拟化身或虚拟实在恋爱"，也得以顺利实现了。

3. "女性向"恋爱游戏中的"罗曼蒂克 2.0"

如前文所述，"罗曼蒂克 2.0"的核心机制"虚拟性性征"主要包括"成为虚拟化身或虚拟实在"以及"与另一个虚拟化身或虚拟实在恋爱"这两个环节。由于 ACG 作品中的角色必然是由"萌要素"所构成的虚拟实在，电子游戏的主人公又必然是玩家的虚拟化身，因此，相较于网络文学和偶像粉丝文化，"虚拟性性征"同二次元文化、电子游戏之间的关联显然是更为清晰明确的。

上述论点最具代表性与概括性的例证，当然莫过于日系恋爱游戏及其子类型"女性向"恋爱游戏。顾名思义，恋爱游戏中的"恋爱"二字，限定的是游戏的题材及内容，通常表现为主人公（作为玩家的虚拟化身）与游戏中的角色（虚拟实在）建立恋爱关系的过程。由于这类游戏多为日本厂商出品，美术风格也同日本动画、漫画一脉相承（ACG 中的 G 所指代的游戏作品里，就包含这类恋爱游戏），故常标注"日系"二字以示区分。此外，考虑到核心玩法上的差异，日系"女性向"恋爱游戏还可以被细分为"文字 AVG"（Text Adventure Game）和"SLG"（Simulation Game，模拟游戏）两种类型。①

其中，"文字 AVG"是冒险游戏（Adventure Game，AVG）的一个子

---

① 如无特别说明，后文中提到的恋爱游戏，其美术风格均与日系 ACG 作品一致，或在很大程度上继承了相关作品的审美倾向，且均为单机游戏。也就是说，所有与玩家发生互动的角色，都是虚拟实在而非虚拟化身。此外，尽管绝大多数"女性向"恋爱游戏都属于文字 AVG 或 SLG，但也不排除少量例外的状况，例如《安琪莉可》系列的外传《天空的镇魂歌》就是一款 RPG。

类型①，主要依赖文字描述和人物对话推进剧情，再辅以简单的背景图案、角色立绘②，构成一系列可供玩家展开探索的要素与谜题。"文字 AVG"的核心玩法，是由系统提供若干文字选项（包括行动指令或发言内容等），并根据玩家的不同选择引出相应的分支剧情或结局。恋爱题材的"文字 AVG"，还会额外包含主人公与"可攻略角色"③之间的好感值、情感归属等元素。"文字 AVG"是"女性向"恋爱游戏中数量最多、最主流的类型，代表作有 IDEA FACTORY 公司出品的《薄樱鬼》系列（2008），以及 Daisy 2 公司出品的《三国恋战记》（三国恋戦記—オトメの兵法，2010）等。

　　"SLG"则是基于计算机编程的思维，通过构造相应的图形 / 数值体系来模拟某种环境、场景或事件（可以是现实世界中存在的，也可以是幻想题材的），让玩家得以体验别样的生活经验、生活方式的一种游戏类型。在各种不同题材的 SLG 中，玩家可以尝试担任城市规划专家、赛车手甚至战场指挥官，当然，也可以化身为恋爱高手，于万花丛中穿梭周旋。

　　由科乐美（Konami）公司出品并于 1994 年正式发售的《心跳回忆》（ときめきメモリアル），就是一款典型的恋爱题材 SLG。它模拟日本高中的校园生活，玩家可以在正常上课的时间段外，自由安排主人公（玩家在游戏中的虚拟化身）的日程计划，如学习、锻炼身体或参加社团活动等，周末和节假日还有机会外出约会。不同的日程安排将直接影响主人公各项基本属性（包括文科成绩、理科成绩、艺术、运动、姿容、杂学等）的具体数值：假设玩家把更多的时间段分配给体育锻炼，这当然会大大地提升角色的运动能力，却也难免因此而耽搁学业。游戏中设有多达十余位的可攻略角色，只需在游玩过程中触发与该角色相识的剧情，

---

　　① 冒险游戏：这种电子游戏的核心要素为探索，根据开展探索活动时所依赖的媒介以及探索目标的不同，可以被细分为文字 AVG、动作 AVG 和解谜游戏等。参见邵燕君主编《破壁书：网络文化关键词》，第 323—326 页，"冒险游戏"词条，该词条编撰者为高寒凝。

　　② 立绘：源自日语单词立ち絵（たちえ，tachie），指游戏角色站立状态下的形象，是开发文字 AVG 所不可或缺的一种图像素材。

　　③ 可攻略角色：恋爱游戏中与主人公之间存在成为恋人的可能的虚拟角色。

同时各项基本属性达到要求，便可进一步解锁与之约会的选项，逐步积累好感值，最终达成恋爱结局。作为史上最著名的恋爱游戏系列，《心跳回忆》的初代作品及此后的两部续作，其主人公均为男性，目标用户自然也是男性玩家。直到 2002 年，科乐美公司才推出了该系列的"女性向"版本（主人公为女性，攻略对象为男性）《心跳回忆 Girl's Side》。

世界上第一款"女性向"恋爱游戏，或者说乙女游戏①，则是由日本光荣公司旗下开发小组 Ruby Party 制作的《安琪莉可》（アンジェリーク，1994）。光荣公司成立于 20 世纪 70 年代末，以经营历史题材策略游戏（Strategy Game）和动作游戏（Action Game）闻名，代表作包括《三国志》（1985）系列、《信长的野望》（1983）系列以及《真·三国无双》（2000）系列等。该公司创始人为襟川阳一、襟川惠子夫妇。其中，负责产品研发工作的是身为历史爱好者，同时具备计算机编程技能的丈夫襟川阳一，妻子襟川惠子则掌管着公司的财政、产品宣发及销售业务。

20 世纪 80 年代中期，作为当时日本游戏业界屈指可数的女性从业者，襟川惠子敏锐地意识到，电子游戏是一个长期以来被男性玩家以及迎合男性玩家趣味的产品所占据的市场。为什么女性不能成为电子游戏的潜在消费者？怀着这样的疑问，襟川惠子萌生了一个大胆的想法：开发一款专门面向女性用户的游戏。此后的十年间，她坚持不懈地招募、培训女员工，从无到有地组建起一支主要由女性成员构成的游戏制作团队，并将其命名为 Ruby Party。该团队承担的第一个研发项目，正是后来被誉为"女性向"游戏开山之作的《安琪莉可》。②

《安琪莉可》的世界观设定，围绕身为宇宙主宰者的"女王"和辅佐女王的九名"守护圣"（均为男性）展开。每当现任女王及其守护圣耗尽神力，就必须从圣域之外的凡人中间重新遴选继任者，以担负起守护宇

---

① 乙女游戏："乙女"（おとめ，otome）在日语中的含义为"少女"。乙女游戏指的是目标用户为青少年女性的电子游戏，多为恋爱题材，某种程度上可以被认为是"女性向"恋爱游戏的同义词。

② 襟川惠子组建 Ruby Party 以及开发《安琪莉可》项目的全过程，参见 2015 年 6 月 25 日出版的日本游戏杂志《fami 通》（ファミ通）上刊载的襟川惠子专访，标题为《"女性向"游戏的开拓者——"新罗曼史"系列 20 周年纪念》。

宙、调律群星的职责。17 岁的金发少女安琪莉可，正是新一任女王候选人之一。该游戏的类型为 SLG，它既模拟女王选拔的流程，也模拟女主人公和守护圣之间的恋情进展，分别对应着两种不同的玩法与结局走向：击败对手登上女王宝座；或退出争斗，同某位心仪的守护圣双宿双飞。

有别于绝大多数由正规厂商制作发行的电子游戏，《安琪莉可》在立项之初并没有明确游戏的类型与玩法，而是优先从探索女性玩家的消费需求入手，以希腊神话为背景精心撰写了故事脚本，并据此创造出一系列少女漫画风格的男性人物形象，即游戏里的可攻略角色。后来出现在游戏正式发售版本中的模拟系统"女王选拔考试"，实际上是由临时支援该项目组的襟川阳一着手设计的。这一耐人寻味的细节恰恰证明，"女性向"恋爱游戏的核心卖点[1]，或许从来都不是什么有趣的玩法，而是玩家们与外形俊美、声线迷人，并且主要由符合女性玩家审美的"亲密关系要素"拼贴而成的二次元男性角色（虚拟实在）之间虚拟化的亲密关系。或者准确地说，是游戏制作组借助这些可攻略角色，以台词、剧情或 CG（Computer Graphics）[2] 等各种形式提供给玩家们的"亲密关系劳动"。

早在 2013 年前后，日本恋爱游戏市场的总规模就已超过 130 亿日元（按当前汇率计算，约合 7.8 亿人民币）[3]，尽管无从估算乙女游戏在其中占据的比重，但终究还是留下了一大批销量、品质俱佳的经典作品。而中国大陆地区的"女性向"恋爱游戏市场，却长期处于无人问津的境地，不仅国内游戏公司鲜少涉足此类题材，日系乙女游戏也很难通过合法渠道流入中国，只能依靠民间汉化组的零星译介在小范围内传播。2013 年

---

① 这里特指"女性向"恋爱题材游戏的核心卖点，并不能代表所有女性玩家的偏好。而"女性向"游戏以"少女漫画风格、恋爱题材"的作品作为开端，也是十分偶然的。它一方面取决于襟川惠子本人的喜好，以及对当时的日本"女性向"消费市场的判断；另一方面，也是为了最大限度地在一个长期迎合男性消费者的市场中，突出"女性向"游戏的独特性。但在真实的消费场景中，女性玩家对于游戏类型、游戏题材的选择，其实是十分开放的。

② CG：利用计算机软件绘制出的所有图形、画面的统称。作为游戏术语，则指的是"以 CG 技术绘制的游戏过场画面"。在文字 AVG 中，CG 的作用尤为举足轻重，它的出现通常意味着游戏进入了一段特殊的剧情或达成了某个结局。

③ 参见矢野经济研究所发布的《2014 年度御宅族市场调查结果》(《「オタク」市场に关する调查结果 2014》)。

以来，随着智能手机硬件性能的不断提升以及国产手机游戏的崛起，大量女性用户经由手机 / 平板电脑这类便携而又易得的硬件设备，成为电子游戏产品的新兴消费者。① 此后，中国的游戏业界才逐渐开始正视"女性向"游戏的商业潜能。2017—2020 年间，多部以女性为目标用户的国产恋爱题材氪金卡牌手游陆续上线，其中，销售业绩相对靠前的有叠纸科技出品的《恋与制作人》、米哈游科技出品的《未定事件簿》以及网易游戏出品的《时空中的绘旅人》等。②

所谓"氪金卡牌手游"，指的是以"卡牌战斗"为核心玩法，以"氪金"为主要盈利模式的一种手机游戏。其中，"氪金"系日语单词"課金"（かきん，ka kin）的误用，本意为"征收费用"。由于日本手游行业常以"課金"来概括其"游戏免费，道具付费"，即诱导玩家在游玩过程中使用现金购买游戏资源 / 游戏道具（例如抽卡机会、虚拟货币等）的运营理念，"課金游戏 / 課金手游"便逐渐成为日系手机游戏的代名词。"課金"这个说法在现代汉语中并不常见，但其同音词"氪金"却恰好是热门 MMORPG《魔兽世界》里的一种矿物材料，因此，中国的游戏玩家们在使用拼音输入法时，往往会将"課金"误写作"氪金"。久而久之，后者竟演变为公认的专有名词。③

"卡牌战斗"指的则是玩家操控卡牌攻克游戏中的关卡或与其他玩家操控的牌组进行对战的一种游戏形式。卡牌游戏中的卡牌并不像扑克牌或麻将那样，只以简单的符号或数字作为标记，它本质上其实是被封装在"卡牌"这个概念里的若干种"属性"，例如生命值、攻击力以及防御力的具体数值，再加上特定的"技能"，例如"某某条件下该卡牌攻击力

---

① 根据中国音数协游戏工委（GPC）、伽马数据（CNG）联合发布的《2018 年中国游戏产业报告》显示，2013 年，中国移动游戏（手机游戏）市场总销售收入达到 112.4 亿元人民币，并随即进入快速增长期，到 2018 年时，已达 1339.6 亿元人民币。2015—2018 年间，女性用户在中国游戏市场中的消费规模也由 218.9 亿上升至 490.4 亿。

② 根据移动产品商业分析平台七麦数据的估算，2020 年度，《恋与制作人》《未定事件簿》和《时空中的绘旅人》这三款游戏在 ios 平台的日营收峰值，均一度达到十几万乃至数十万美元。

③ 参见邵燕君主编《破壁书：网络文化关键词》，第 393—396 页，"氪"词条，该词条编撰者为王恺文。

增加 20%"等元素的集合。二者之间的差别就在于，两张扑克牌谁大谁小，只看牌面上印着的数字即可辨别，但卡牌游戏中卡牌的"强度"与对战的"胜负"，却必须综合各张卡牌中包含的所有数值与技能，再经过一连串极其复杂的运算方能得出。此外，卡牌游戏中的卡牌还兼具"可养成性"，玩家只需消耗特定种类、数量的虚拟道具，就能使卡牌的各项属性值得到提升。通常情况下，玩家收集卡牌的主要渠道为"抽卡"：每消耗一次抽卡机会，就依照相应概率随机获取一张卡牌。[①]这里的"概率"，对应的是卡牌的稀有度，多以卡牌属性强度或卡面美术设计水平为标准，将其划分为普通（Normal，简称 N）、稀有（Rare，简称 R）、超稀有（Super Rare，简称 SR）与特级超稀有（Superior Super Rare，简称SSR）等几个层级。由于抽卡机会和培养卡牌的虚拟道具均可使用现金购买，因此，在这类游戏中，"卡牌"不仅意味着游戏的核心玩法，也指向其最重要的盈利手段，即"氪金"。

总体而言，国产"女性向"恋爱手游（又名"国产乙女游戏"，简称"国乙"）和日系乙女游戏（简称"日乙"）之间的渊源，主要体现在题材及美术风格等方面：它们的故事主线，都是主人公（作为玩家的虚拟化身）与虚拟角色之间的恋情；都以游戏中可攻略角色们的"亲密关系劳动"为卖点；都是二次元画风，或某种糅合了中式审美的二次元画风。与此同时，市场环境的差异与变化，又造就了二者迥异的游戏类型与盈利模式。游戏类型之间的区别正如前文所述，并不复杂，尤其值得详加解析的部分，则主要是盈利模式，或者说定价策略。

尽管本书始终在强调，乙女游戏的核心卖点主要是二次元虚拟男性角色们的俊美外形、迷人声线以及他们提供给玩家的"亲密关系劳动"，具体表现为暧昧的台词、充满恋爱氛围的剧情或特殊 CG 画面中与女主人公的亲密互动等，但毕竟没有切实的证据来支持这一判断。而耐人寻

---

① 抽卡概率：2016 年 12 月印发的《文化部关于规范网络游戏运营加强事中事后监管工作的通知》第六条规定，网络游戏运营企业应当及时在该游戏的官方网站或者随机抽卡页面公示可能抽取或者合成的所有虚拟道具和增值服务的名称、性能、内容、数量及抽取或者合成概率。根据现有的公示情况，SSR 级别的卡牌、道具的抽取概率，多为 1%~3% 不等。

味的是，相较于日乙一次性结清款项（用于购买游戏卡带或下载权限）的"买断制"，国乙普遍采用的却是"氪金抽卡制"。显然，前者的定价思路是将游戏产品视作一个整体打包售卖，玩家必须事先为该游戏的玩法、交互设计、音乐、剧情、美术等所有内容付费，才能开始游玩；而后者则允许玩家在游戏进行的过程中选择性地购买他们愿意为之付费的部分，包含抽卡机会和培养卡牌所需的虚拟道具等增值服务。从表面上看，国乙中的卡牌和大多数国产氪金卡牌手游中的卡牌一样，都由类似攻击力、防御力之类的数值和某些特定的技能构成，但除此之外，国乙卡牌的标准配置还包括可攻略角色的精美立绘、CG（作为卡面美术设计），以及伴随着卡牌等级的提升而逐一解锁的剧情片段或语音片段（作为卡牌升级奖励，每张卡牌的剧情与语音通常不会重复）等。也就是说，促使国乙玩家们付费抽卡、购买虚拟道具（用于升级卡牌）的根本动力，正是这些由立绘、CG、剧情和语音片段所呈现出来的可攻略角色们的"亲密关系劳动"。

值得一提的是，国乙异军突起的 21 世纪第二个十年末期，移动互联网早已在中国内地全面普及。手机、平板电脑等移动智能终端，一方面作为新兴的电子游戏平台被玩家们所广泛接受，另一方面也逐步与当代青年的日常生活经验融为一体。例如在相当一部分现代背景的国产乙女手游中，都内嵌有一整套短信、电话、微博以及微信朋友圈的模拟界面。一旦触发"某角色尝试与主人公取得联络"之类的桥段，原本显示着游戏画面的手机屏幕上，便会弹出一段仿真度极高的来电提醒或短信、微信对话框的界面，按下模拟接听键或回复消息，还会获得相应的反馈，就像是游戏中的角色真的在和玩家进行电话或线上交流一样。在这个场景中，手机屏幕既作为某种"人机交互界面"沟通游戏中的虚拟世界和玩家所处的现实世界，同时也隐喻着由游戏程序所模拟的移动互联网时代的生活经验（人际交往、恋爱、陪伴感）本身。[①] 时隔二十余年，对比

---

① 参见微信公众号"我要 WhatYouNeed"：《现在，只有"李泽言"会秒回我了。》，2017年 12 月 26 日。本书引言部分的开头处所描写的那段情节，就参考了某些"女性向"恋爱手游利用游戏的客服平台，模拟出"男主人公给玩家拨打电话"这一场景的营销方案。通常情况下，电话里播放的都是配音演员事先录好的语音。

《心跳回忆》初代作品中玩家使用个人电脑运行游戏，再通过拨打游戏中的固定电话（一个虚拟道具）邀约异性所产生的割裂感，乙女手游在模拟玩家的社交行为、通讯方式等各方面都与运行游戏所需的硬件设备和当下的整个互联网媒介环境实现了无缝融合。"真实"与"虚拟"的界限因此变得越发暧昧，反而使"罗曼蒂克2.0"的轮廓日渐清晰起来。这或许便是国产乙女手游能在短时间内吸引大批玩家，尤其是吸引原本并不热衷于二次元、游戏文化的轻度玩家的深层原因之所在。

三、由"虚拟性性征"引发的圈层互渗

在前面的章节中，本书先后以女频言情小说、女频耽美小说、"女性向"网络同人小说、偶像粉丝文化以及"女性向"恋爱游戏作为观察对象，对"罗曼蒂克2.0"的具体形态与特征进行了较为全面的解读。之所以分门别类地展开讨论，当然是因为它们彼此之间确实存在着较大的差异，无法混为一谈。与此同时，由于上述一系列网络亚文化领域的文化生产及其粉丝社群生态都或多或少由"虚拟性性征"所驱动，这些本就互有关联的圈层之间亦日益显露出某种融会贯通的征兆。

1."女性向"网络文学与偶像粉丝文化

从表面上看，尽管娱乐圈的热点事件一直以来都是女频网文、同人小说最常见的题材来源，但"女性向"网络文学给人的印象终究还是与光影交错的偶像工业相距甚远。难道二者之间真的存在什么隐秘的渊源么？要解答这个问题，就必须从本书曾经反复讨论过的"人设化"概念入手。

仍以清穿文为例。由于清穿文系统性地将《雍正王朝》原作中各具魅力的男性角色都"改造"成了"人设"，并从中拆解出一连串"虚拟化、数据库化"且符合女性读者需求的欲望符号（萌要素 / 亲密关系要素），因此，它能够唤起部分读者（尤其是女性读者）的爱慕之意，进而围绕这些角色展开亲密关系想象和欲望投射，也就不足为奇了。这无疑

正是第四章第一部分中曾经提到过的"准社会关系"，而清穿文的创作实践则既是"准社会关系"的必然产物，也是将其合理化、浪漫化，甚至"去病理化"的有效手段。

结合前文有关偶像明星本质上属于某种"亲密关系要素分发装置"的论断，不难得出，对于粉丝而言，偶像就是由一系列符合自身亲密关系需求的"亲密关系要素"拼贴而成，同时具有一定流动性的"人设"——与清宫剧／清穿文中被视作理想婚恋对象的男主人公们如出一辙。

不仅如此，在组织结构、社群生态等方面，清穿文的读者群体也同偶像明星粉丝社群存在高度的一致性。正如偶像明星的粉丝常以特定偶像为中心结成后援会／粉丝团，清宫剧／清穿文的受众中也存在类似的组织，例如"四爷党"（胤禛的粉丝团）、"八爷党"（胤禩的粉丝团）等。[1]需要特别指出的是，这类粉丝组织的成员，除去"角色粉"（将虚构作品中的人物视为偶像的粉丝）的本质属性之外，无疑还兼具着"CP 粉"的特质。而他们所热衷的配对组合，自然就是"清代王公贵族 × 现代女性"了。[2]在清穿文最为流行的 2004—2007 年前后，这批"角色粉"曾以晋江文学城论坛和百度贴吧[3]等网络平台为据点展开活动。他们聚集在一起，抒发对角色的爱意，挖掘相关历史资料[4]，分享近期阅读的小说……以各种带有浓厚趣缘社交和参与式文化氛围的行动贡献着自己的

---

[1] 田晓丽：《互联网时代的类社会互动：中国网络文学的社会学分析》，《清华大学学报（哲学社会科学版）》2016 年第 1 期，第 173—181 页。

[2] 这里的"CP 粉丝社群"，就是第一章中所说的以配对组合为单位聚合而成、主要成员为女性且热衷于讨论相关话题的粉丝社群。既然如此，清穿文男主人公们的角色设定和他们与"穿越女"之间的情感模式等，也应当是在趣缘社交和参与式文化的氛围中融合社群成员的集体智慧，经过长期协商、积累和扬弃而最终形成的公共知识与基本共识的集合，必然是相对稳定而统一的。

[3] 以"四爷党""八爷党"为名的百度贴吧，直到现在还有少量"角色粉"参与讨论。

[4] 《雍正王朝》作为清穿文的"公共原作"，对清代历史和日常生活的描摹虽然称得上完备，但有关清代后宫和王府内宅的介绍却相对不足，而这正是清穿文创作中必不可少的资料。"角色粉"们对自家"偶像"情感生活的深入挖掘，则有效地填补了这部分空白。以"四爷党"对雍正帝后妃年氏（即敦肃皇贵妃）相关资料的搜集为例，通过阅读《清世宗实录》《清史稿敦肃皇贵妃传》和《雍正朝满文朱批全译》等史料，四阿哥的忠实粉丝既梳理了年氏的生平，也基本上确认了年氏在雍正帝心目中的真爱地位，为以雍正帝为主角的清穿文奠定了女主人公以年氏、钮祜禄氏和其他家族出身的女性三分天下的格局。

智慧和创造力，极大地促进了清穿文的创作与传播。

但至少在这一时期，由"角色粉"所构成的同好社群与偶像明星的后援会 / 粉丝团之间，仍然存在着根本性的差异。通常情况下，后援会 / 粉丝团的日常活动，往往与偶像的商业价值挂钩，例如筹备粉丝见面会①、组织投票 / 打榜或团购唱片等，经纪公司有时也会参与其中。而"角色粉"所追逐的虚拟人物，则既无经纪公司代理其商务活动，也不可能从粉丝的支持中获取任何实际收益。

然而，无论情感模式还是组织结构，"角色粉"毕竟与偶像明星的粉丝过于相似。在清穿文退潮之后，这类粉丝群体非但并未消亡，反而不断地以各种名目卷土重来。这意味着，在以"角色粉"为中心形成的社群生态中，同样蕴含着发展粉丝经济的可能性。随着网络文学商业价值的日益提升，尤其是 2015 年之后被彻底纳入由互联网资本所打造的"泛娱乐产业链"，以运营粉丝经济的套路征用"角色粉"的购买力，便逐渐成为网文行业新兴的利润增长点。

最典型的例子，莫过于围绕电子竞技题材网文《全职高手》（简称《全职》）开展的一系列商业运作。尽管《全职》是一部典型的"男频文"，但和《雍正王朝》一样，拥有数量众多且各具魅力的男性角色，因此吸引了大批女性读者化身为"角色粉"。最初，其版权方阅文集团只是依靠售卖衍生产品，例如电竞战队队服或印有角色头像的钥匙扣来获取利润，后来逐渐演变为鼓动粉丝通过付费投票等方式支持自己喜爱的角色。2017 年，《全职》与知名快餐品牌麦当劳合作，由小说中的人气角色周泽楷代言该品牌旗下的新品"那么大甜筒"。以虚构角色的身份获得商业代言，这样的运营模式已经和偶像工业极为接近。由于市场反应颇为理想，很快被竞品商家所借鉴，一年后，网络小说《魔道祖师》（墨香铜臭，晋江文学城，2015）中的几位主要角色也集体担任了可爱多冰激凌的代言人。

上述商业模式之所以能够顺利运转，归根结底是因为偶像明星和

① 粉丝见面会：是偶像明星维护粉丝忠诚度的重要手段，近年来，由广告商出资，举办附带商业推广活动的粉丝见面会，已经成为行业内的惯例。

这类被塑造或解读为"人设"的网文主角们共享着同样的内核，而粉丝经济对"角色粉"购买力与数字劳动的征用，也使得这类粉丝社群的内部生态与偶像明星粉丝圈越发接近。一些负面的影响，例如为了争夺商业资源而党同伐异等，已开始浮出水面，成为网络文学界引人瞩目的新现象。①

2."女性向"网络文学中的游戏经验

网络文学与游戏之间的关联，过往的研究者们已多有涉及。本书并不试图从正面入手对该命题展开讨论，而是更倾向于透过"女性向"网络文学这个观察对象，梳理"人机交互""人机协同演化"（Human-Machine Co-evolution）等概念是如何一步步与"虚拟性性征"交汇融合，最终在网络文学的创作实践中落实为丰富多彩的"游戏经验"的。

本书从第三章第一部分开头就已经在反复强调，"魂穿"作为网文创作中极为常见的设定，是对于网民们"登录网站 ID、游戏账号"等一系列日常行为的隐喻。由此进一步向下推演，当"魂穿"设定与清穿文作为清宫剧，尤其是作为《雍正王朝》同人小说的属性结合起来，那么，以康熙朝"九龙夺嫡"为背景的所有清穿文的总和，在概念上就几乎相当于一部乙女游戏（类型为文字 AVG）的脚本了。

这一论断看似颇为惊人，但事实上，"九龙夺嫡"作为真实存在的历史事件，又经过电视剧和畅销小说的演绎，其大体上的故事走向是较为固定的。留给清穿文的虚构空间，不过是女主人公的出身、情感经历等细节问题。倘若将这批清穿文汇总到一处，再把每本书都提到过的关键性历史节点标记出来，例如康熙四十七年（1708）废太子、康熙驾崩雍正继位等，据此拉出一条公共的时间轴，再以这条时间轴为参照系，把每一部清穿文的剧情一层一层地叠加在这个时间轴上，凡遇到发生冲突的情况，例如有些小说里女主选上了秀女，有些小说则没选上，就画成两条分叉的线索，以此类推。那么不难想象，最终形成的剧情流程总图，

① 刘明洋:《"粉圈化"：权利贩售的游戏规则——从"全职圈"麦当劳代言事件说起》,《文艺理论与批评》2020 年第 3 期，第 140—148 页。

就会像是一条发源于康熙朝中后期的长河，先是迅速分裂出无数条平行的支流，偶尔收束，再分流，最后不断向着雍正初年的入海口奔涌而去，具体如下图所示。①

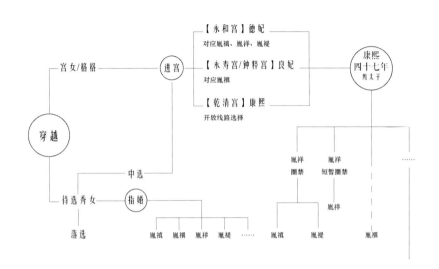

博尔赫斯曾经在《小径分岔的花园》中，描述过这样一部只可能存在于想象中的小说作品："在其他所有的小说里，人们每当面临各种选择的可能性的时候，总是选择一种，排除其他。但是这一位几乎无法解释的崔朋，他却——同时地——选择了一切"。也就是说，根据该小说的剧情走向，主人公可能试图杀死一个人，也可能放弃；受害人或许死了，却也未尝不能侥幸逃生。"所有的各种解决办法都发生了，每一个办法都是与其他办法交叉的出发点"。②

由此反观清穿文的创作，不难发现，即使每一部孤立的、单篇的清穿文都只不过是非常普通乃至平庸的言情小说，几乎不具备任何先锋气质，但当它们层层叠合在一起之后，却构成了某种行为艺术：通过积累

---

① 该图片的绘制参考了 2006 年左右首发于晋江文学城论坛的帖子《史上最全的清穿俗套总结》（副标题《我与数字军团不得不说的故事》）。该帖原地址与原作者 ID，目前已不可考。

② ［阿根廷］豪尔赫·路易斯·博尔赫斯:《小径分岔的花园》，王永年译，上海译文出版社，2015 年，第 94 页。

海量相同题材的创作实践，穷尽同一历史背景和历史时期内依循同一条故事主线演绎出的剧情桥段的所有可能性。显然，全体"清穿文"的总和，以及由它们累加而成的复杂拓扑结构，正是那部只存在于博尔赫斯想象中的小说，即一座"小径分岔的清宫宇宙"。只不过，其先锋性的根本来源，理应是鲜活流动的网络同人粉丝文化和以"低门槛高产量"为特征的网络文学生产机制，而绝非任何天才作家独立的天才创造。①

如此错综复杂的树状叙事结构与文字 AVG 游戏流程之间的相似性，更是不言而喻。如前文所述，文字 AVG 的核心玩法"是由系统提供若干文字选项，并根据玩家的不同选择引出相应分支剧情或结局"。代入到《小径分岔的花园》里所描述的状况，例如主人公是试图杀死还是放弃杀死某人，文字 AVG 就会把这两个截然不同的选择具象化为游戏界面上的两个按钮，接下来会出现怎样的剧情，便任由玩家来决断了。毫不夸张地说，每一部文字 AVG 都是一座"小径分岔的花园"。前文展示的那幅清穿文剧情流程总图，也几乎同市面上绝大多数文字 AVG 的分支剧情流程图如出一辙。除此之外，恋爱题材的文字 AVG，例如乙女游戏，还会包含主人公与可攻略角色之间的好感值、情感归属之类的元素。这里的可攻略角色，明显对应着清穿文的男主人公们，至于好感值、情感归属，其实就相当于小说中的言情桥段了。

继"魂穿"之后，女频网文中又一个遍地开花的设定，便是"重生"。重生即重获生命，死而复生。网络小说中的重生设定，往往是指主角因为某种原因，记忆与意识（灵魂）回到了过去的身体，重活一次。②

---

① 许多超文本或数字文本的研究者，例如莱恩·考斯基马（Raine Koskimaa）和艾斯本·阿尔萨斯（Espen Aarseth）等，总是倾向于将某些具有极强先锋性的单篇作品视作超文本的代表，例如卡尔维诺的《命运交叉的城堡》等，毕竟在他们所处的时代，事实上并没有真正原生于网络这个媒介环境中的创作。而清穿文的出现却足以提醒当下的研究者，网络文学的"网络性"乃至先锋性，往往并不是通过单篇作品体现的，它事实上隐含在网络文学的底层生产逻辑中，只有把视野扩大到整个类型的范围方能察觉。储卉娟在《说书人与梦工厂：技术、法律与网络文学生产》（社会科学文献出版社，2019 年）一书中，也曾经从类型整体的角度出发讨论过清穿文的创作，但储文的重点在于论证"网络文学的发展演进应当以类型为单位进行判断"，与本书的角度存在很大差异。

② 参见邵燕君主编《破壁书：网络文化关键词》，第 268—270 页，"重生"词条，该词条编撰者为李强、肖映萱。

从这句描述中，我们可以清晰地提取出一组连续的"魂魄离体/附身"的动作，主人公的生命经验同自然身体分离又重组，这几乎与魂穿设定如出一辙。只不过魂穿指向的是陌生时空中的陌生人，而重生指向的则是过去的自己。

因此，在很长的一段时期内，重生和穿越这两个设定，其实是混淆在一起，不予区分的。第一部采用重生设定并明确提出了"重生"概念的网络小说，是周行文的《重生传说》（起点中文网，2004），因连载于起点的"都市频道"分区，最初也被归在"都市穿越"这个子类型之下。女频网文里的重生、穿越两大标签，更是长期处于混用状态。直到2009年，女频重生文的代表作《重生之名流巨星》（青罗扇子，晋江文学城，2009）开始连载，重生才逐渐与穿越区分开来，成为一个独立的设定。[①]

前文已详细阐释过魂穿设定与游戏经验之间的关联，以此类推，如果说"魂穿"对应的是玩家登录游戏，继而操控游戏角色的过程，那么"重生"所对应的便是"读档"与"二周目"了。其中，"读档"指的是玩家通过读取"存档"[②]回到之前的游戏进度，再凭借过往积累的经验与教训，重新攻略游戏关卡的过程。"二周目"这个概念，则源自日语单词"二週目"（にしゅうめ，ni syuu me），有"第二轮、第二个周期"的意思。它是特指玩家在初次"通关"[③]某款游戏之后，再一次从头开始游玩该游戏的行为，或其游玩过程本身。[④]为提升游戏的可玩性与平均游戏时长，某些游戏制作者还会以丰富的奖励机制诱导玩家开启"二周目"，例如允许游

第四章 『女性向』网络亚文化：人机协同演化

---

① 参见邵燕君主编《破壁书：网络文化关键词》，第268—270页，"重生"词条，该词条编撰者为李强、肖映萱。

② 存档/读档："存档"可以做动词，也可以做名词。做动词时，指玩家在游玩单机游戏时，以某种方式保存其游戏进度；作名词时，指的则是这个被保存下来的游戏进度本身。"存档"可以被反复调取，以便玩家以保存过的进度为起点继续游玩，而不必从头开始。玩家调用并载入"存档"的行为，一般称之为"读取存档"，简称"读档"。参见邵燕君主编《破壁书：网络文化关键词》，第352—354页，"存档"词条，该词条编撰者为傅善超。

③ 通关：指玩家从头到尾地完成了一款游戏的主线流程，通常以出现片尾动画为标准。

④ 参见邵燕君主编《破壁书：网络文化关键词》，第361—363页，"二周目"词条，该词条编撰者为王恺文。

戏角色继承 "一周目"① 通关存档里的道具、金钱等。这种类似于 "吃后悔药" "开金手指" 的行为，才是重生文真正的核心 "爽点" 之所在。

以糅合了穿越、重生等多种设定的网络小说《木兰无长兄》（祈祷君，晋江文学城，2014）为例，小说的主人公贺穆兰原本是一名生活在现代社会的女法医，因遭遇意外事故而魂穿到女扮男装、替父从军的北魏名将花木兰身上。只可惜，彼时的木兰早已解甲归田，和古今中外所有 "大龄剩女" 一样，整日被父母逼着相亲。在一片鸡飞狗跳、家长里短的间隙，贺穆兰逐步适应着陌生时空中的人与事，谁料时隔不久，竟再次重生（带着此前所有的记忆）到花家尚未接到军帖，"唧唧复唧唧，木兰当户织" 的那一刻。此后，便是 "东市买骏马" "万里赴戎机"，莽莽撞撞地初入战阵、却不幸身首异处，随即再次重生到战死之前。

一次穿越、两次重生，这一连串剧情看上去颇为曲折，但对于游戏经验丰富，并且熟悉 "存档/读档" "二周目" 这些概念的读者来说，却不会感到陌生。很显然，主人公最初的魂穿，对应的正是 "登录游戏" 这个动作，但读取的却是游戏主线剧情已经 "通关" 后的 "一周目结局存档"。第一次重生，相当于开启了 "二周目"，从头开始攻略游戏。第二次重生，当然就是操作失误导致角色死亡之后的被动读档了。

小说中，贺穆兰第一次重生的剧情，出现在第 114 章，标题为《周而复始》，开头的几段如下：

> 坐在织机前，贺穆兰的感觉很复杂。
>
> 这就像你原来有一个满级、橙武的力量型英雄，还骑着拉轰的坐骑，仓库里满是游戏币，满地图小伙伴都求你带的时候，服务器突然回档了，你一夜之间回到解放前，要等级没等级，要装备没装备，坐骑是家中养着的老红马，最糟糕的是……

---

① 一周目：顾名思义，指的是玩家以一个全新的存档（没有继承任何来自上一个周目的资源）从头开始游玩某款游戏的过程。

你还没转职成英雄，只是村民甲。①

　　这里的满级、橙武、英雄、回档、等级和装备等概念，都是电子游戏的术语。②作为拥有大量忠实读者的热门小说，《木兰无长兄》以"（游戏）服务器回档"，即"电子游戏在运行的过程中因出现故障等原因退回到从前的存档"这个概念来解释贺穆兰的重生，恰恰是因为这实在是最形象，也最接近事实本身的描述。同时亦足以证明，这些与电子游戏相关的概念对于绝大多数网文读者而言，本就是无须额外解释的公共知识。

　　魂穿和重生这两大设定，前者隐喻登录游戏，后者隐喻读取存档或二周目，都是电子游戏的经验逐步渗透进日常生活及网络文学创作领域的一种表征。而在魂穿和重生之外，同样由穿越设定衍生出的网文类型"无限流"，则以截然不同的路径将上述趋势又向前推进了一大步。

　　"无限流"起源于网络小说《无限恐怖》（zhttty，起点中文网，2007）。小说的故事发生在某个由"主神"所主宰的异世界，主人公郑吒和他的同伴们因受到"主神"的召唤而相继穿越至此，随即被传送到一个个以恐怖电影（如《生化危机》《异形》或《咒怨》等）为原型构筑而成的平行空间——通常被称为"副本"③。只有顺利攻略当前"副本"、完成"主神"发布的"任务"，才能在这个异世界继续存活下去，并获得一种名为"兑换点"的虚拟货币，用于向"主神"购买武器、强化身体，甚至复活队友等。随着《无限恐怖》在口碑和商业成绩上的大获成功，跟风模仿之作也层出不穷，逐渐汇聚成独立的网文类型，并得名"无限

　　① 参见 http://www.jjwxc.net/onebook.php?novelid=2214297。"拉轰"即"拉风"的谐音。"村民甲"泛指主人公、英雄之外的"普通人"，源自影视剧中对由群众演员所扮演的角色的惯用称谓，例如"村民甲""官兵乙"等。

　　② "满级"指的是由玩家操控的游戏角色的等级达到最高级，对应的是贺穆兰此次重生之前，她所附身的花木兰已经是"策勋十二转"的名将。"橙武"指的是电子游戏中的高级装备，如特定的武器、盔甲或坐骑等，通常品质最好的装备会带有橙色的标记，因此简称"橙武"。"英雄"是对游戏中由玩家操控的战斗能力较强的角色的统称。"回档"指的是游戏在运行的过程中，由于服务器瘫痪等原因而导致数据丢失，整个游戏进程退回到之前的存档的一种突发状况。

　　③ 副本：《无限恐怖》中并没有出现过"副本"的概念，但在后来的"无限流"小说中，对这类"平行空间"的称谓就逐渐固定为"副本"了。

流"。虽然"无限流"最初兴起于起点中文网的男生频道，但也迅速地在女频网文中流行开来，涌现出包括《末日乐园》（须尾俱全，起点女生网，2014）、《全球高考》（木苏里，晋江文学城，2018）等在内的一系列知名作品。

总体而言，作为一个独立的网文类型和设定体系，"无限流"的核心特征可被简要地概括为以下两点：一是主人公循环往复的行动轨迹与模块化、单元化的叙事结构，即不断地进入某个"副本"、完成"任务"，再前往下一个"副本"的整套流程中；二是小说的基础设定中大概率包含着某种具有"制定规则、操控万物、为世界立法"的至高地位，同时与人工智能（Artificial Intelligence）颇有相似之处的存在，例如"主神"。

显然，无论"主神""任务""兑换点"还是"副本"，这些概念都与电子游戏有着千丝万缕的联系。[①] 其中，"主神"作为这个异世界的"创世神"，对应的正是游戏程序本身。而主人公与"主神"之间的沟通联络则隐喻着某种"人机交互"模块的存在，相当于"游戏系统"，即内嵌在电子游戏的程序中，为实践游戏的基本规则、核心玩法而同玩家展开交互的界面与功能的集合，例如负责"发布任务、提供奖励"的"任务系统"等。"任务"（mission/quest）同样是游戏术语，指的是由"游戏系统"直接或间接派发给玩家的各种指令，包括搜集物品、击杀 NPC（non-player character）[②]，或按时到达指定地点等。通常情况下，玩家只要能够顺利完成任务，就能获得由游戏系统提供的奖品，例如可供兑换游戏道具的虚拟货币等。"副本"则是 Instance dungeon（独立地下城）的中文译名。作为网络游戏中的一种特殊关卡，或者说独立地图[③]，"副本"允许

罗曼蒂克 2.0：『女性向』网络文化中的亲密关系

---

① 另有一种广为流传的说法认为，这些设定最初源自日本漫画家奥浩哉 2000 年开始连载于《周刊 YOUNG JUMP》的漫画《杀戮都市》，但无论直接的灵感来源是哪部作品，这些概念终究是脱胎于电子游戏的。参见雷宁《"无限流"小说的产生与多样化：网络文学中数据库写作的转型》，北京大学学士学位论文，2019。

② NPC：指非玩家角色，即电子游戏中不由玩家操控的角色。参见邵燕君主编《破壁书：网络文化关键词》，第 364—365 页，"NPC"词条，该词条编撰者为王恺文。

③ 地图：指游戏中某个独立的空间区域，例如一个关卡或场景等，起源于 MMORPG《无尽的任务》中的"zone"这个概念，后来被国内的玩家译为"地图"。参见邵燕君主编《破壁书：网络文化关键词》，第 369—370 页，"地图"词条，该词条编撰者为王恺文。

玩家们以组队的形式前往，完成相应任务，击退敌人并获取奖励。①"无限流"小说中反复出现的主人公为完成任务而进入的各种封闭场景（如《无限恐怖》里的"平行世界"），实际上正是"副本"的某种翻版，或直接被命名为"副本"了。

为了更加直观地呈现"游戏系统""任务"等概念的具体形态与功能，这里以移动端 MMORPG《一梦江湖》中的一张截图为例。

如上图所示，作为游戏正常运行状态下的主界面，主人公（玩家的虚拟化身）默认位于画面的正中央。而她脚下的地砖、身后的建筑等，则彼此连缀，呈现为该游戏所构造的虚拟世界的"美术外观"。画面右下

————————

① 副本：这个概念最初源自 1996 年开始运营的一款网络游戏《网络创世纪》。当时，游戏制作组由于担心大量玩家同时涌入一张游戏地图会造成不必要的混乱，便建立了多个内容完全相同的"地下城"，将玩家分散到不同的镜像之中。这样一来，当玩家组队进入"地下城"时，每个队伍都会拥有一张独立的地图，如同各自进入了不同的平行时空，自然也就不会互相干扰了。这一设计后来被《无尽的任务》《魔兽世界》等知名网络游戏沿用，逐渐成为电子游戏业界的常用概念。参见邵燕君主编《破壁书：网络文化关键词》，第 301—303 页，"副本"词条，该词条编撰者为王恺文。

角，是游戏的输入区域（输入设备的虚拟版本），区域内的每个图标都分别对应着一种动作或技能。玩家可通过触摸这些图标来操控自己的虚拟化身，进而与游戏中的人物或物品形成交互。至于"游戏系统"的入口，则分别位于画面的左上角和右上角。以左上角，即"任务系统"的重要组成部分"任务栏"为例，栏内显示的是当前游戏系统给出的任务"对话柔弱少女（0/1）"。其中，数字标记"（0/1）"所传达的信息为：该任务需要执行一次，并且尚未执行。接下来，玩家只需完成这场对话，上述标记就会变更为"（1/1）"，表示任务已达成，同时获取相应奖励。

至此，"无限流"小说的设定体系与电子游戏之间的关联已经被解释得足够清晰了。而当我们回顾网络文学（本书主要以女频网文为例）自清穿时代以来的种种发展变化，一条不断地与"虚拟性性征"交汇融合并因此呈现出丰富多样的"游戏经验"的路径，便随之缓缓浮出水面：魂穿隐喻登录游戏账号（虚拟化身），初步建立起玩家（现实世界）与游戏程序（虚拟世界）之间的交互关系；重生隐喻读档/二周目，是发生在玩家与游戏程序之间的众多交互行为中最常见的一种；"无限流"则更进一步，将"游戏系统""副本"等概念纳入网文创作领域，以"任务/奖励"这一电子游戏的核心机制来诠释主人公的行为逻辑，一定程度上取代了传统小说中围绕"人物动机"所展开的铺陈叙事，显露出某种"人机协同演化"[①]的征兆。事实上，正如前文曾经分析过的那样，"虚拟性性征"（特别是"与另一个虚拟化身或虚拟实在恋爱"这个要点）在电子游戏中的具体呈现，同样是基于相关"游戏系统"（例如"婚恋系统"和"好感值系统"）的判定规则才得以成立的。

但这并不意味着，电子游戏与类型小说，尤其是幻想题材类型小说之间的渊源，是以网络文学的创作实践为起点的。恰恰相反，上述二者自诞生以来的每个发展阶段，都彼此缠绕、互为因果。20 世纪 50 年代，

---

① 协同演化：生物学概念之一，指的是两个或多个没有亲缘关系的物种由于长期共同生活而在演化的过程中相互影响的现象。参见 Scott Nuismer. *Introduction to co-evolutionary theory*, New York: W.F. Freeman, 2017, p. 395. 人机协同演化，则是自各种机械设备、电脑与人工智能技术开始得到广泛应用以来，人类社会所显露出的某种与机器、计算机相互影响并共同演化的倾向。

旨在以某种类似人类学民族志的方法，对神话、民间传说及史诗中的超自然元素（例如龙、精灵和魔法等）进行收编与重构的现代奇幻文学（fantasy），随着《指环王》（*The Lord of the Rings*，J. R. R. 托尔金）、《纳尼亚传奇》（The Chronicles of Narnia，C. S. 刘易斯）等作品的先后问世而逐渐成形，并在此后的数十年间成为风靡全球的流行文化现象。1974 年，奇幻题材桌面角色扮演游戏（Table Role-Playing Game，TRPG）①《龙与地下城》（*Dungeons & Dragons*，D&D）正式对外发行。该游戏在汲取诸多奇幻文学类型要素、"民族志"资料的基础之上，又引出了两条全新的发展脉络。

其中之一便是"跑团小说"。身为奇幻文学与游戏的"混血儿"，这类作品依托桌面游戏的机制与规则，将整个游玩过程（包括游戏角色完成任务的方式及结果，以及角色之间的互动等）记录下来，演绎成长篇小说。代表作包括《龙枪编年史》（*Dragonlance Chronicle Trilogy*，玛格莉特·魏丝、崔西·西克曼，1984）等。

另一条脉络，则指向电子游戏最重要的类型之一——RPG。作为TRPG 的"电子版本"，RPG 选择性地继承了《龙与地下城》的两大重要特征。一是玩家必须借助一个"虚拟化身"才能进入游戏中的幻想世界，具体表现形式为人物卡（character sheet）。它是玩家通过各种自定义或随机取值的方案创建其虚拟化身的最终成果。如下图所示，人物卡中包含的主要信息有角色姓名、等级（level）、种族以及各类属性（包括力量[strength]、敏捷[dexterity] 等）的具体数值等。

这又引出了《龙与地下城》的另一个重要特征：人物成长体系与基本能力属性的数值化。在游戏进行的过程中，这些数字将依据特定的计算公式，结合现场投掷骰子的结果（所用到的骰子包括 20 面骰、10 面骰、6 面骰等），对玩家执行某项行动的结果予以判定。以判断玩家当前的攻击行动是否能命中目标的"攻击检定"（Attack Roll）为例，通常情况下，只要玩家自身的"攻击加值"（Attack Bonus）与投掷一枚 20 面骰子所得

---

① 桌面角色扮演游戏：即角色扮演类的桌面游戏，它需要玩家们聚集在同一个空间中，借助棋子、地图和规则书等道具，在主持人的引导下才能游玩。

罗曼蒂克2.0：『女性向』网络文化中的亲密关系

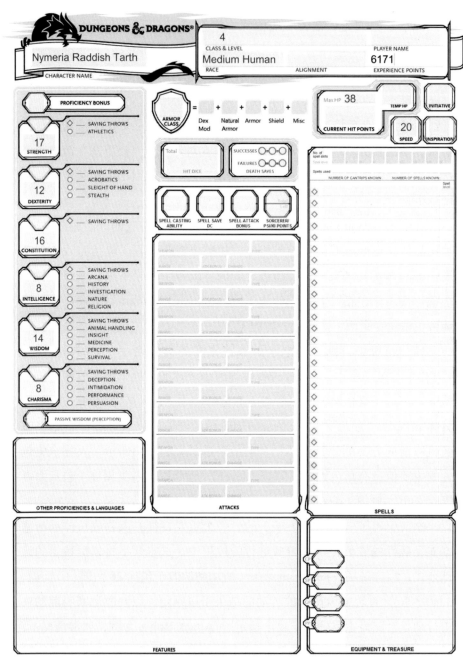

图1 桌面游戏《龙与地下城》人物卡示例

结果的总和最终大于该目标的"检定值"（通常简称为 AC），即可判定为命中目标。而"攻击加值"的计算则较为复杂，其中，近战武器的攻击加值是由基本攻击加值、力量调整值和体型调整值相加得出的，远程武器的攻击加值则还需要考虑与目标之间的距离等。这样一种高度依赖于数字和数理逻辑的游戏机制，无疑同计算机语言十分契合，其被吸纳改造为电子游戏也就不足为奇了。但值得注意的是，《龙与地下城》对数理逻辑的运用，并不是受计算机或信息技术启发的结果，而是来源于保险精算行业对人寿、财产进行量化估值、风险管控的理念。[1]

如前文所述，《龙与地下城》的游戏规则极其复杂烦琐，以至于从流程推进、任务发布到行动结果的判定，都必须由经验丰富的专业人士居中主持。因此，在游戏中担任引导人、仲裁者，甚至"创世神"角色的专属职业"地下城主"（Dungeon Master，通常简称为 DM），便应运而生了。从 TRPG 到 RPG，游戏的规则与机制依旧复杂，运算难度更是有增无减，所不同的是，原本由 DM 承担的工作，如今却早已被计算机程序所接管。换句话说，就是 DM 这个职业在经历了某种"去人格化"的蜕变之后，最终以"游戏系统"的形态继续存在了。毫无疑问，左右 TRPG 游戏进程与结果的关键环节，正是玩家与 DM 之间的沟通交流。而 RPG 玩家以"虚拟化身"为中介同"游戏系统"展开的"人机互动"，则无疑是上述传统在计算机时代的延续。由此反观网络文学的创作与发展历程，其日益显露的"游戏经验"隐喻的便不仅仅是幻想小说 / 类型文学与电子游戏的又一次交汇融合，更是身处网络时代的创作者们试图以自然语言的语法逻辑转译计算机语言及其所建构的媒介环境的具体表征。

3. 二次元文化与偶像工业

2010 年 3 月 9 日，日本东京 Zepp Tokyo 音乐厅迎来了人类历史上首位举办个人专场演唱会的虚拟偶像（Virtual Idol）——初音未来（初音ミ

---

[1]《龙与地下城》的创始人加里·吉盖克斯（Gary Gygax）曾长期从事保险推销员这一职业。参见 Ryan Vu. *Fantasy After Representation: D&D, Game of Thrones , and Postmodern World-Building*. Extrapolation, 58(2–3), pp.273–301。

ク，hatsune miku，简称"初音"）。回顾官方发布的影像资料，我们的目光追随摄影镜头掠过人潮涌动的观众席，穿越数千支交错挥舞的荧光棒，最终停留在舞台的正中央：巨大的透明幕布[①]上，一名梳着绿色双马尾、身着超短裙的少女，正随着音乐翩翩起舞。

　　亲身参与一场演唱会，需要观众支付高额的经济成本与时间成本，以此交换作为表演者的偶像明星在一个相对封闭的空间中的肉身在场。初音的粉丝当然清楚地知道，舞台上那个活力四射的少女只是由光影构成的虚像，无论台下观众怎样尖叫欢呼、疯狂打 call[②]，换来的也不过是事先录制好的电子语音。在这个颇具象征意味的场景中，演唱会的现场感与互动性早已名存实亡，虚拟与真实、影像与肉身之间的界限也几乎被消解殆尽。

　　作为当下最具知名度的虚拟偶像，初音的"本体"实际上是一款发售于 2007 年 8 月 13 日，由日本软件公司克里普敦未来媒体有限公司（Crypton Future Media，CFM）以雅马哈（Yamaha）集团研发的语音合成引擎 VOCALOID 为基础制作的音源库软件。用户只需在软件的主界面上输入旋律和歌词，就能从事先录制好的音源库[③]中提取相应的音源，合成（通常需要进行大量细微调整）出近似于人声演唱效果的歌曲。为了"给声音增加真实感"[④]，CFM 公司还特意在软件的外包装上印制了一幅由插画家 KEI 精心设计的初音未来官方人设图，这便是后来在演唱会舞台上载歌载舞的那名二次元美少女的雏形了。

　　以初音为代表的这类音源库软件[⑤]不仅新奇有趣，更能大大削减创作

罗曼蒂克 2.0："女性向"网络文化中的亲密关系

---

　　① 为了使投影画面看上去更具立体感，初音演唱会上使用的是日本公司 KIMOTO 开发的 Dilad Screen 2.5D 半全息透明幕布。

　　② 打 call：一般特指粉丝在演唱会现场根据歌声的节奏使用手中的道具（如荧光棒等）打拍子，是粉丝"应援"行为的一种重要表现形式。参见邵燕君主编《破壁书：网络文化关键词》，第 137—141 页，"应援"词条，该词条编撰者为高寒凝。

　　③ 初音的音源数据库采集对象为日本声优（配音演员）藤田咲。

　　④ 参见日语版维基百科"初音ミク"词条。

　　⑤ 除初音之外，利用 VOCALOID 引擎制作的音源库软件，还包括 CFM 公司旗下的镜音リン·レン、巡音ルカ、KAITO、MEIKO，以及上海禾念信息科技公司旗下的洛天依、言和、乐正绫等。

成本（租借录音室、雇佣专业歌手），因此一经发售便迅速地在独立音乐制作人、音乐爱好者中间流行开来。此外，"初音歌曲"①的创作者们出于"增加音乐作品话题度、吸引力"的考量，也不吝于花费心力为歌曲制作精美的手绘动画，以音乐促销宣传影像（Promotion Video，PV）的形式发布到当时颇受日本御宅族群体青睐的弹幕视频网站 niconico ②上。短短几年间，这批作品便成为该网站最热门的视频类别之一，点击量突破百万的佳作一时间层出不穷，为后来的演唱会积累了大量脍炙人口的经典曲目。③

综上所述，初音未来的走红既离不开语音合成、全息投影等技术手段的成熟，更得益于其用户长时间、高质量的内容生产活动（UGC）。不过，通常情况下，虚拟偶像这个职业的"准入门槛"并不会如此苛刻，只需符合"以虚拟角色的身份从事演艺活动"这一基本条件即可。以此为标准向前追溯，早在 1984 年，科幻题材动画片《超时空要塞》剧场版的制作方就曾以女主人公林明美④的名义发行过一张名为《可曾记得爱》（愛・おぼえていますか）的个人专辑。也就是说，该角色的"出道时间"与 Candies 等初代职业偶像相比，仅仅晚了约十年左右。此后，日本ACG 行业对偶像工业运营模式的借鉴便越发地轻车熟路，从林明美到藤崎诗织（恋爱游戏《心跳回忆》的女主人公，1994）再到天海春香（养成游戏《偶像大师》的女主人公，2005）、优子（动画片《天元突破》的女主人公，2007）等，这些原本出自动画、游戏作品中的虚拟人物，也

第四章 『女性向』网络亚文化：人机协同演化

---

① 初音歌曲：使用"初音未来"这款音源库软件制作的歌曲的统称。

② Niconico：世界上最早引入弹幕功能的视频网站，是哔哩哔哩弹幕视频网的主要模仿对象。

③ 迄今为止，初音未来以及 CFM 公司推出的其他虚拟偶像，例如镜音铃、巡音流歌等，已经在全球多个国家成功举办了数十场演唱会，其演出曲目绝大多数都是由粉丝创作的同人作品，演出造型也源自相关的同人插画。

④ 林明美：动画片《超时空要塞》的女主人公，在该片的剧情中，是一名通过参加选秀比赛而成功出道的偶像歌手。

都和当红偶像明星一样，纷纷开始发行音乐专辑或写真集。①

　　但上述行为，不过是以"挖掘 ACG 作品中高人气角色的商业价值"为基本理念的一种盈利模式，直到 2007—2010 年，伴随着初音的强势崛起，"虚拟偶像"才真正意义上获得了一定的独立性。2010 年 6 月 30 日，更具转折意味的虚拟偶像企划《LoveLive！学园偶像企划》（《LoveLive! School Idol Project》，简称《LoveLive!》）正式启动。该企划由角川书店旗下的游戏杂志《电击 G's magazine》、日升动画（Sunrise）和兰蒂斯唱片公司（Lantis）联合打造。以一所即将废校的高中"音乃木坂学院"（音ノ木坂学院）的九名女生为了招徕生源、拯救心爱的校园而立志成为偶像的经历为故事背景，通过在杂志上连载这些女生的人物设定与日常生活片段，依据读者的投票结果确定每一位少女的性格特征、代表曲风及组合名称（该企划目前为止共推出两个偶像组合，即 2010 年 8 月出道的 μ's 和 2015 年 2 月出道的 Aqours）等细节。也就是说，同诞生于既有 ACG 作品之中的传统虚拟偶像相反，《LoveLive!》从最开始就是以"遴选偶像组合"为目的，才原创了上述一系列故事背景与人物的。

　　此后，虚拟偶像行业逐步形成了以初音为代表的"音源库软件拟人"和以《LoveLive!》为代表的"虚拟偶像企划"平分天下的格局。② 以中国大陆地区的虚拟偶像为例，分别有中文音源库软件拟人"洛天依"（2012）和乐华娱乐旗下的虚拟偶像组合"A-SOUL"（2020）等。

　　毫无疑问，正是二次元文化与偶像工业的耦合，促成了虚拟偶像的诞生。那么，相对于真人偶像，虚拟偶像是否为偶像工业的生产机制带来了什么颠覆性的变革呢？在初音首场个人演唱会的歌单中，有一首题为《你唯一的歌姬》（あなたの歌姬，azuma 作词、作曲、编曲）的原创

罗曼蒂克2.0：「女性向」网络文化中的亲密关系

----

① 这里举的例子大多是女性角色，但事实上，光荣公司"新罗曼史"系列中的男主人公们也有相当一部分发售过个人专辑，但知名度和影响力均稍显逊色。另一方面，虚拟偶像也越来越频繁地成为流行文化作品中的主人公，例如 Studio Nue 公司，《超时空要塞 plus》（Macross Plus，1994）中的莎朗·艾坡（Sharon Apple），以及威廉·吉普森《虚拟偶像爱朵露》（Idoru，1996）中的东英零等。

② 与此同时，动画、游戏作品的主人公通过发行专辑、写真集等方式"出道"成为偶像的模式，也依然通行。

曲目，歌词的最后一段这样写道：

> 想把我的心意传达给你
>
> 谢谢你选择了我
>
> 那一刻与你相遇的喜悦
>
> 我永远、永远也不会忘记
>
> 我还没有满足呀
>
> 直到把你的歌全部唱完为止
>
> 再让我多唱几首吧
>
> 因为我是这世界上唯一属于你的歌姬呢

　　像这样以初音的口吻描摹、倾诉初音与其购买者／使用者之间相知相逢的甜蜜点滴，是"初音歌曲"中最常见的主题之一。根据前文所下的论断，流量明星／偶像明星本质上是某种寄生在自然人类身上的"亲密关系要素分发装置"，该装置以特定的形象／身体为容器，持续不断地接纳、汇总"要素1"（源自官方人设）、"要素2"（源自偶像本人的"亲密关系劳动"）和"要素3"，整理归类之后再按需分配给不同的粉丝。显然，上面的那段歌词，对应的正是"要素3"，即无须官方或偶像本人参与，仅凭粉丝自给自足的"参与式劳动"所创造出的"亲密关系要素"。这样看来，初音与真人偶像之间的差异，只不过是缺失了"要素2"而已。至于通过"虚拟偶像企划"出道的虚拟偶像，则因十分依赖真人配音演员的现场表演，反而是三要素齐备的状态。

　　正如前文所述，偶像这个职业从诞生的那一刻起，就已经具备了虚拟实在的基本属性，以及提供亲密关系想象的核心功能。也就是说，虚拟偶像是在偶像工业体系内部自然发展出来的产物，它从来都不是颠覆性的行业变革，反而以某种看似突破边界的探索，再一次确证了偶像工业的生产机制与运营逻辑。

结　语

在第四章中，本书逐一探讨了"罗曼蒂克2.0"在"女性向"网络亚文化内部的种种表征，包括粉丝对偶像明星/流量明星的亲密关系想象、二次元/御宅族群体和游戏玩家们跨越次元之壁的"纸性恋"① 等。这一系列文化现象所隐喻的都是互联网时代"人机交互""人机协同演化"等机制对日常经验的重构。

1966年，时任麻省理工学院电气工程与信息学系教授的约瑟夫·怀森堡（Joseph Weizenbaum）开发了一款具有心理咨询功能的聊天程序ELIZA。受限于当时人工智能技术的发展水平，ELIZA的工作原理不过是从用户的发言中识别出特定的关键词，例如"抑郁"等，再予以模式化的简单回应而已。就连怀森堡本人都认为，这款笨拙的聊天程序绝不可能引起人们的兴趣。然而，出乎意料的是，ELIZA一经推出便大受欢迎，即使出现答非所问、逻辑混乱的状况，大多数用户也不以为意，反而会刻意地避开那些令程序感到困惑为难的句式，尽可能地维持这种"ELIZA有能力回复询问"的幻觉。雪莉·特克尔将这种心理称为"ELIZA效应"，即人们通常会将电脑/人工智能想象得过于富有"人性"，只要它们表露出一点点"人机交互"的能力，就不惜将各种复杂细腻的情感投射到它们身上。②

无独有偶，在由英国广播公司（BBC）制作的纪录片《别和我谈性，我们是日本人》（*No sex please，We're Japanese*，2013）中，为了挖掘当前日本社会"少子化"及日本夫妻、情侣之间性行为频率低下（日本人称之为"セクしない症候群"，不做爱综合征）的深层原因，记者专程来到日本，与包括专家学者、公司职员在内的各界人士进行了交流。其中最引人瞩目的一组受访者，是两名沉迷恋爱游戏《Love +》（中文译

---

① 纸性恋：取"纸片"二维平面的特征，隐喻二次元爱好者与ACG作品中的角色之间的亲密关系想象。

② ［美］雪莉·特克尔：《虚拟化身：网路世代的身份认同》，谭天、吴佳真译，远流出版社，1998年，第131—144页。

名《爱相随》，由日本游戏公司 KONAMI 制作，2009 年正式发售）的男性御宅族，Neurokan（38 岁，已婚）和 Yugay（39 岁，未婚）。作为一款恋爱题材 SLG，《Love +》的主打卖点是游戏时间与现实时间的完全同步，即利用掌上游戏机 NDS（Nintendo Dual screen）[1] 系列的便携性，再结合游戏中内置的多种交互系统，打造出一个 24 小时陪伴在玩家身边的虚拟女友。除了恋爱游戏中常见的通信系统、约会系统和触摸系统之外，《Love +》还创造性地引入了智能语音对话系统（类似于苹果公司研发的智能语音助手 Siri）。该系统允许玩家在特定的界面下与"女友"进行语音对话，或通过语音指令的方式游玩一些简单的游戏，例如"石头剪刀布"等。然而，受限于 NDS 的硬件机能，这套语音系统的实际表现只能说不尽如人意，甚至略显粗糙拙劣，但即便如此，Neurokan 和 Yugay 还是坚持认为，这就是他们理想中善解人意的可爱女友："她会永远爱我，而我也将永远回应这份爱。"

过去的百余年间，机械、计算机和人工智能技术的广泛运用，开启了人类与机器（作为两个彼此独立的"物种"）"协同演化"的新进程：机器日趋智能化，变得越来越像人类；人类则以机械部件改造肉身，成为赛博格。然而，尽管"协同演化"理应是一个双向趋近的过程，但在过往的诸多文艺作品，尤其是科幻电影、科幻小说中，人类与人工智能体 / 虚拟实在之间建立亲密关系的桥段，却往往是以"人工智能体高度演化、无限趋近于人类"为前提展开的，例如科幻电影《她》（Her，2013）和《人工智能》（AI，2001）等。而本章的论述则足以证明，现实的状况其实并非如此：最先坠入爱河，主动自我改造、降低标准的，从来都是人类自己。而无论是"人机交互""人机协同演化"，还是"虚拟性性征"，都只不过是被互联网媒介环境所重构的日常经验的一部分罢了。

---

[1]　NDS：日本游戏公司任天堂于 2004 年发售的一款便携式掌上游戏机。

结　语
玩 VR 游戏的堂吉诃德与
赛博代糖三角贸易

　　堂吉诃德是一名出身于拉·曼却的游侠骑士，如同这世间所有的骑士那样，他周游天下、行侠仗义，只是为了将赢得的胜利与荣耀都奉献给他尊贵的心上人——托波索的公主杜尔西内娅。她的美貌世间罕有，秀发璀璨如金，蛾眉宛若虹影，香腮贝齿，雪肤明眸。

　　可惜的是，只有堂吉诃德本人才能"看见"这美妙的幻境。旁观者眼中的"真相"，不过是一个受骑士小说荼毒的老绅士吉哈达，整日疯疯癫癫、不务正业，还念叨着给邻村的村妇阿尔东莎·罗任索起的一些莫名其妙的外号罢了。

　　对于 17 世纪的读者而言，堂吉诃德无疑是个疯子。

　　如果他有机会穿越到 2020 年，甚至更加久远的未来，那么，只需要一副 VR（virtue reality，虚拟现实）

眼镜①和一款中世纪背景的电子游戏,《堂吉诃德》的故事未尝不能褪去它荒诞不经的色彩,显露出平凡、合理的一面来:某老年玩家吉哈达通过佩戴 VR 眼镜并登录游戏,进入了一个名叫"堂吉诃德"且职业为游侠骑士的"虚拟化身",遵循游戏的任务设定(相当于骑士文学的叙事传统),他虔诚地侍奉着自己的意中人杜尔西内娅公主(或许是 NPC,又或许是其他玩家的虚拟化身)。至于小说中的其他角色,不过是围观 VR 游戏玩家不知所以的手舞足蹈而哈哈大笑的看客罢了。

翟振明曾经在《有无之间——虚拟实在的哲学探险》一书中,基于 VR 设备设计了一系列思想实验,试图证明"虚拟实在"与"自然实在"在本体论上的对等性。②在他看来,没有任何根本性的区别可以使自然世界是实在的、虚拟的人工世界是非实在的。这意味着,只要(戴着 VR 眼镜的)玩家愿意将虚拟世界视作现实世界的"等价物"或"另类选择",那么,他看见的巨人就是巨人、城堡就是城堡,心仪的公主也必然有着天仙般的美貌。

就这样,作为一部不朽的文学名著,《堂吉诃德》以出人意料的方式,站在骑士文学——"罗曼蒂克 1.0"正萌芽于此——的终结处,想象了有关"罗曼蒂克 2.0"的一切。

当西班牙国王斐利普三世从巴利亚多利德(Valladolid)皇宫的阳台上,望见那个一边阅读《堂吉诃德》一边狂笑的青年的时候,一艘艘来自加勒比海沿岸、巴西东北部的满载着粗制蔗糖的商船,正缓缓驶入千里之外的安特卫普(Antwerpen,比利时西北部最大的城市,17 世纪时隶属于荷兰)港。用不了多久,这些焦黄的硬块就会被运往当地的炼糖厂,进一步加工成色白而味甜的结晶,与红茶、小麦粉和奶油融化在一起,征服欧洲大陆的每一间厨房、每一张餐桌(或许也包括斐利普三世的餐桌)。

---

① VR:广义上指的是某种沉浸性、互动性的经验,狭义上特指以数字技术制造的虚拟现实经验,例如利用头戴式的 VR 眼镜游玩支持 VR 技术的电子游戏等。参见邵燕君主编《破壁书:网络文化关键词》,生活・读书・新知三联书店,第 383—387 页,"虚拟现实"词条,该词条编撰者为秦兰珺、傅善超。

② 翟振明:《有无之间——虚拟实在的哲学探险》,北京大学出版社,2007 年。

从 16 世纪到 18 世纪，这些追逐甜味而行的船队在北欧和南美的港口之间游荡，却并非径直往返。事实上，它们通常会先行南下，取道非洲西海岸的安哥拉（República de Angola）首府罗安达（Luanda），用采购来的黑奴塞满暗无天日的船舱，运往大西洋彼岸的甘蔗种植园，再将成吨成吨的蔗糖带回欧洲，以碧蓝色的波涛作画布，勾勒出一个血淋淋、甜丝丝的巨大三角。[1]

在本书中，"糖"也是一个贯穿始终的隐秘意象。

例如第一章里就曾提到，由"角色配对"衍生出的文艺创作，以"撒糖 / 插刀"取代了小说三要素中的"情节"，成为这类作品最基本的叙事单元。此处的"糖"，指的是亲密关系体验中那些尤为甜蜜顺遂的桥段：情话、约会、终成眷属抑或破镜重圆。在第二章的结尾处，本书更是援引邱林川的观点，将基于"UGC"理念，同时"以角色配对为前置动作"的一系列网络文化产品及文化现象，与"白糖（蔗糖）"这种因"具有成瘾性"而被用于"解决资本主义生产过剩问题"的重要商品相提并论。第三章虽看似与"糖"无涉，但只要沿着清穿、宫斗、宅斗的创作脉络继续向下梳理，便绝无可能忽略 2016 年以来"甜宠文"在女频网络小说中的异军突起。这一新兴的网文类型着意摒弃了跌宕起伏的剧情设置和错综复杂的人物关系，转而以主人公（通常是一对恋人）日常相处过程中甜蜜琐碎的生活细节连缀成篇。因长度适中（通常在 50 万字甚至 30 万字以下，相比其他数百万、上千万字的网络小说而言，确实十分简短）且阅读感受轻松愉悦，也被读者们爱称为"小甜饼"。其中，"小"字既指篇幅上的短小，也指题材、设定以及立意上的"纯粹"与"简明"；"甜"则暗示了它"制造甜蜜的亲密关系体验"的功能性。至于第四章中所讨论的、偶像明星的"亲密关系劳动"，本质上其实也是一种"撒糖"行为。

人类学家海伦·费舍尔（Helen Fisher）曾经基于功能性核磁共振成

---

[1] 有关 16—18 世纪欧洲蔗糖贸易和南美甘蔗种植园的基本情况，参见［英］詹姆斯·沃尔维恩《糖的故事》，熊建辉、李康熙、廖翠霞译，中信出版社，2020 年。

像（fMRI）[1]技术设计了一系列实验。结果显示，绝大多数陷入热恋的人在凝视心上人的照片时，他们大脑中的尾状核部分就会显得异常活跃。尾状核接近大脑中心，是爬行脑（R-complex）的一部分，早在哺乳类动物出现之前就已存在。这个区域的作用是帮助人们检测和捕捉到奖赏[2]（reward）的信号，区别奖赏类型，选择、参与并期待某个特定的奖赏。不仅如此，被试者的大脑腹侧被盖区（Ventral Tegmental Area，VTA）也被激活了。这是大脑奖赏回路的中心部分，也是多巴胺的发源地。当多巴胺通过脑神经元散播出去，就会产生某种聚焦式的专注，包括强大旺盛的精力、集中于获取回馈的动机、欣快感和狂热的状态等。费舍尔据此认为，爱情"不是一种情绪，而是一个使得追求者与特意选择的配偶筑造并保持一份亲密关系的动机系统"。[3]

　　如果单纯从"刺激多巴胺分泌"这样的生理反应出发，"摄入糖分"和"恋爱"本就是极其相似的经验。[4]那么，以"角色配对"为前置动作的一系列文化生产/粉丝社群活动所制造出的"亲密关系体验"，也就相当于人工合成的"代糖"（Sugar substitute）了。但这并不是本书将二者并置讨论的唯一理由，更为重要的是，"蔗糖"的商品属性，以及围绕它所形成的贸易路线，也在网络空间的文艺创作与文化现象中得到了复现：商业文学网站以颇为严苛的条款[5]签下大批作者，作者们为了获得理想的

结语　玩VR游戏的堂吉诃德与赛博代糖三角贸易

---

　　① 功能性核磁共振成像：一种神经影像学的技术手段，主要应用于大脑或脊髓的相关研究。

　　② 人类的大脑会在某个决策被证实正确并获得积极反馈后，向决策区域发出"奖赏"的信号，以此促进认知能力的提升。

　　③ ［美］海伦·费舍尔：《情种起源：浪漫爱情的本质和化学》，小庄译，湖南科技出版社，2014年。

　　④ 当然，这并不意味着恋爱给人带来的体验总是甜蜜的，只是因为恰好涉及"糖"的问题，因此集中于讨论它相对积极的一面罢了。

　　⑤ 作者在文学网站连载小说的订阅收入，通常会被抽取五成的佣金。此外，对于每个自然月每天更新5000字以上的作者，大多数网站都会发放数额在1000元左右的"全勤奖"。总体而言，除了极少订阅收入、版权收入丰厚的知名作者，绝大部分基层作者的收入是非常微薄的。

订阅收入，"日更"①不辍地炮制出成千上万部符合"工业标准"②的速食"小甜饼"，交由网站代理、向影视公司出售版权，拍摄成"甜宠"题材的网络剧（同样符合一定的"工业标准"）③，和"甜宠文"一起贩卖给正在放寒暑假的学生和刚刚结束了"996"劳作的上班族们。

"佩戴VR眼镜，开展电子代糖贸易"，这正是本书贯穿始终的两条核心脉络，即"亲密关系的虚拟化"和"亲密关系的商品化"的绝妙喻象。透过这近乎荒诞的画面，我们看不见风险，看不见差异，也看不见任何"有目的"的欲望；既无从克服"自我"发现"他者"④，亦不曾有从"二"出发体验世界的可能⑤。事实上，它更像是一种无意识的"退守"，退回到"女性向"这条边界之内，以反复操演的思想实验、安全有效的代偿机制弥补长久以来两性之间由于"亲密关系体验"的"收支不均"所造成的创伤与缺憾。

未来会是怎样？"罗曼蒂克2.0"究竟是亲密关系的终点或终点的开端，还是一种全新的亲密关系形态的雏形？答案尚在远方，或许指日可待，又或许永远也不会到来。

---

① 日更：即"每日更新"的缩写。在网络文学界，特指每一天都发布新的连载章节的行为，是最受读者推崇，也最能保证订阅收益的一种更新频率。

② 这里的"工业标准"，指的是隐含在"小甜饼"的创作逻辑中、与"现代食品工业"存在相通之处的属性，包括原材料简单易得（题材集中于校园、职场）；制作工艺简明化、标准化、流程化（结构简单、人物扁平、用词浅白）；生产过程中尤为注意"品质控制"（quality control），以确保消费者买到的不同批次的货品都能保持相对均等的口味与质感（情节同质化）。

③ 这并不意味着网络小说和网络剧只有"甜宠"一个题材，只是为了与"糖"的概念做对应才相对集中地予以讨论。不过，近年来"小甜文"和"甜宠剧"的流行，也是不争的事实。

④ ［德］韩炳哲：《爱欲之死》，宋娀译，中信出版社，2019年。

⑤ ［法］阿兰·巴迪欧：《爱的多重奏》，邓刚译，华东师范大学出版社，2014年。

参考文献

中文文献

1. 邵燕君、王玉玊主编:《破壁书:网络文化关键词》,生活·读书·新知三联书店,2018年。

2. 邵燕君、肖映萱主编:《创始者说:网络文学网站创始人访谈录》,北京大学出版社,2020年。

3. 方维规:《历史的概念向量》,生活·读书·新知三联书店,2021年。

4. 费孝通:《乡土中国》,北京出版社,2005年。

5. 孟悦、戴锦华:《浮出历史地表——现代妇女文学研究》,河南人民出版社,1989年。

6. 刘锡鸿:《英轺私记》,岳麓书社,1986年。

7. 梁启超:《饮冰室合集》第六册,中华书局,1989年。

8. 吴汉东:《知识产权法学》,北京大学出版社,

2000 年。

9. 陶东风:《粉丝文化读本》,北京大学出版社,2009 年。

10. 霍慧新:《电话与近代上海城市（1882—1949）》,科学出版社,2018 年。

11. 戴锦华:《涉渡之舟:新时期中国女性写作与女性文化》,陕西人民教育出版社,2002 年。

12. 邵燕君主编:《网络文学经典解读》,北京大学出版社,2016 年。

13. 杨玲:《转型时代的娱乐狂欢——超女粉丝与大众文化消费》,中国社会科学出版社,2012 年。

14. 储卉娟:《说书人与梦工厂:技术、法律与网络文学生产》,社会科学文献出版社,2019 年。

15. 翟振明:《有无之间——虚拟实在的哲学探险》,北京大学出版社,2007 年。

16. 〔美〕莎伦·布鲁姆、罗兰·米勒、丹尼尔·珀尔曼、苏珊·坎贝尔:《亲密关系》,郭辉、肖斌、刘煜译,人民邮电出版社,2005 年。

17. 〔美〕亨利·詹金斯:《文本盗猎者:电视粉丝与参与式文化》,郑熙青译,北京大学出版社,2016 年。

18. 〔美〕罗伯特·V.库兹奈特:《如何研究网络人群和社区:网络民族志方法实践指导》,叶韦明译,重庆大学出版社,2016 年。

19. 〔美〕亨利·詹金斯等:《参与的胜利:网络时代的参与文化》,高芳芳译,浙江大学出版社,2017 年。

20.〔日〕大塚英治:《"御宅族"的精神史:1980 年代论》,周以量译,北京大学出版社,2015 年。

21.〔日〕上野千鹤子:《厌女:日本的女性嫌恶》,王兰译,上海三联书店,2015 年。

22.〔英〕安东尼·吉登斯:《亲密关系的变革——现代社会中的性、爱和爱欲》,陈永国、汪民安等译,社会科学文献出版社,2001 年。

23.〔美〕丹·希勒:《数字资本主义》,杨立平译,江西人民出版社,2001 年。

24.［英］克里斯蒂安·福克斯:《数字劳动与卡尔·马克思》,周延云译,人民出版社,2020年。

25.［美］雪莉·特克尔:《虚拟化身:网路世代的身份认同》,谭天、吴佳真译,远流出版社,1998年。

26.［美］唐娜·哈拉维:《类人猿、赛博格和女人——自然的重塑》,陈静译,河南大学出版社,2016年。

27.［美］伊芙·科索夫斯基·赛吉维克:《男人之间:英国文学与男性同性社会性欲望》,郭劼译,上海三联书店,2011年。

28.［法］米歇尔·福柯:《性经验史》,佘碧平译,上海世纪出版集团,2005年。

29.［德］弗洛伊德:《弗洛伊德文集3:性学三论与论潜意识》,车文博主编,长春出版社,2004年。

30.［美］阿莉·拉塞尔·霍克希尔德:《心灵的整饰:人类情感的商品化》,成伯清、淡卫军、王佳鹏译,上海三联书店,2020年。

31.［美］理安·艾斯勒:《神圣的欢爱:性、神话与女性肉体的政治学》,黄觉、黄棣光译,社会科学文献出版社,2009年。

32.［美］戴安娜·阿克曼:《爱的自然史》,张敏译,花城出版社,2008年。

33.［美］欧文·辛格:《超越的爱》,沈彬等译,中国社会科学出版社,1992年。

34.［美］欧文·辛格:《爱情哲学》,冯艺远译,人民邮电出版社,2014年。

35.［德］恩格斯:《家庭、私有制和国家的起源》,中共中央马克思恩格斯列宁斯大林著作编译局译,人民出版社,1972年。

36.［美］李海燕:《心灵革命:现代中国爱情的谱系》,修佳明译,北京大学出版社,2018年。

37.［美］凯特·米利特:《性政治》,宋文伟译,江苏人民出版社,2000年。

38.［法］皮埃尔·布尔迪厄:《男性统治》,刘晖译,海天出版社,

2002 年。

39.［法］阿兰·巴迪欧:《爱的多重奏》，邓刚译，华东师范大学出版社，2012 年。

40.［法］西蒙娜·德·波伏娃:《第二性Ⅱ》，郑克鲁译，上海译文出版社，2011 年。

41.［美］珍妮斯·A. 拉德威:《阅读浪漫小说——女性、父权制和通俗文学》，胡淑陈译，译林出版社，2020 年。

42.［德］黑格尔:《美学（上）》，朱光潜译，外语教学与研究出版社，2018 年。

43.［德］恩格斯:《致玛·哈克奈斯》，载《马克思恩格斯选集》第 4 卷，人民出版社，1995 年。

44.贺桂梅:《女性文学与性别政治的变迁》，北京大学出版社，2014 年。

45.［美］阿尔文·托夫勒:《第三次浪潮》，黄明坚译，中信出版社，2006 年。

46.［英］罗伯特·博考克:《消费》，张君玫、黄鹏仁译，巨流图书公司，2006 年。

47.［日］手塚治虫:《我是漫画家》，晓瑶译，北京联合出版公司，2021 年。

48.［美］约书亚·梅罗维茨:《消失的地域:电子媒介对社会行为的影响》，肖志军译，清华大学出版社，2002 年。

49.［法］伊娃·易洛思:《爱，为什么痛？》，叶嵘译，华东师范大学出版社，2015 年。

50.［美］詹姆斯·格雷克:《时间旅行简史》，楼伟珊译，人民邮电出版社，2017 年。

51.［美］凯瑟琳·海勒:《我们何以成为后人类:文学、信息科学和控制论中的虚拟身体》，刘宇清译，北京大学出版社，2017 年。

52.［美］伊芙·科索夫斯基·赛吉维克:《男人之间:英国文学与男性同性社会性欲望》，郭劼译，上海三联书店，2011 年。

53.〔法〕克里斯蒂安·麦茨、吉尔·德勒兹等:《凝视的快感:电影文本的精神分析》,吴琼译,中国人民大学出版社,2005年。

54.〔美〕佩吉·麦克拉肯:《女权主义理论读本》,广西师范大学出版社,2007年。

55.〔美〕朱迪斯·巴特勒:《身体之重:论"性别"的话语界限》,李钧鹏译,上海三联书店,2011年。

56.〔美〕约翰·费斯克等编:《关键概念:传播与文化研究词典》,李彬译,新华出版社,2003年。

57.〔美〕理查德·德阔多瓦:《明星制在美国的出现》,载杨玲、陶东风《名人文化研究读本》,北京大学出版社,2013年。

58.〔英〕保罗·麦克唐纳:《好莱坞明星制》,王平译,世界图书出版公司,2015年。

59.〔英〕安东尼·吉登斯:《现代性与自我认同》,赵旭东、方文译,生活·读书·新知三联书店,1998年。

60.〔英〕戴安娜·卡尔、大卫·白金汉、安德鲁·伯恩、加雷斯·肖特:《电脑游戏:文本、叙事与游戏》,丛治辰译,北京大学出版社,2015年。

61.〔英〕詹姆斯·沃尔维恩:《糖的故事》,熊建辉、李康熙、廖翠霞译,中信出版社,2020年。

62.〔美〕海伦·费舍尔:《情种起源:浪漫爱情的本质和化学》,小庄译,湖南科技出版社,2014年。

63.〔德〕韩炳哲:《爱欲之死》,宋娀译,中信出版社,2019年。

64.胡疆锋:《亚文化的风格:抵抗与收编》,首都师范大学博士学位论文,2007年。

65.李轶男:《"集体"的再现:电视连续剧与改革中国的第三个十年(1998—2008)》,北京大学博士学位论文,2019年。

66.阮瑶娜:《"同人女"群体的伦理困境研究》,浙江大学硕士学位论文,2008年。

67.雷宁:《"无限流"小说的产生与多样化:网络文学中数据库写作

的转型》，北京大学本科毕业论文，2019。

68.高寒凝、王玉玊、肖映萱、韩思琪、林品、邵燕君：《大家都知道这是场游戏，但难道你就不玩了吗？——有关爱豆（IDOL）文化的讨论》，载《花城》2017年第6期，第190—197页。

69.方维规：《概念史研究方法要旨》，载《新史学（第三卷）：文化史研究的再出发》，中华书局，2009年，第3—20页。

70.方维规：《关键词方法的意涵和局限——雷蒙·威廉斯〈关键词：文化与社会的词汇〉重估》，载《中国社会科学》2019年第10期，第116—133页。

71.林品：《"有爱"的经济学——御宅族的趣缘社交与社群生产力》，载《中国图书评论》2015年第11期，第7—12页。

72.杨联芬：《"恋爱"之发生与现代文学观念变迁》，载《中国社会科学》2014年第1期，第158—208页。

73.章锡琛：《驳陈百年教授〈一夫多妻的新护符〉》，载《莽原》周刊第四期，1925年5月15日，第37页。

74.张莉、旷新年：《新媒体与现代爱情观念的建构》，载《南开学报（哲学社会科学版）》2010年第1期，第15—22页。

75.［法］罗兰·巴特：《从作品到文本》，杨扬译，载《文艺理论研究》1988年第5期，第86—89页。

76.童祁：《饭圈女孩的流量战争：数据劳动、情感消费与新自由主义》，载《广州大学学报（社会科学版）》2020年第5期，第72—79页。

77.许苗苗：《从同人小说看〈红楼梦〉的网络接受》，载《红楼梦学刊》2017年第3期，第106—121页。

78.彭莉：《近10年来台湾著作权法与国际公约的接轨》，载《台湾研究集刊》2000年第2期，第17—25页。

79.原新：《我国生育政策演进与人口均衡发展——从独生子女政策到全面二孩政策的思考》，载《人口学刊》2016年第5期，第5—14页。

80.肖映萱、叶栩乔：《"男版白莲花"与"女装花木兰"——"女性向"大历史叙述与"网络女性主义"》，载《南方文坛》2016年第2期，第61—

63 页。

81. 高艳丽：《网络女性主义源流》，载《理论界》2011 年第 4 期，第 141—142 页。

82. 邱林川：《告别 i 奴：富士康、数字资本主义与网络劳工抵抗》，载《社会》2014 年第 4 期，第 119—137 页。

83. 肖映萱：《晋江文学城冰心站长驾到》，载《名作欣赏》2015 年第 25 期，第 76—78 页。

84. 杨玲，徐艳蕊：《网络女性写作中的酷儿文本与性别化想象》，载《文化研究》2014 年第 2 期，第 166—179 页。

85. 郑熙青：《Alpha Beta Omega 的性别政治——网络粉丝耽美写作中女性的自我探索与反思》，载《中国图书评论》2015 年第 11 期，第 18—27 页。

86. 田晓丽：《互联网时代的类社会互动：中国网络文学的社会学分析》，载《清华大学学报（哲学社会科学版）》2016 年第 1 期，第 173—181 页。

87. 刘明洋：《"粉圈化"：权利贩售的游戏规则——从"全职圈"麦当劳代言事件说起》，载《文艺理论与批评》2020 年第 3 期，第 140—148 页。

88. 郑熙青：《CP 的重要性，没有拉郎配，就没有同人文？》，载《北京青年报》2017 年 4 月 28 日。

外文文献

1. Sandvoss, Cornel. *Fans: The Mirror of Consumption*. Polity Press, 2005.

2. Hills, Matt. *Fan Culture*. London and New York: Routledge, 2002.

3. MacKinnon, Catherine. *Feminism Unmodified, Discourses on Life and Law*. Cambridge(Mass.) et Londres：Havard University Press, 1987.

4. Frédéric Godefroy. *Dictionnaire de l'ancienne langue française et de tous ses dialectes du IXe au XVe siècle*. Paris: F.Vieweg, Libraireediteur, 1880.

5. Schellinger, Paul. *Encyclopedia of the Novel(Volume 2)*, Routledge, 1998.

6. Singer, Irving. *The Nature of Love2: Courtly Love and Romantic.* Chicago and London: The University of Chicago Press, 1984.

7. Saiedi, Nader. *The Birth of Social Theory: Social Thought in the Enlightenment and Romanticism.* Lanham, MD: University Press of America, 1993.

8. Karen Hellekson, Kristina Busse. *Fan Fiction and Fan Communities in the Age of the Internet: New Essays.* McFarland&Company, Inc., Publishers, 2006.

9. Jhally S . *The Codes of Advertising: Fetishism and the Political Economy of Meaning in the Consumer Society.* Routledge, 1987.

10. Cheal, David. *The Gift Economy.* London and New York: Routledge, 2015.

11. Silverberg, Miriam. *The Modern Girl as Militant: Movement on the Streets.* In Bernstein, 1991.

12. Ehrenreich, B. &D English. *For Her Own Good: 150 Years of the Experts' Advice to Women.* Anchor Books, 1989.

13. Jeffreys E. *Sex and Sexuality in China.* Routledge, 2006.

14. Jones,Steve. *Encyclopedia of New Media: An Essential Reference to Communication and Technology.* California: Sage Publications, 2003.

15. Minkowski, Hermann. *"Space and Time". The Principle of Relativity.* Translated by Saha, Meghnad and Bose, Satyendranath. Calcutta University Press, 1920.

16. Donald Palumbo. *In Erotic Universe: Sexuality and Fantastic Literature.* New York: Greenwood, 1986.

17. Hellekson, Karen & Busse, Kristina. *The Fan Fiction Studies Reader.* Iowa City: University of Iowa Press, 2014.

18. 東浩紀:『動物化するポストモダン：オタクから見た日本社会』,

東京：講談社，2001 年。

19. 張競:『近代中国と恋愛の発見——西洋の衝撃と日中文学交流』,東京：岩波書店，1995。

20. 溝口彰子:『BL 進化論: ボーイズラブが社会を動かす』,太田出版，2015。

21. 永山薫:『エロマンガスタデイーズ :「快楽装置」としての漫画入門』,筑摩書房，2014。

22. Rheingold, Howard. *The Virtual Community: Homestanding on the Electronic Frontier.* New York: Addison-Wesley, 1993.

23. Rene T. A. Lysloff. *Musical Community on the Internet: An On-line Ethnography.* Cultural Anthropology, 2003, 18(2), pp.233-263.

24. Lazzarato, Maurizio. *"Immaterial Labour."* Radical Thought in Italy: A Potential Politics. Eds. Paolo Virno and Michael Hardt. Minneapolis and London: University of Minnesota Press, 1996.

25. Terranova T. *Free Labor: Producing Culture for the Digital Economy.* Social Text, 2000, 18(2 63), pp. 33-58.

26. Fisher E. *How Less Alienation Creates More Exploitation? Audience Labour on Social Network Sites.* TripleC (Cognition, Communication, Co-Operation): Open Access Jo. , 2012, 10(2), pp.171-183.

27. Donald Horton, R. Richard Wohl. *Mass Communication and Para-Social Interaction.* Psychiatry, 1956, 19(3), pp. 215-229.

28. Smythe D. W. *Communications: Blindspot of Western Marxism.* Canadian Journal of Political and Social Theory, 1977, 1(3), pp.1-27.

29. De Mauro Andrea, Greco Marco, Grimaldi Michele. *A Formal Definition of Big Data Based on its Essential Features.* Library Review, 2016(65), pp.122–135.

30. Manzerolle, Vincent R. *Mobilizing the Audience Commodity 2.0: Digital Labour and Always-On Media.* Media and Digital Labour: Western Perspectives, 2018, pp.1-14.

参
考
文
献

31. Barbara L. Fredrickson,Tomi-Ann Roberts. *Objectification Theory: Toward Understanding Women's Lived Experiences and Mental Health Risks.* Psychology of Women Quarterly, 1997(21), pp.173-206.

32. Flor H. *Phantom-limb Pain: Characteristics, Causes, and Treatment.* Lancet Neurology, 2002, 1(3), pp.182-189.

33. Baym, Nancy K. *Connect With Your Audience! The Relational Labor of Connection.* Communication Review. 2015, 18(1), pp.14-22.

34. Yin Y. *An Emergent Algorithmic Culture: The Data-ization of Online Fandom in China.* International Journal of Cultural Studies, 2020, 23(4), pp.475-492.

35. Ryan Vu. *Fantasy After Representation: D&D, Game of Thrones , and Postmodern World-Building.* Extrapolation, 58(2-3), pp.273-301.

36. 清地ゆき子:《訳語 "自由恋愛" の中国語での借用とその意味の変遷》,《日语学习与研究》, 2012 年第 6 期, 第 40—50 页。

37. 西条昇, 木内英太, 植田康孝:『アイドルが生息する「現実空間」と「仮想空間」の二重構造:「キャラクター」と「偶像」の合致と乖離』, 江戸川大学紀要, 2016 (03), pp.199-258。

38. Cochrane, Kira. *"The Fourth Wave of Feminism: Meet the Rebel Women".* The Guardian, 10 December 2013.